Joey Goebel

Irgendwann wird es gut

Aus dem Amerikanischen von Hans M. Herzog

Diogenes

Titel der Originalausgabe:
›I Know It's Going to Happen for You Someday‹
Die deutsche Erstausgabe
erschien 2019 im Diogenes Verlag
Eine frühere Fassung von ›Es wird alles schlecht werden‹
erschien erstmals in der Anthologie Mamma mia,
Diogenes, Zürich 2018
Covermotiv: Gemälde von Annie Kevans,
›Louise Brooks‹

Veröffentlicht als Diogenes Taschenbuch, 2021

www.diogenes.ch
100/21/44/1
ISBN 978 3 257 24522 6

Für Michael Bruner

Diogenes Taschenbuch 24522

JOEY GOEBEL, 1980 in Henderson, Kentucky, geboren, ist Schriftsteller, Drehbuchautor, Musiker – ein weltweit gefeiertes Multitalent. Seine Romane *Vincent*, *Freaks* und *Heartland* wurden in 14 Sprachen übersetzt. Joey Goebel hat einen Sohn und lebt in Henderson, wo er englische Literatur unterrichtet.

Inhalt

1
Unsere Olivia

Wie bei seinem heiligen Ritual üblich, bereitete Anthony Dent kurz vor sechs Uhr abends einen Bourbon mit Wasser für sich und die Frau vor, die er liebte, der er aber noch nie begegnet war. Diese Woche war es ein Early Times Kentucky Whisky. Er stellte ihr Glas neben den Fernseher und nahm dann seinen Stammplatz auf dem braunen Sofa ein, das er im Secondhand-Laden der Heilsarmee gekauft hatte. Wenig später war sie da, verteilte ihre Schönheit über sein düsteres und schäbiges Apartment mit den kahlen Wänden und den Kaffeeflecken auf dem Teppich. Sie trug das weiße Kostüm, das ihm so gefiel.

Olivia Abbott war umwerfend. Das fand ganz Moberly. Ihr schulterlanges brünettes Haar trug sie als zahme Variante des damals noch beliebten Rachel-Cut. Und ihr Mund, so schelmisch und doch lieb, so patent – Anthony fiel das treffende Wort für ihren Mund ein: geheimnisvoll. Doch gewöhnlich konzentrierte sich Anthony darauf, ihr direkt in die großen braunen Augen zu schauen.

Er drückte auf die Stummtaste seiner Fernbedienung. »O Olivia, du siehst heute Abend engelsgleich aus. Es ist wirklich schön, dich zu sehen. Ich hatte mal wieder einen miesen Tag. Ich erzähl dir alles darüber, doch vorher –«, Anthony hob sein Glas: »Auf ein Neues!« Er nippte an seinem Whisky. »Hoffentlich weißt du noch, dass wir uns heute Abend endlich persönlich kennenlernen. Keine Bange, ich habe alles gründlich bedacht. Ich werde nach dir Ausschau halten – meine Güte, was willst du denn hier?«

Jetzt war ihr Moderatorenkollege auf dem Bildschirm zu sehen. »Dir glaub ich kein einziges Wort«, sagte Anthony kühl. »Vermutlich hast du nicht mal eine Seele.« Anthony trank noch einen Schluck. »Wahrscheinlich betrügst du deine Frau.«

Bald erschien Olivia wieder auf dem Schirm. »Ich habe für heute Abend alles vorbereitet. Überlass einfach alles mir. Übrigens läuft es auf der Arbeit immer noch nicht rund. Der Job an sich ist in Ordnung, aber wenn wir nichts zu tun haben und einfach nur rumstehen – dann wird's echt schwierig. Ich weiß nie, was ich zu meinen Kollegen sagen soll. Anscheinend fällt ihnen problemlos irgendwas ein, das sie sagen können. Es macht ihnen gar keine Mühe. Klar gibt es da meine Beeinträchtigung, aber mir fehlen ja sogar die Themen. Doch wenigstens habe ich in dieser Hinsicht mit dir keine Probleme.«

Olivia verschwand erneut, und statt ihrer stand ein Reporter neben einem Highway und redete über die letzte Runde von Brückenreparaturen. Es war die Brücke, von der die Bewohner Moberlys gerne sprangen, wenn sie sich umbringen wollten. Anscheinend war sie permanent baufällig und verrostete alle paar Jahre. Anthony schaute auf einen Zettel, wo er Themen für das abendliche Gespräch notiert hatte. Während er überlegte, was er als Nächstes sagen sollte, zwirbelte er eine seiner schlaffen schwarzen Locken zwischen den Fingern, eine Angewohnheit von ihm. Er hatte auch die Angewohnheit, ohne Vorwarnung beide Hände möglichst fest zu Fäusten zu ballen, bis die Finger schmerzten.

Schließlich kehrte der Moderator auf den Schirm zurück. Anthony zeigte ihm den Stinkefinger und sagte ihm, falls er je Kinder bekäme, würde er einen miesen Vater abgeben, und falls er schon Kinder hätte, säßen sie bestimmt nicht gern mit ihm zusammen im Auto.

Olivia kam zurück. »Das ist jetzt wirklich peinlich. Als ich heute Morgen zur Arbeit kam, probierte ich es zur Begrüßung mit der Variante eines dieser hippen Handschläge, die sie alle so cool finden, doch ich bekam das nicht hin und streichelte schließlich die Hand meines Arbeitskollegen. Er sah mich an, als wäre ich der größte Volltrottel überhaupt.«

Als ein Einspieler über jemanden kam, der ein Haus voller Hunde vernachlässigt hatte (in Moberly wurden ständig von irgendwem Häuser voller Hunde vernachlässigt), warf Anthony noch einen Blick auf seinen Zettel. »Olivia, mir ist klar, dass wir vor unserer Begegnung heute Abend ein paar Probleme aus dem Weg räumen sollten. Zunächst einmal ist mir bewusst, dass dies für ein Paar nicht die ideale Art ist, sich persönlich kennenzulernen. Doch ich halte mich gern für etwas Besonderes, und du bist offensichtlich auch etwas Besonderes, und besondere Menschen sollten das Recht haben, Dinge auf ihre eigene Art zu machen. Und ich *sehe* zwar nicht besonders *aus,* aber du weißt ja schon über mich und mein Drehbuch Bescheid, was nichts weiter heißen soll als, nun ja … ich bin auf einem guten Weg.«

Wieder kam der Moderator ins Bild, doch diesmal redete Anthony weiter, konzentrierte sich jetzt auf Spinnweben in einer Ecke der Zimmerdecke, die er manchmal als Double für Gott benutzte. Die Spinnweben hingen schon ewig da und zuckten, wenn Heizung oder Klimaanlage an waren. »Ich weiß, dass es Gründe gibt, warum das mit uns nicht funktionieren könnte. Einer von uns ist prominent und hat einen beeindruckenden Job. Der andere arbeitet im Lager eines großen Baumarkts. Aber ich bin auf einem guten Weg. Steve trifft sich nächste Woche mit diesem Produzenten in L. A. Lass es bitte geschehen. Im Moment mag ich dir wie ein Niemand vorkommen, aber das wird nicht lange so bleiben. Lass es bitte geschehen.«

Wieder erschien Olivia auf dem Schirm. Anthony stellte seinen Drink ab und rutschte an die Sofakante. Er redete hektisch, schaute abwechselnd auf den Fernseher und die Spinnweben. »Ich weiß, dass bald Werbung kommt, und dann meldet sich Hal mit dem Wetter, also hör mir bitte einfach zu. Du musst mir eine Chance geben. Lass nur ein Mal, nur dieses eine Mal, die Guten gewinnen. Bitte. Mir gelingt gar nichts. Stimmt, ich habe das Drehbuch, aber ich meine bei Frauen. Bei Menschen. Ich weiß wirklich nicht, was mit einem Mann geschieht, wenn ihm sein ganzes Leben lang nichts gelingt. Alle waren so grausam zu mir. Es tut so weh und hört nicht auf. Aber warte nur, bis sie mich mit dir zusammen sehen.« Auf dem Bildschirm erschien die Werbung eines Autohändlers. »Ich kann es nicht erwarten, dich heute Abend zu sehen. Amen.«

Anthony stellte sich vor, wie diese Szene für viele seiner toten Verwandten ausgesehen haben mochte. Er spürte, wie sich Tränen bildeten, hielt sie aber zurück.

Dann folgten die Zweifel, sie betraten seinen Geist wie

fahlgesichtige Sargträger. War sie überhaupt Single? Wie wäre das *möglich*? Und alle anderen wiesen ihn ab. Warum sollte sie anders sein? Und wenn ihre Zurückweisung der letzte Stoß wäre, der ihn dazu brachte, ein schlechter Mensch zu werden? »O Gott«, sagte er, als die nächste Autowerbung lief, diesmal brüllte ein Mann die Zuschauer an. »Lass nicht zu, dass ich ein schlechter Mensch werde.«

Anthony war fünfundzwanzig. Wenn er an all die Jahre unerwiderter Liebe dachte, jede Variante unerwiderter Liebe, die man sich nur vorstellen kann: die vielen Male, die man ihm direkt ins Gesicht gelacht hatte, die vielen Gelegenheiten, wenn ihm abrupt der Wind aus den Segeln genommen wurde, weil die Frau ohne jede Erklärung plötzlich verstummte … Dann stellte er sich seine ungenutzte Liebe als Flüssigkeit vor, und sein Körper war so voll von dieser Flüssigkeit, dass sie jeden Moment überlaufen konnte. Sie hatte sich dermaßen aufgestaut, weil so viele Menschen seine Liebe zurückgewiesen hatten, doch Anthony hielt daran fest, weil er dachte, eines Tages würde er der richtigen Person begegnen, die er mit seiner Liebe überschütten könnte.

Seiner Meinung nach war diese Person die Nachrichtensprecherin Olivia Abbott von den Nachrichten auf Channel Seven. Er hielt sie für eine Göttin, die perfekte Frau, die seinen jahrelangen Kummer wettmachen würde. Sie würde seine Belohnung sein. Er war überfällig. Dieses Wort traf seiner Ansicht nach am besten auf ihn zu: überfällig. Doch wenn er sich seine überschwengliche Liebe vorstellte, dachte er unwillkürlich: Was, wenn Olivia, was, wenn *niemand* jemals dieses große, volle Glas mit dem annimmt, was ich zu bieten habe? Werde ich dann nicht irgendwann schal? Und was ist, wenn eine solche große Menge sauer wird? Geraten wir dann nicht alle in Schwierigkeiten?

Er erhob sich vom Sofa und leerte Olivias Drink für sie. Als sie wieder auftauchte, presste er die Fingerspitzen auf ihr Gesicht hinter dem staubigen Bildschirm.

Moberly, Kentucky, lag am Ohio River im Westteil des Bundesstaats, eines auf ewig verarmten Staates, der in Sachen Gesundheit und Bildung landesweit zu den Schlusslichtern gehörte. Es war ein kleiner, freundlicher Ort, und wahrscheinlich käme man zu dem Schluss, dass er sich kaum von anderen Orten unterschied. Beispielsweise fuhren genau wie anderswo die Leute auf Parkplätzen zu schnell, und die meisten Eltern passten auf dem Spielplatz nicht ordentlich auf ihre Kinder auf. Und wie in den meisten amerikanischen Städten dieser Größe gab es keine Buchhandlung.

Die Studios von Channel Seven waren schon immer in Moberly gewesen, auch wenn sich dessen Hauptmarkt in der übernächsten Stadt befand, dem viel größeren Salton, Indiana. Anthony parkte seinen 1989er-Pontiac Grand Am am Rande des Parkplatzes, von wo aus er den Hinterausgang im Blick hatte. Jetzt war es 22 Uhr 35, Zeit für Olivia, nach den Zehn-Uhr-Nachrichten den Sender zu verlassen. Er betrachtete das Gebäude und dachte daran, dass sie da drin war. Ihr Körper war dort. Er lechzte danach, mit seinen Fingerspitzen all die Linien nachzuzeichnen, die sie ausmachten.

Es war sein zweiter Besuch auf dem Gelände von WTSW. Das erste Mal war vor fünf Monaten gewesen, nicht lange nachdem er Olivia im Fernsehen entdeckt hatte. Als er sie das erste Mal sah, fühlte sich sein ganzer Körper entflammbar an, und in dieser Nacht schlief er nicht vor vier Uhr früh auf seinem Doppelbett ein. Er dachte sich, um sie kennenzulernen, sollte er sich am besten einen Job in dem Nachrichtensender suchen. Am Empfang gab man ihm ein Bewerbungsformular für einen Job als Produktionsassistent mit, lud ihn aber nicht zu einem Vorstellungsgespräch ein. (Sein Abschluss in Betriebswirtschaftslehre, zu dem sein Vater ihn gezwungen hatte, weil er »Sicherheit« gäbe, hatte ihm in den letzten vier Jahren nicht viel gebracht.) In den folgenden Monaten hatte er sich zu keinen weiteren Schritten aufraffen können, bis er einen Artikel über Olivia in *Here & Now* las, einer dieser Gratiszeitschriften, die in den Metallständern vor Restaurants und Geschäften auslagen.

Dank dieses Zeitschriftenartikels erfuhr Anthony endlich ein wenig mehr über Olivia. Sie stammte aus Kansas City in Missouri, wo sie an Wochenenden als Moderatorin gearbeitet hatte. Sie war zwei Jahre älter als Anthony. Auf die Frage nach ihren Hobbys ließ sie sich so zitieren: »Ich weiß, es klingt kitschig, doch Freitagabend baue ich gern den Stress der Arbeitswoche ab, indem ich Karaoke singe.«

An den letzten beiden Freitagabenden unternahm Anthony ein paar seltene Ausflüge aus seiner Wohnung in die Bars der Gegend, die Karaoke anboten, doch von Olivia keine Spur. Heute Abend hatte er vor, ihr zu folgen, wohin sie nach der Arbeit auch gehen mochte. Er hoffte, sie würde in einer Bar singen, wo er sich zuerst Mut antrinken und sich ihr dann vorstellen würde.

Um 22 Uhr 50 verließen die ersten Mitarbeiter das Studio, so auch Mark Parker, Olivias Co-Moderator. Anthony betrachtete sich nervös im Rückspiegel. Er sah gar nicht übel aus, und es wäre nicht abwegig, sich ihn und Olivia als Paar vorzustellen. Er hatte ein sympathisches Gesicht, die Nase war eine Spur zu groß, und seine schlaffen schwarzen Lockenhaare unterschieden ihn von in dieser Gegend lebenden Männern mit banalem Haarwuchs. Sein Lächeln war jungenhaft nett, aber nicht unbedingt fröhlich. Er hatte freundliche Augen, die häufig auf den Boden oder seine Schuhe gerichtet waren (blaue Wildleder-Vans). Wäre das Leben ein Kinofilm, hätte man ihn als den schrulligen, aber verlässlichen besten Freund des selbstsicheren, etwas besser aussehenden Hauptdarstellers besetzt, so einen wie Mark Parker.

Es war kurz vor elf, als er sie sah. Sobald er sie leibhaftig sah, fühlte es sich an, als würden Gottes große Glühwürmchenfinger Anthony ins Rückgrat piksen, sein zentrales Nervensystem beschleunigen und elektrisieren, ein Gefühl, als würde er sich gleich aus seinem eigenen Körper katapultieren. Er wollte sich selbst hinter sich lassen.

Olivia stieg auf der anderen Seite des Parkplatzes in einen mittelgroßen taubenblauen Wagen. Anthony ließ den Motor an und schaltete die Scheinwerfer ein. Er wartete, bis sie sich der Parkplatzausfahrt näherte.

Als er gerade seine Parklücke verlassen wollte, bot sich ihm vor seinem Wagen ein surrealer Anblick.

Anthonys Scheinwerfer beleuchteten einen langhaarigen Dicken in einem grauen Jogginganzug und mit einer Basecap der Kansas City Royals auf dem Kopf. Der Mann streckte Anthony ungelenk eine Hand entgegen, hielt ihn an.

Er rief irgendwas.

Anthony ließ die Scheibe runter.

»Sie gehört mir! Sie gehört *mir*!«

Der Mann kam an Anthonys Fenster. Er hatte graue Bartstoppeln, mochte Mitte fünfzig sein. Vielleicht hatte er einmal gut ausgesehen, doch die Zeit hatte seinem Gesicht übel mitgespielt. Er sah aus wie jemand, der sich immer gerade von einem Ort entfernte, an dem man ihn nicht haben wollte.

»Ich weiß genau, was du vorhast.«

»Ich h-h-ab gar nichts vor.«

»Du bist hinter Olivia her. Ich sag's dir gleich, zieh dich zurück, oder ich bring dich um. Klar?«

Anthony schüttelte den Kopf und ließ die Scheibe hoch. Er stellte den Hebel auf Drive, doch als er anfuhr, ließ sich der Mann mit dem Bauch voran auf seine Motorhaube fallen.

Anthony stieg aus, während der Mann schrie: »Glaubst du etwa, ich lasse zu, dass hier irgendein Neuling auftaucht und alles kaputtmacht, was ich mir aufgebaut habe?«

»R-r-unter von meinem Auto!«

»Augenblick mal«, sagte der Mann mit dem knochigen Gesicht, der immer noch mit erhobenem Kopf auf der Motorhaube lag. »Redest du so?«

Anthony starrte dem dicken Mann in die wilden Augen.

»Stimmt doch, oder? Einen Moment lang hab ich echt befürchtet, du hättest bei ihr eine Chance. Aber glaubst du wirklich, Olivia Abbott würde mit einem Typ zusammen sein, der nicht mal richtig reden kann?«

Angetrieben von einer Wut, der er nur selten freien Lauf

ließ, packte Anthony den Mann an seinen Fußknöcheln und zog mit einer Kraft, von deren Existenz er nichts geahnt hatte. Der Mann rutschte quer über die Haube und runter vom Auto. Auf dem Weg nach unten stieß er sich den Kopf an der vorderen Stoßstange.

Anthony sah sich um. Niemand sonst war zu sehen. Er ging wieder zu seiner Fahrertür, als der Mann laut, hemmungs- und schamlos zu weinen begann wie ein groteskes Kleinkind. Anthony kniete sich neben ihn.

»Geht's Ihnen nicht gut?«

Der Mann antwortete nicht, und zwischen seinen Fingern sickerte Blut hervor.

»Tut mir leid. Aber S-S-Sie haben g-gesagt, Sie würden mich umbringen.«

Der Mann weinte weiter. Anthony war ehrlich beeindruckt davon, dass sich jemand so gehenließ.

»Soll ich Sie im Krankenhaus absetzen?«

»Bloß nicht. Ich bin total zugedröhnt. Wenn die rauskriegen, was ich alles genommen hab, holen sie vielleicht die Bullen.«

»Na schön. Ich muss los.«

»Moment. Kannst du mir nicht etwas Eis oder so bringen?«

»Keine Ahnung. Ich weiß nicht, was ich machen soll.«

Der Mann nahm seine Hand von der Stirn, so dass man seine blutenden Wunde sah. Anthony war betroffen angesichts des Schadens, den er einem menschlichen Körper zugefügt hatte.

»Vielleicht nur ein paar Eiswürfel in einem Handtuch?«, schlug der Mann schniefend vor.

Der bescheidene Wunsch beschämte Anthony. Er war von sich selbst enttäuscht. Normalerweise ignorierte er Menschen, die sich über sein Stottern lustig machten, doch weil sich der Mann so direkt und unverblümt geäußert hatte, gab etwas in ihm nach. Seit der Pubertät hatte er mit seinem Stottern gelebt. Das erste Mal war es passiert, als eine Lehrerin ihn aufgefordert hatte, ein paar Bibelverse laut vorzulesen. Als er über die Wörter stolperte, lachte die Klasse. Als das Schuljahr seinen Verlauf nahm und das Stottern blieb, wurde es weniger lustig.

Während Highschool und College nagte das Stottern an Anthonys Selbstachtung. Was er darauf zurückführte, dass er mit fünfundzwanzig noch Jungfrau war, weil das Stottern besonders schlimm wurde, wenn er mit Mädchen und jungen Frauen sprach. Nur wenn er allein war, konnte er normal reden. Bis er herausfand, wie sich Alkohol auf seine Sprachstörung auswirkte. Während seines letzten Jahres auf der Highschool merkte er, dass er sich wie jeder andere auch unterhalten konnte, wenn er trank. Was im Laufe der Zeit zu zahlreichen alkoholbedingten Problemen führte. Neben einigen Trunkenheitsfahrten bewirkte sein Trinken, dass er zu Frauen häufig genau das Falsche sagte.

Sein Sprachfehler führte ihn direkt zum Schreiben. Beim Schreiben lief er zu Hochform auf, und neben Literatur schrieb er besonders gern Briefe, auf die er allerdings meist keine Antworten bekam. Er fragte sich, wie das wohl sein mochte, anderen einfach nicht zu antworten. Lag es daran, dass er in seinen Briefen offen und ehrlich, es den Adressaten allerdings unangenehm war, auf all das zu reagieren, was er darin ansprach? Antworteten sie ihm deshalb nicht?

Es war schwierig, ihm als Gegenüber zuzuhören. Es war schwierig, mit seinen Briefen umzugehen. Also bekam er keine Antwort, keine Antwort, keine Antwort – es war der rote Faden, der sich durch sein Leben zog. Dazu passte, dass nicht einmal die geliebte Olivia auf seine Bemerkungen reagierte.

Er half dem Mann auf die Beine.

Weil der Mann Anthony partout nicht erzählen wollte, wo er wohnte, fuhr der ihn in sein Apartment, wo er ihm ein Badetuch reichte und sagte: »Hier. Ich schmeiß es weg, wenn Sie fertig sind, also keine Sorge wegen der Blutflecken.« Der Mann sagte nicht viel, außer dass er sich fühle, als sei er »kein Teil der Realität«. Als er das Bad verließ, sah der Mann ohne das Blut längst nicht so schwer verletzt aus, wie Anthony befürchtet hatte. Und in der schwachen Wohnungsbeleuchtung erkannte Anthony jetzt, dass die Platzwunde gar nicht so deplatziert wirkte. Der Mann wirkte irgendwie angeschlagen. Gesichtsverletzungen waren bei ihm wahrscheinlich nichts Ungewöhnliches.

Anthony gab ihm ein Schmerzmittel und das versprochene Eis, und sobald klar war, dass Anthony überhaupt keinerlei Medikamente in seinem Apartment hatte, gab sich der Mann, der nur seinen Nachnamen nannte, Carlisle, mit einem Whisky mit Eis zufrieden.

Die beiden ließen sich auf dem Sofa nieder und tranken.

»Ich weiß das zu würdigen«, sagte Carlisle, »aber es ändert gar nichts. Ich gestatte nicht, dass du es meiner Olivia besorgst.«

Anthony lachte.

»Was denn? Warst du nicht deshalb auf dem Parkplatz?«

Erleichtert, dass er endlich gestehen konnte, sagte Anthony: »Stimmt, ich war da, um Olivia zu folgen. Aber n-nicht um das zu tun, was Sie gerade gesagt haben.«

»Blödsinn.«

»Zugegeben, das will ich auch, aber eigentlich suche ich nur jemanden, mit dem ich reden kann. Ich la-la-liebe sie.«

»Du bist wohl eher scharf auf ihren Arsch.«

»Nein. Sie ist so viel mehr als das.«

»Mein Fehler. Sie hat ein hübsches, volles Paar Titten, und die Beine sind auch nicht ohne.«

»Sie hat eine tolle Persönlichkeit. Ist Ihnen das noch nie aufgefallen?«

»Na logo. Gleich oben in der Mitte ihres Rocks hat sie eine tolle Persönlichkeit. Und was für eine.«

»Sie w-widern mich an.«

»Als würdest du nicht genauso denken.«

»Ich denke, sie strahlt Wärme und F-Freundlichkeit aus und ist ausgesprochen intelligent, und ich habe noch n-n-nie eine so angenehme Sprechstimme gehört.«

»Wenn ich endlich mit ihr fertig bin, wird sie in Zungen reden. Ich werd's ihr so richtig besorgen.«

»Aufhören!« Anthony stand auf, er wollte mit diesem Mann nicht das Sitzmöbel teilen. »Hören Sie auf, so über sie zu reden.«

»Ich rede über sie, wie es mir passt. Ich hab sie zuerst gesehen. Und sie wird *mir* gehören.«

»Ich halte es für wa-wa-wahrscheinlicher, dass Sie von einem Blitz getroffen werden.«

»Ich *bin* mal von einem Blitz getroffen worden.« Anthony lachte, doch Carlisle blieb ernst. »Und ich verrate dir noch was, Häuptling. Olivia hat sich schon in mich verliebt. Es ist also alles in trockenen Tüchern.«

Wieder lachte Anthony. »Sind Sie ihr überhaupt jemals *begegnet*?«

»Nein, aber sie liebt mich, und das weiß ich.«

»Wieso sagen Sie das?«

»Das spüre ich, wenn sie im Fernsehen ist. Als würde sie mit *mir* reden.«

Anthony gab ein leises, trauriges Lachen von sich und nickte. Er bot Carlisle noch einen Drink an, dann setzte er sich wieder.

»Du bist so ein Amateur. Garantiert kennst du nicht mal ihren richtigen Namen.«

»Olivia ist nicht ihr richtiger Name?«

Carlisle lachte.

»Wie *lautet* denn ihr richtiger Name?«

»Das verrate ich dir nie.«

»Woher kennen Sie ihn?«

»Ich weiß *alles* über sie.«

»Woher?«

»Ich rede mit Leuten, Dummkopf. Ich rede mit dem Kameramann. Ich rede mit ihren Nachbarn. Ich rede mit den Freunden ihrer Nachbarn.«

»Sie wissen, wo sie *wohnt*?«

»Natürlich weiß ich das. Du etwa *nicht*?«

»Nein.«

»Du weißt echt nicht, was du da tust, oder?«

»Nein.«

»Du hast sie nicht verdient.«

»*Sie* etwa?«

»Wenigstens weiß ich, was ich mache. Zunächst mal parkt man nicht irgendwo und sitzt im Dunkeln herum. Du hast da draußen scheißverdächtig ausgesehen.«

»Wo waren Sie denn, wenn Sie nicht in einem Auto gesessen haben?«

»In meinem Versteck.«

»Als ob das nicht verdächtig wäre.«

»Unwichtig. Du hast mich nicht *gesehen,* stimmt's?«

Die nächste halbe Stunde rüffelte Carlisle Anthony nicht nur, weil er seiner Angebeteten nachstellte, sondern auch, weil er sich dabei völlig verkehrt anstellte. Schließlich döste er mitten im Satz ein. Anthony ließ ihn auf dem Sofa liegen und packte ihm sogar ein Kissen unter den Kopf. Ehe er das Licht löschte, fuhr er mit der Fingerspitze über die Platzwunde.

Anthony setzte große Hoffnungen auf den nächsten Morgen, wenn Carlisle nüchtern sein würde und er ihn nach allem fragen konnte, was er über Olivia wusste. Doch als Anthony aufstand, war Carlisle fort.

Kurz vor sechs Uhr abends machte sich Anthony, ihrem heiligen Ritual gehorchend, einen Whisky mit Wasser, während Carlisle am Küchentisch saß und einen Joint drehte. Sie nahmen ihre Plätze am jeweils anderen Ende des Sofas ein. Als Olivia auftauchte, zählte Carlisle sofort all das auf, was er gern mit ihr machen würde. Auf seine Frage, was Anthony gern mit ihr machen würde, antwortete der, er würde sie gern sanft auf den Haaransatz im Nacken küssen.

Darauf erwiderte Carlisle, über denselben Ansatz würde er gern lässig seine Hoden drapieren.

Sie hatten sich den ganzen letzten Monat gemeinsam die Abendnachrichten um sechs und um zehn Uhr angesehen. Katalysator für diese kleinen Fernsehpartys war ein Vorkommnis gewesen, das sich zwei Wochen nach Anthonys und Carlisles erster Begegnung zugetragen hatte.

Anthonys Drehbuch verkaufte sich nicht.

In dem Augenblick, als Steve, der Mann, der als sein Agent fungierte, ihm die schlechte Nachricht mitteilte, spürte er, wie sich sofort Tränen sammeln wollten, doch er gestattete sich nicht, zu weinen. Er erinnerte sich nicht, je gesehen zu haben, dass seine Mom oder sein Dad geweint hätten. Ihre Berufe waren erniedrigend, ihre Träume durch Kompromisse verwässert, und sie lebten ohne Hoffnung, doch wenigstens weinte die Familie Dent nie.

Das Drehbuch, das siebte, das Anthony geschrieben hatte, beruhte auf seiner Studienzeit an der University of Southern Indiana, die nahe genug bei Moberly lag, dass er pendeln konnte. Der Protagonist hatte auf dem College keine Freunde. Es gab lange Pausen zwischen den Lehrveranstaltungen, und da er nicht wusste, wo er hingehen sollte, blieb er in seinem Wagen und beobachtete all die jungen Leute durch die Windschutzscheibe, während er trank – für den Fall, dass er in einem Seminar reden oder vorlesen musste. Das Skript endete so, wie Anthony es sich im richtigen Leben gewünscht hätte: Der Protagonist bemerkt eine junge Frau, die in ihrem Auto sitzt und alle beobachtet, und schließlich sitzen sie gemeinsam in seinem Wagen und beobachten zusammen alle anderen.

»Ich schreibe, weil ich nicht sprechen kann.« Das sagte Anthony gern. Er träumte davon, seinen Lebensunterhalt als Drehbuchautor zu verdienen, zugegebenerweise, weil sich damit das meiste Geld verdienen ließ und er sein Leben lang arm gewesen war. Drehbuchautor zu werden kam ihm zuerst in den Sinn, als er mit neunzehn den Film *Paris, Texas* sah. (Besonders fasziniert war er von dem Schauspieler Harry Dean Stanton aus Kentucky.) Einen wesentlichen Teil seines Erwachsenenlebens hatte er damit verbracht, Briefe und Kurzgeschichten an Literaturagenten zu schicken; er verschickte sie wie Gebete, bekam aber keine Antwort, keine Antwort, keine Antwort. Ihm fehlten die Mittel, nach Los Angeles umzuziehen, daher fiel ihm nichts anderes ein, als an Drehbuchwettbewerben teilzunehmen, und letztes Jahr nahm einer der Juroren eines Wettbewerbs Kontakt mit ihm auf und sagte, auch wenn sein Skript nicht gewonnen habe, glaube er, es habe Potential, und fragte, ob er »Angebote einholen« dürfe. Anthony hatte von Anfang an gewusst, dass es eher unwahrscheinlich sein würde, sein Drehbuch zu verkaufen. Doch am meisten schmerzte ihn, dass er Olivia nun so viel weniger zu bieten hatte.

Anthony war so deprimiert, dass er eines Abends auf den Parkplatz des Senders WTSW zurückkehrte, aber nicht, um nach Olivia Ausschau zu halten. Auf dem Parkplatz stieg er aus seinem Wagen und schrie »Carlisle!« in den Abendhimmel. Und tatsächlich tauchte Carlisle vor ihm auf, woraufhin Anthony fragte, ob er ihm helfen könnte, ein paar Oxycodon-Pillen zu besorgen. Anthony hatte noch nie Drogen genommen, wusste aber seit einer Operation im Rachenraum, wie großartig er sich dank Schmerzmedikamenten fühlte, als könnten seine Gedanken endlich lächeln. Doch in einer unerwarteten Anwandlung von Menschlichkeit weigerte sich Carlisle, ihm die Pillen zu geben, und begründete es damit, er wolle nicht, dass sich der junge Mann zugrunde richtete. Noch überraschender war, dass Carlisle Anthony von oben bis unten musterte und sagte: »Sieh mal. Du hast dein ganzes Leben vor dir. Olivia liebt mich bereits. Zwei andere wunderschöne, berühmte Frauen sind in mich verliebt. Und du hast mir geholfen, als ich völlig fertig war. Daher habe ich beschlossen, dir zu helfen, bei unserer Olivia zu landen.«

Zunächst spottete Anthony über den Vorschlag, doch Carlisle konnte reden und überzeugte ihn bald davon, dass er etwas besaß, was Anthony brauchte: Informationen. Ohne den Drehbuchverkauf brauchte Anthony mehr Hilfe als je zuvor, um sich mit einer so außergewöhnlichen Frau auf Augenhöhe zu treffen, und alles nur Mögliche über sie zu erfahren könnte zu seinem Vorteil gereichen.

Während des nächsten Monats sahen Anthony und Carlisle einander fast täglich. Sie trafen sich in Anthonys Apartment, sobald dieser von seiner Arbeit im Baumarkt nach Hause kam. Anthony trank, Carlisle rauchte – Anthony bat ihn, nichts Härteres als Marihuana in seine Wohnung zu bringen –, und ihr häufigstes Gesprächsthema war Olivia Abbott, auch wenn sie einander allmählich mehr über sich erzählten. Carlisle hatte einmal eine Familie gehabt und war stellvertretender Geschäftsführer des Ponderosa Steakhouse am Highway 71 gewesen. Doch selbst als Familienvater war seine Sucht ein Problem gewesen. Er hatte sie ein paar Jahre unter Kontrolle gehabt, bis er sich eines Tages vor vier Jahren bei der Arbeit beide Unterarme verbrannte, als er einer neuen Mitarbeiterin zeigte, wie man Pommes frites zubereitete. Man gab ihm Schmerzmittel, was dazu führte, dass er sich auf dem Schwarzmarkt mehr Schmerzmittel besorgte und dann alle anderen illegalen Substanzen, die er bekam.

Anthony fand besonders faszinierend, wie Carlisle eine Vorliebe fürs High-Werden und für Kinobesuche entwickelt hatte. (Im Gegensatz zu Anthony mochte Carlisle so ziemlich jeden Film, den man ihm zeigte.) Carlisle richtete es so ein, dass er genau in dem Moment high wurde, wenn die Lichter im Saal verlöschten. Seit seiner Kindheit voller Züchtigungen durch einen ultramachohaften Vater (was ihn mit Anthony verband) hatte er versucht, sich den Verpflichtungen der Realität zu entziehen, aber nie war ihm die Realitätsflucht so gründlich gelungen wie bei diesen Ausflügen ins Lichtspielhaus.

Während dieser Kinobesuche hatte er sich in Drew Barrymore verknallt. Zerrissen zwischen Drogenmissbrauch und seiner Schwärmerei für Drew Barrymore, verlor er seine geistige Orientierung und stand schließlich ohne Arbeit und ohne Familie da. Seine Frau und seine Töchter wussten nichts von Drew Barrymore, sie wussten nur, dass er sich ihnen immer mehr entzog. Tatsächlich brachte er Tag für Tag immer längere Phasen damit zu, Meth zu rauchen und langatmige Briefe an Drew Barrymore zu schreiben. Später entwickelte er ähnliche Gefühle für Winona Ryder und Olivia Abbott.

»Was die für einen Mund hat«, sagte Carlisle und schüttelte den Kopf Richtung Fernseher, während Anthony den Rauch zurück Richtung Carlisles Sofaende wedelte. »Ich bin regelrecht verschossen in diese Frau. Ich bin ein großes Hormon, das sich über Gottes ganze hirnlose Erde versprüht. Du kannst dich glücklich schätzen, dass ich nicht mehr versuche, sie flachzulegen.«

»Für mich wäre es eine Ehre, sie einfach nur bei ihren täglichen Verrichtungen zu beobachten, zu sehen, wie sie in der Küche nach einem Teller greift, welche Kleidungsstücke sie morgens auswählt. Beispielsweise heute hätte ich liebend gern gesehen, wie dieses Kleid und diese Halskette zueinanderfanden ...«

»Das zeigt nur, wie wenig du weißt. Vor der Arbeit trägt sie Jeans, und mit diesem ganzen Kram staffiert man sie erst im Sender aus.«

»Das tut nichts zur Sache. Allein zu beobachten, wie sie von einem Zimmer ins nächste geht – ich würde alles tun, um dieses Privileg zu genießen. Ich will sie zum Lachen bringen und zusehen, wie sich ihre Wangen dabei heben und senken.« Anthony machte den Fernseher an. »Hast du das gehört, Olivia? Ich bin nicht wie die anderen Kerle. Wenn wir heiraten, werden wir unsere Flitterwochen irgendwo an einem Strand verbringen, und wir fahren in einen Wein- und Spirituosenladen, wo ich dir kaufe, was du willst, und dann laufen wir kichernd die Gänge rauf und runter, und der Schnapsverkäufer wird über uns lachen. Mit uns.«

»Ich sollte nicht mal zulassen, dass du das morgen durchziehst. Mit so einem Gerede steuerst du schnurstracks auf ein böses Ende zu.«

»Aber wir sind schon so weit gekommen.«

Den restlichen Abend verbrachten sie damit, das durchzugehen, was Carlisle »den Job« nannte. Das sagte er nicht nur wegen der Arbeit, die sie darin investiert hatten, sondern auch, weil er ein Fan von Profi-Wrestling war, und beim Wrestling war ein »Job« jeder Teil einer Show, der dazu diente, dem Publikum weiszumachen, was sie sähen, sei echt. Carlisle glaubte, zunächst sei ein Job nötig, um Olivia daran zu hindern, Anthony zu ignorieren. Der Job war im letzten Monat nach und nach zwischen den Sechs- und den Zehn-Uhr-Nachrichten entstanden. Carlisle ging dann im Wohnzimmer auf und ab und gab Ideen zum Besten, während sich Anthony Notizen machte. Manchmal probten sie sogar, wobei Carlisle die Rolle Olivias spielte. Carlisles Hauptkritikpunkt an Anthony während dieser Proben lautete, er rede zu viel, worauf Anthony erwiderte: »Ich weiß. Es ist nur so angenehm, dass mir jemand zuhört.«

Am ersten Freitag im September fuhr Carlisle Anthonys Wagen, damit Anthony etwas trinken konnte. Anthony trank in seinem Apartment zwei Whisky, genug, um sein Stottern zu beenden. Carlisle achtete auch darauf, dass Anthony etwas aß (einen Double Cheeseburger am Highway 71), damit er nicht nachlässig wurde. Sie waren unterwegs zu einer Bar namens Froggy's, wo Olivia Karaoke sang, wie Carlisle herausgefunden hatte.

»Denk dran, du musst ihr die ganze Zeit in die Augen sehen. Besonders wenn du sie wegen deines Drehbuchs anlügst.«

»Aber was soll ich machen, wenn sie herausfindet, dass ich es nicht verkauft habe?«

»Darüber machen wir uns keinen Kopf. Heute Abend geht es darum, einen ersten guten Eindruck zu hinterlassen.«

»Das mit dem Lügen ist mir nicht recht.«

»Mach nicht so einen Aufriss, Dent. Auf dieser Welt gewinnt nur, wer besser schwindelt als die anderen.«

Es war 23 Uhr 16, als sie vor Froggy's eintrafen. Und tatsächlich entdeckte Carlisle auf dem Parkplatz sofort Olivias Mercury Cougar. Anthony war so nervös, dass er ein paar Schluck Whisky aus einem Flachmann nahm. Als sie ausstiegen, sagte Carlisle: »Letzte Kontrolle.« Anthony trug seine Vans, Bluejeans und ein James-Taylor-T-Shirt (auch wenn es ihn schauderte, sobald er Taylors weiche, ölige Stimme hörte). Carlisle verwuschelte Anthonys lockige Haare. »Lass sie ein bisschen durcheinander. Weiber mögen das.«

Carlisle betrat die Bar zuerst. Anthony wartete zwei Minuten. Als er durch die Vordertür in die volle kleine Bar ging, rechnete er mit einem Herzstillstand. Olivia stand auf der Bühne und sang Patsy Clines »Crazy«. Ihre Singstimme war ebenso bezaubernd wie ihre Sprechstimme. Sie trug ein kurzes Trägerkleid mit einem weißen T-Shirt darunter und einen engen Halsreif. Als Anthony durch den rauchgeschwängerten Raum blickte, dachte er daran, dass er die gleiche Luft atmete wie sie.

Er schaute sich nach Carlisle um, sah ihn aber nicht. Olivia erntete wahre Beifallsstürme. Als sie an ihren Tisch zurückkam, begrüßten ihre Begleiter sie mit High fives und Schulterklopfen. Sie war mit fünf Leuten da, drei Frauen und zwei Männern. Eine der Frauen war Reporterin, doch die anderen kannte Anthony nicht. Sie gossen aus zwei großen Krügen Bier in ihre Gläser.

Schließlich machte Anthony Carlisle ausfindig, der neben der Jukebox an der Wand lehnte. Er war besorgt, als er sah, dass Carlisle auf Olivia starrte und die Handfläche lasziv an der Wand rieb, er war aber wild entschlossen, seinen Plan durchzuziehen. Anthony bestellte einen Old Forester mit Wasser und nahm an einem Tisch hinten im Raum Platz. Während er darauf wartete, den entscheidenden Schritt zu tun, betrachtete er Olivia und befand, dass sie mit keinem der beiden Männer etwas hatte. Sie unterhielt sich vorwiegend mit den Frauen, schien sich aber vor allem aufs Trinken zu konzentrieren. In der Zeit, wo die anderen ihre Gläser einmal nachfüllten, füllte sie ihres zweimal nach.

Als Olivia nach einer Weile aufstand und in Richtung Damentoilette ging, sprang Carlisle sofort an ihren Tisch, setzte sich an ihren Platz und fing an, mit der Journalistin und den anderen zu plaudern. Sein Ziel war es, Olivias Freunde zu beschäftigen, damit Anthony sich möglichst ungestört mit ihr unterhalten konnte.

Als Olivia vom Klo kam, schlenderte Anthony auf sie zu, wobei er tat, als sähe er sie nicht, was ungefähr so war, als ginge man zum Strand und gäbe vor, das Meer nicht zu sehen.

»Hey!«, sagte Olivia. »Mir gefällt Ihr Shirt.«

Dass sie ihn ansprach, war für Anthony so krass, dass es vielleicht ohnehin gar nicht wirklich geschah – und deshalb nicht viel bedeutete. Doch sie meinte tatsächlich sein Shirt. Er sah ihr in die Augen.

»Oh, danke. Sind Sie ein Fan?«

»Ein *großer* Fan. Er ist mein Lieblingssänger.«

»Was sagt man dazu?«

Olivia verzog ihren geheimnisvollen Mund zu einem niedlichen, schüchternen Lächeln und wollte weitergehen.

»Moment mal – Sie kommen mir so bekannt vor.«

»Vielleicht haben Sie mich im Fernsehen gesehen. Ich bin Nachrichtensprecherin auf Channel Seven.«

»Ach ja, genau. Ohne das Pult hab ich Sie wohl nicht erkannt.« Olivia lächelte erneut. »Ich mag Ihre Sendung.«

»Danke. Danke fürs Zusehen.«

Immerhin schaute sie nicht weg, doch Anthony merkte, dass er Gefahr lief, sie zu verlieren. Carlisle hatte ihm immer und immer wieder eingeschärft, wenn es um Frauen gehe, sei das Glück auf Seiten der Mutigen. Anthony wusste, welche Seite des Skripts jetzt dran war.

»Verzeihen Sie, aber Sie sind ungewöhnlich zauberhaft, und ich würde Sie gern zu einem Drink einladen. Würden Sie mir das erlauben?«

Er hatte es geschafft. Kein einziger Stolperer. Er war erleichtert. Wenigstens würde er jetzt immer wissen, dass er es versucht hatte.

»Wow. Das war ein nettes Kompliment. Ich – Sie – Das ist wirklich lieb von Ihnen. Klar. Warum nicht? Klar dürfen Sie mich zu einem Drink einladen.«

Sie wollte ein Bier. Er holte sich noch einen Whisky, dann setzten sie sich an einen Tisch für zwei in einer hinteren Ecke. Er konnte nicht widerstehen, einen Trinkspruch auszubringen, doch da er immer nervöser wurde, je realer die Situation wurde, fiel ihm der Trinkspruch nicht mehr ein, auf den er und Carlisle verfallen waren, daher sagte er nur schwach: »Auf Patsy Cline.« Olivia lächelte und leckte sich die Lippen, als sie mit ihren Gläsern anstießen.

»Das haben Sie gesehen?«, fragte sie und wies auf die Bühne.

»Ja. Es war toll. Alle waren von Ihnen begeistert.«

»Die Leute waren nur nett.«

»Nein. Wir alle lieben Sie.«

Als er das gesagt hatte, verzog er das Gesicht, weil er wusste, dass das merkwürdig klang. Zum Glück schien es Olivia nicht zu bemerken. Wahrscheinlich tat sie es doch, dachte sich Anthony, doch die Wärme und Freundlichkeit, die sie auf dem Bildschirm ausstrahlte, waren im wirklichen Leben genauso vorhanden. Sie war eine wirklich nette Frau.

»Werden *Sie* auch noch singen?«, fragte sie.

»O mein Gott, bloß nicht.«

Sie lachte. Er wünschte, er könnte in ihrem Lachen wohnen. Da könnte sein persönlicher Himmel sein, im Lachen dieser Frau.

»Na los. Nicht mal ein bisschen James Taylor?«

Schuldgefühle setzten ihm zu. Doch wenn Carlisle nicht diese T-Shirt-Idee gekommen wäre, hätte das alles vielleicht nicht so gut funktioniert.

»Ganz ehrlich«, sagte Anthony, »mir fehlt der Mut, um da raufzugehen und zu singen. Nur zu reden reicht mir völlig.«

Wieder lachte Olivia. »Tja, ohne mir Mut anzutrinken, könnte ich das auch nicht.« Sie nahm einen Schluck aus ihrer Bierflasche.

Anthony beobachtete unwillkürlich ihren Mund. »Trinken Sie während der Nachrichtensendung?«, fragte er lachend.

»Nein. Das wäre aber lustig. Würde wahrscheinlich den Einschaltquoten guttun.«

»Was Sie tun, könnte ich nie und nimmer.«

»Na klar doch. Solange Sie von einem Teleprompter ablesen können.«

»Selbst daran würde ich scheitern. Seit der Unterstufe habe ich eine Heidenangst davor, etwas laut vorzulesen.«

»Echt? Sie meinen speziell davor, etwas laut vorzulesen?«

»Genau. Wenn der Lehrer mich aufforderte, etwas vorzulesen, wurde meine Stimme ganz zittrig. Es war so schlimm, dass ich mich weigerte, in die Schule zu gehen.«

Olivia senkte den Kopf verschwörerisch Richtung Tischplatte. »Ich hatte genau … dieselbe … Phobie.«

»Echt jetzt?«

»Ja. Ich hab einfach dagesessen und mich geduckt, vor lauter Angst, dass mein Name aufgerufen würde.«

»Ich auch. Aber Sie haben das offenbar komplett überwunden.«

»Stimmt. Doch auch jetzt noch denke ich während der Nachrichtensendung manchmal: Wie schaffe ich das nur?«

»Am College hatte ich mal einen Psychologieprof, der sagte uns, wir würden zu dem, wovor wir uns fürchten. Das habe ich nie vergessen. Weil Sie Angst davor hatten, laut vorzulesen, sind Sie vielleicht in diesem Beruf gelandet.«

»Das ist eine echt coole Idee.«

Während Olivia noch einen Schluck Bier nahm, hielt sie Blickkontakt. Anthony konnte nicht glauben, was da gerade geschah. Olivia schien sich an dem Gespräch interessiert zu beteiligen. Sie lächelte ihn an, während sie das Etikett von der Bierflasche abpulte, was Anthony überforderte, weshalb er wegschauen musste. Bei einem Blick quer durch den Raum sah er, dass Carlisle die anderen erfolgreich ablenkte, ihnen aus irgendeinem Grund seinen Nabel zeigte.

Anthony wandte sich wieder Olivia zu und erwartete beinahe, an ihrer Stelle eine Autowerbung zu sehen.

Doch er saß tatsächlich da und unterhielt sich mit Olivia Abbott. Er stellte sich vor, wie der Himmel sich zur Erde senkte und sie umschloss, den Planeten dann langsam in seinen unendlichen Schoß zog.

Anthony begann, Olivia persönliche Fragen zu stellen, worauf er sämtliche Antworten bereits kannte (Mutter war Lehrköchin, Vater Generalunternehmer, sie hatte einen älteren Bruder und ging gern joggen). Schließlich fragte sie: »Und, was machen Sie so?«

»Ich bin Drehbuchautor.«

»Oh. Was schreiben Sie denn?«

»Dramen und Komödien.«

»Ich lese wahnsinnig gern.«

»Ich auch. Es war enorm schwierig, den Durchbruch als Autor zu schaffen, aber kürzlich hat ein Studio mein letztes Skript optioniert, es scheint also aufwärtszugehen.«

»Oh, wow. Das ist toll!«

»Danke«, sagte er und drehte eine Locke um seinen Finger. »Ich hab keine Ahnung, was die mit mir wollen. Normalerweise arbeiten sie nur mit bekannten Autoren zusammen. Doch ich will mich nicht mit ihnen streiten.«

»Offenbar halten die wirklich etwas von dem, was Sie schreiben.«

»Na ja. Ich hatte einfach Glück.«

»Oh – das sollte ich mir anhören. Auf der Bühne ist gerade eine Freundin von mir.«

Sie hörten zu, wie ihre Freundin einen Song vortrug, den Anthony verabscheute, »Creep« von TLC. Als der Song zu Ende war, hatte Olivia ihr Bier mehr als zur Hälfte geleert.

»Und, was halten Sie von der Gegend?«, fragte Anthony.

»Die Menschen sind echt nett. Es ist ein wenig … klein, aber man hat mich gut aufgenommen. Und ich *mag* das hiesige Essen. Der beste Wels meines Lebens. Und die Grillrestaurants finde ich auch alle toll. Natürlich ist es eine regelrechte Folter, hier zu leben, weil ich mich beim Essen zurückhalten muss. Wie lange wohnen Sie schon hier?«

»Mein Leben lang. Ich arbeite immer noch dran, hier meinen Spaß zu haben.«

»Och, so schlimm ist es nicht.«

»Ich weiß. Ist es wirklich nicht. Nur, und besonders für junge Leute – ich will's mal so sagen … die Leute hier haben das dumpfe Gefühl, dass sich das Leben anderswo abspielt.«

Olivia nickte. Wie er es oft geprobt hatte, machte Anthony vor seinem nächsten Spruch eine Pause. »Aber dann sind da noch Sie. Sie erscheinen auf dem Bildschirm, lächeln uns an und zeigen uns die vielen Varianten, in denen das Leben *tatsächlich* direkt vor unseren Haustüren stattfindet. Ich bewundere wirklich, was Sie tun.«

»Vielen Dank. Das ist nett von Ihnen.«

»Hören Sie, Ihre Freunde sollen nicht glauben, ich hätte Sie entführt. Ich verstehe also, wenn Sie zu ihnen zurückgehen müssen, aber vorher muss ich Sie fragen: Möchten Sie irgendwann mal mit mir ausgehen?«

»Oh. Wow.«

Sein Puls wurde schneller. »Tut mir leid, wenn das zu direkt war. Ich hab nur Angst, Sie nie wiederzusehen.«

»Nein. Mich überrascht nur immer wieder, dass jemand mit mir ausgehen möchte.«

Anthony lachte. »Sie sind einfach hinreißend. Echt jetzt, sehen Sie sich doch mal an. Sehen Sie sich nur mal an.«

Sie errötete. Anthony wollte unbedingt ihr Gesicht berühren. Oder auch nur mit der Spitze seines Zeigefingers ihren Arm berühren, um sich zu vergewissern, dass sie da war.

»Na schön. Klar. Wir können irgendwann mal ausgehen.«

Mondlicht drang durch die Risse in der Decke und ergoss sich in jedermanns Knochen, und die Bar wurde zu einem seligen Karneval der Heiligen, als Olivia Abbott Anthony Dent ihre Telefonnummer gab.

»Ach du dickes Ei, Dent. Das ist ihre richtige Nummer.«

»Ganz sicher?«

»Klar bin ich mir sicher. Ich kenn sie auswendig, weil ich diese Nummer anrufe und sofort abspritze, wenn sie sich meldet.«

Im Wagen berichtete Anthony Carlisle, wie gut alles gelaufen war, und dankte ihm, weil er so viele seiner Ratschläge befolgt hatte.

»Dank mir nicht. Ich hätte nie gedacht, dass irgendwas davon wirklich klappen würde.«

»Hat es aber. Tut mir leid, dass ich je an dir gezweifelt habe.«

»Dann zweifle jetzt nicht an mir. Du musst noch mal zurück.«

»Wieso?«

»Machst du Witze? Du hast gerade einen tollen Lauf. Wirf das nicht weg. Wir wissen nicht, ob sie wirklich mit dir ausgehen wird. Geh da rein, und überrede sie, mit zu dir zu kommen.«

»Ich weiß nicht recht.«

»Alter, sie steht auf dich. Das hab ich von der anderen Seite des Raums gesehen. Geh da wieder rein, und komm zum Abschluss.«

»Aber ich habe schon alles gesagt, was du vorgeschlagen hast.«

»Ich gebe dir genaue Anweisungen, was du noch sagen musst. Lass mir einen Moment Zeit.«

»Aber ich bin gerade so glücklich wie noch nie. Ich will mein Glück nicht herausfordern.«

Carlisle brachte ihn zum Schweigen und strich sich durch die langen, fettigen Haare, als versuche er, sich eine Idee aus dem Schädel ziehen.

»Ich hab's. Ich weiß, was du sagen wirst. Erinnerst du dich an meine Idee mit den guten Nachrichten und den schlechten Nachrichten?«

»Ja.«

»Erzähl ihr davon. Sag, es sei deine Idee. Sie wird das lustig finden. Wenn du sie zum Lachen gebracht hast, frag sie, was sie später vorhat. Komm schon, Kleiner. Ich hab dich so weit gebracht. Ich bring dich auch ins Gelobte Land. Du musst mir vertrauen. Du *musst* ihr die Sache mit mit den guten Nachrichten und den schlechten Nachrichten erzählen. Und dass es *deine* Idee ist. Das ist entscheidend.«

Widerwillig ging Anthony wieder in die Bar. Am Tresen setzte er sich auf den Hocker, der den Toiletten am nächsten war, und bestellte noch einen Drink. Obwohl er ernste Bedenken hatte, wartete er geduldig, nahm noch einen Drink, bis Olivia wieder in seiner Nähe war. Dann sagte er: »Hi.«

»Aber hallo!«

»Ich wollte Ihnen einen Vorschlag machen.«

»In Ordnung.«

»Ich finde, ihr solltet gute Neuigkeiten ausschließlich in den Fünf-Uhr-Nachrichten bringen, dann schlechte Neuigkeiten nur um sechs. Es aufteilen und den Zuschauern eine Alternative bieten.«

Sofort verschwand Olivias Lächeln. Sie schaute weg und trat einen Schritt zurück.

Irritiert fuhr Anthony fort: »Be-bestimmt kriegt ihr für die schlechten Nachrichten höhere Einschaltquoten.«

Als hätte sie sich ein Lächeln abringen müssen, sagte sie: »Danke für den Vorschlag. Verzeihung.«

»Olivia?«, sagte Anthony zu dem brünetten Hinterkopf. Er erhob sich vom Tresen. »Habe ich etwas Falsches gesagt?«

Sie blieb stehen und drehte sich um. »Schreib mir nie wieder.«

»Aber ich habe dir *noch nie* geschrieben.«

»Was du gerade gesagt hast, war aus einem deiner Briefe.«

»Das war nicht – es war von – o mein Gott.« Schlagartig fiel ihm noch einer von Carlisles Wrestling-Begriffen ein: der sogenannte *Heel Turn* – ein guter Kämpfer verwandelt sich in einen Bösewicht. Wie könnte er das erklären? Er versuchte es jedenfalls. »Ich hab mal einen Typ kennengelernt, der mir von der Sache mit den guten und den schlechten Nachrichten erzählte, und ich dachte nur, du fändest das lustig. Das ist alles.«

»Was du gesagt hast, stand praktisch wortwörtlich in dem Brief.«

»Das ist alles ein Missverständnis. Bitte –«

»Ohh … Ich *dachte* schon, das laufe ein wenig zu glatt. Deshalb wusstest du genau, was du sagen musstest, weil du der Stalker bist, der mich verfolgt.«

»Das ist nicht wahr.«

»Du weißt also nicht alles über mich?«

»Ich stelle dir nicht nach.«

»Du hast mir in den letzten drei Monaten nicht tagtäglich abartige Briefe geschickt?«

»Nein! Bitte glaub mir. Bitte.«

»Nein. Du glaubst jetzt *mir*. Wenn du je wieder Kontakt zu mir aufnimmst oder wenn ich dich je *wiedersehe*, werde ich die Polizei verständigen und ein Kontaktverbot gegen dich erwirken.«

»Ich glaub das nicht.«

Entgeistert sah Anthony zu, wie Olivia umgehend zu ihren Freunden zurückging und auf ihn zeigte. In der Absicht, mit beiden Fäusten auf Carlisles knochiges Rattengesicht einzuschlagen, stürmte er aus der Bar. Er stellte sich vor, ihn mit den Handkanten zu bearbeiten, so wie er auf Hackfleisch einschlagen würde. Einerseits war er erleichtert, als er herausfand, dass Carlisle nirgends zu sehen war, da er nun die Gewalt, die er in sich spürte, nicht auf die Welt loslassen würde. Er war immer der Meinung gewesen, es sei unpassend, dass eine so schöne Frau wie Olivia solche vor Gewalt strotzenden Nachrichten vortrug. Diese Frau sprach nur vom Tod.

Jetzt stellte sich das Problem, wie er nach Hause kam. Anders als in größeren Städten gab es hier keine Kneipen in fußläufiger Entfernung von Wohngebieten. Hier war alles weit verstreut.

Seine Wohnung lag fünfzehn Kilometer entfernt, und er wusste, dass er zu viel getrunken hatte, um noch zu fahren, auch wenn er in Versuchung geriet. Zum Teufel mit denen, dachte er. Es wurde Zeit, sie alle von der Straße zu drängen.

Doch er konnte nicht. Er stieg auf den vermüllten Rücksitz seines Grand Am und legte sich in Embryonalstellung hin. Er machte es sich für die Nacht bequem, legte den Kopf so nach hinten, dass er durch die Heckscheibe den Nachthimmel sah. Er konzentrierte sich auf den hellsten Stern.

»Ich weiß, wir müssen dir alle wie ein Haufen Niemande vorkommen. Besonders in dieser Scheißstadt. Aber dieser Niemand spricht und will, dass du zuhörst. Ist es inzwischen so weit gekommen? Dass ich auf einem Parkplatz in einem beschissenen James-Taylor-T-Shirt schlafe? Ganz ehrlich, manchmal kommt es mir so vor, als *wolltest* du, dass ich ein schlechter Mensch werde. Aber das bin ich nicht. Ich bin's nicht! Hörst du mich?!« Er spürte, wie die Tränen zum Luftholen nach oben kommen wollten, unterdrückte sie aber wie üblich. »Du musst zugeben, manchmal kommst du als kaltherziger, alter Knacker rüber. Weißt du das? Du konntest dich einfach nicht für mich einsetzen. Nicht ein einziges Mal, stimmt's? Und ich versuche, so *gut* zu sein. Ich schwör's. Keine Ahnung, ob es an dir liegt oder an ihnen. Lenkst *du* meine Geschicke, oder tun das andere

Menschen? Und selbst wenn es *Menschen* tun, packst du ihnen nicht die Ideen in den Kopf? O Herr, ich bin es so leid, Selbstgespräche zu führen. Ich bin es so leid, keine Antworten zu kriegen. Aber ich werde es weiter tun, hörst du mich? Mit dir und mit ihr und mit euch allen. Sie kann nicht verhindern, dass ich mit ihr rede, wenn sie auf dem Bildschirm erscheint. Und die Wahrheit ist, dass es mir so fast besser gefällt. Jawohl, Sir. Das ist so ziemlich die Wahrheit.«

Er verstummte, als er vor seinem Auto Frauengelächter hörte. Die Frauen klangen betrunken, albern und zauberhaft. Als sie sich einem langen Lachanfall hingaben, erlaubte Anthony es sich zu weinen. Er fing eine Träne mit der Fingerspitze auf und schmeckte sie. Sie schmeckte frisch und salzig, sogar süß. Er weinte noch mehr. Er überlegte, wie er wohl für seine toten Verwandten ausgesehen haben mochte, empfand aber nur Zärtlichkeit für sich selbst. Er weinte sogar noch mehr, was sich herrlich anfühlte. Er ließ die Tränen über seine Wangen rinnen, dann verschmierte er sie gleichmäßig über Gesicht und Stirn, als wären sie ein teurer Balsam, für den er gespart hatte, ein Geschenk für einen geliebten Menschen.

2

Es wird alles schlecht werden

Schon lange vor ihren Zusammenbrüchen hielt man in Moberly, Kentucky, Elena und Paul Bockelman für ein tragisches Paar, auch wenn man es natürlich rührend fand, wie sie zusammenhielten. Mutter und Sohn ließen sich nur selten blicken: Elena vielleicht einmal pro Woche, wenn sie sich bei Wal-Mart mit Lebensmitteln eindeckte. Wenn man in den Berneray Estates wohnte, der ältesten und in grauer Vorzeit besten Trabantenstadt Moberlys, sah man unweigerlich Paul auf dem Rasen vor dem Haus Zigaretten rauchen. Ältere Anwohner fuhren vorbei und sagten: »Dieser Bursche sieht immer so nobel aus«, weil er das Haus nie ohne schwarze Hose und das weiße Anzugshemd verließ und sein schwarzer Schopf immer zu einer Tolle gekämmt war, als wolle er irgendwo auftreten. Einige der Älteren verglichen ihn mit dem jungen Roy Orbison, nur ohne die Brille. Aufmerksame Beobachter sagten manchmal Dinge wie: »Er sieht immer aus, als sei er auf der Suche nach etwas«, und damit lagen sie nicht falsch. Manchmal schaute Paul sogar erwartungsvoll in den Himmel.

Elena in ihrem schwarzen Kimono und mit den grauen, mit Klammern zusammengesteckten Haaren blieb meist im Haus. Die Leute hatten immer gesagt, die Frau erinnere sie an Liz Taylor. Sie ging nie ungeschminkt und ohne Schmuck aus dem Haus und sah dann tatsächlich gut zwanzig Jahre jünger aus. Meist blieb sie jedoch in ihren vier Wänden und verkroch sich mit einer Zeitschrift in eine Wohnzimmerecke – ihre eigene private Ecke der Welt, wo sie sich ihren Schuldgefühlen hingab, weil sie glaubte, ihr Sohn habe ihre schwachen Nerven geerbt, so wie sie sich auch schuldig fühlte, weil er wie sie herzkrank war, Diabetes hatte und an chronischer Schlaflosigkeit litt.

Paul hatte ebenfalls Schuldgefühle, weil er glaubte, er sei die Ursache für den Zustand seiner Mutter, wegen der kumulativen Wirkung seines ständigen Versagens. Und so saßen der Sohn mittleren Alters und seine bejahrte Mutter herum und hatten wegen des Zustands des jeweils anderen Schuldgefühle, während sie an Beistelltischchen ihre Mahlzeiten einnahmen und sich über »das Rite-Aid-Mädchen« unterhielten, wie sie es nannten, jene quirlige junge Apothekenhelferin, an die sie während ihrer langen Genesungszeit alle beide so gern dachten.

Achtzehn Jahre vor ihren Nervenzusammenbrüchen hatte sich an dem Abend, als Paul seinen Masterabschluss in Musik erhalten sollte, die Welt in einem einzigen Moment entschieden gegen Paul und Elena Bockelman gewandt. Weil im Umkreis von dreihundert Kilometern um Moberly solche Abschlüsse nicht angeboten wurden, musste Paul auf die Universität von Kentucky gehen, dieselbe Uni, auf der schon seine Eltern studiert hatten – seine Mom Sozialarbeit, sein Dad Finanzwesen. Paul und seine Eltern fuhren in verschiedenen Autos zu der Abschlussfeier. Pauls Dad nahm seinen eigenen Wagen, weil er immer gern die Spitze übernahm, während sein Sohn mit Elena als Beifahrerin hinter ihm herfuhr. Ein Betrunkener überfuhr eine rote Ampel und raste in den Wagen von Pauls Dad. Paul und seine Mom, die unmittelbar dahinter fuhren, mussten mit ansehen, wie der Vater und Ehemann vor ihren Augen getötet wurde.

In den folgenden Jahren fügte sich nichts zum Guten. Elena verfiel in eine Art Duldungsstarre und schottete sich in einer Welt aus Kabelfernsehen (CNN, AMC) und Zeitschriften *(Woman's World, Star)* ab. Wenn sie angerufen wurde, rief sie nicht mehr zurück, worauf ihre Freunde und Verwandten sie irgendwann abschrieben; allerdings war der größte Teil ihrer Familie ohnehin entweder tot oder längst nach Florida verzogen. Sie hatte zwar eine Nichte, die gelegentlich mal nach ihr sah, doch diese Nichte hatte ihre eigenen Probleme. Kein Antidepressivum kam gegen Elenas oder Pauls Trauer an, auch wenn beide weiterhin Antidepressiva nahmen. »Aber Paul, Schatz, wir wissen ja nicht, wie viel schlimmer es uns *ohne* sie gehen würde.«

Ein paar Jahre nach dem Tod seines Vaters ermutigte Paul seine Mutter, sich wieder mit Männern zu verabreden, doch sie weigerte sich. Ihr Mann war nicht zu ersetzen. Mit ihrer Gesundheit ging es bergab. Sie bekam nun regelmäßiger Brustschmerzen und Herzrasen, unternahm aber nichts dagegen.

Ursprünglich hatte Paul für die Zeit nach seinem Abschluss geplant, dorthin zu gehen, wo die Arbeit war – egal, wo im Lande –, um seinem Traum zu folgen, seinen Lebensunterhalt als Jazzpianist zu verdienen, doch er ertrug die Vorstellung nicht, seine verwitwete Mutter alleinzulassen.

Und so verließ er das elterliche Nest nicht. Er hörte auf zu musizieren und stellte sich ohne große Gegenwehr darauf ein, in Moberly zu sterben.

Die Stadt wurde seine Krankheit.

Anschließend machten die schwungvollen und neonbunten 1980er-Jahre Paul klar, dass er erstens im Erwerbsleben praktisch unbrauchbar und zweitens nicht liebenswert war. Selbst Vorstellungsgespräche für die niedrigsten Tätigkeiten führten zu Formbriefen mit gleichgültigen Absagen. Große romantische Gesten brachten gar nichts.

Das Leben schleppte sich dahin. Elena ging kurzerhand in Rente. Paul fand nur eine längerfristige Beschäftigung als Hotelrezeptionist, in der Nachtschicht des Ramada Inn am Highway 71. Dort lernte er 1990 die liebe, aber schwierige Frau kennen, mit der er dann eine vierjährige Ehe führte.

Sie war Sängerin. Als der Geschäftsführer des Ramada Inn erfuhr, dass Paul ein versierter Pianist war (was er, wenn überhaupt, nur selten erwähnte), brachte er ihn mit der hübschen Pam zusammen und ließ die beiden an zwei Abenden pro Woche in der Hotelbar auftreten. Zunächst weigerte sich Paul, bis Pam eines Abends zu ihm an die Rezeption kam und er sich in sie verliebte, denn sie hatte Pep und Anmut, zwei Eigenschaften, mit denen er nicht einmal ansatzweise aufwarten konnte.

Ihre Auftritte waren nicht gerade gut besucht, und nach einem halben Jahr ersetzte man sie durch eine Karaoke-Maschine. Doch Paul hatte seinen Spaß, auch wenn er statt seines geliebten Jazz Hits wie »Eternal Flame« spielen musste. Er ließ Jahre unterdrückter Musik aus seinem Körper strömen, und Pam fand seine Musik anziehend. Er spielte so gut, dass er dabei sogar schön wirkte.

Erstaunlicherweise liebte Pam Paul so sehr, dass sie einverstanden war, nach ihrer Heirat zu ihm ins Haus seiner Mom zu ziehen. Die ersten beiden Jahre funktionierte dieses Arrangement reibungslos. Das Haus war voller Musik. Jeden Abend spielte Paul auf dem Klavier seines Vaters und sang mit Pam, oft einigten sie sich auf Songs von Billy Joel. Sie luden sogar Freunde ein, überwiegend die von Pam, doch auch Pauls einzigen Freund, seinen Cousin, mit dem zusammen er als Kind auf Fahrrädern die ganzen Berneray Estates unsicher gemacht hatte. Alle diese Freunde mochten Pauls Mom wegen ihrer aufrichtigen Gastfreundschaft – »Hier. Ich mixe dir gern einen Cocktail.«

Geld wurde zum Problem. (»Ganz ehrlich, Pam, manchmal glaube ich, du sitzt bloß rum und überlegst dir, wie du mein Geld ausgeben kannst.«) Die Spannungen wurden noch dadurch verstärkt, dass ihre Wohnsituation vorübergehend sein sollte, Paul aber nicht wusste, wie sie es sich leisten konnten, aus dem Haus seiner Mutter auszuziehen, was er auch gar nicht wollte. Nach und nach traten an die Stelle der Musik im Haus der Bockelmans Beschimpfungen und der Krach, der entsteht, wenn mittelgroße Gegenstände auf Wände treffen (Kaffeekannen, gebundene Bücher). Das ging so weit, dass Elena in ihrem Zimmer blieb.

Das unglückliche Paar wartete mit der Trennung, bis das Haus zu einer brodelnden Brutstätte der Gehässigkeit wurde. Sofort nach ihrer Trennung ließ Pam sich mit Pauls Cousin ein, dem Neffen seines Vaters.

Paul hörte wieder auf zu musizieren. Wenn er sich zum

Spielen hinsetzte, fühlten sich seine Hände auf den Tasten mechanisch an, und sein Herz empfand rein gar nichts.

Besucher kamen keine mehr.

Nicht lange nach der Scheidung gewöhnte sich Paul das Zigarettenrauchen an. Seine Mom war entsetzt, wenn sie aus dem Wohnzimmerfenster schaute und sah, wie der Rauch von dem großen, schlanken Umriss ihres Sohnes aufstieg. Er machte einen düsteren Eindruck.

»Hast du gesehen, was ich da draußen gemacht habe?«, fragte er, als er das Wohnzimmer betrat, das vollgestopft war mit edlen Glasteilen, die Elena auf dem Antikmarkt von Moberly gekauft hatte.

»Nun, ja. Ich wollte aber nichts sagen.«

»Ich habe nicht gern Geheimnisse. Ich rauche jetzt.«

»Wie lange bist du schon Raucher?«

»Seit etwa zehn Minuten.«

»Warum fängst du plötzlich an zu rauchen?«

»Dad hat geraucht.«

»Und?«

»Also, Mom, das gibt zwar keiner von uns gern zu, aber ich *bin* ein erwachsener Mann.«

»Ich will mich nicht mit dir streiten. Du kannst rauchen, bis du im Gesicht blau anläufst, Schatz. Aber natürlich bin ich neugierig, warum du dich mit vierzig plötzlich entschließt, mit dem Rauchen anzufangen.«

»Weil ich mich dauernd so schrecklich fühle und jetzt gerade alles versuchen würde, damit ich mich besser fühle. Auch wenn es nur eine Minute anhält. Auch wenn es mich umbringt.«

»Es *wird* dich umbringen.«

»Ich *weiß*. Das weiß ich.«

»Jede Zigarette bringt dich dem Tod näher.«

»Dessen bin ich mir durchaus bewusst, Mutter.«

Paul wandte sich ab und roch an seinen Fingerspitzen. Elena schloss die Augen, legte den Kopf in den Nacken und atmete tief durch.

»Rauch bitte nur nie im Haus.«

»Ich kann mich gerade noch beherrschen.«

Er hatte das Gefühl, sich seinen Entschluss zu rauchen von einem älteren Erwachsenen genehmigen lassen zu müssen. Er verspürte plötzlich den Drang, auf eine der Antiquitäten im Wohnzimmer einzuschlagen. Doch er tat es nicht. Dann blickte er in das Nebenzimmer auf das Klavier, an dem er, seine Frau und sein Cousin so oft gesungen hatten. Am liebsten hätte er die Tasten rausgerissen. Doch er musste es weiter vor sich hin gammeln lassen. Er hatte so viele Jahre damit verbracht, alles vor sich hin gammeln zu lassen. Genau wie seine Mutter.

»Sieh mal«, sagte Paul. »Es gibt noch einen Grund, warum ich das mache. Weißt du noch, wie wir uns gefragt haben, ob schon vor unserer Trennung zwischen Pam und Brock etwas im Gange war?«

»Ja.«

»Nun, jedes Mal, wenn er vorbeikam – also, bestimmt ist es dir aufgefallen. Er ging drei- oder viermal raus, um zu rauchen, und fast jedes Mal ging Pam mit ihm raus und rauchte auch.«

»Oh, das habe ich bemerkt. Ich war es wirklich leid, dass sie wieder reinkamen und nach Rauch stanken.«

»Das tut mir leid. Aber natürlich habe ich *nicht* geraucht, trotzdem, ich bin mit ihnen rausgegangen und habe mich unterhalten, bis ich es irgendwann leid war, draußen in der Hitze oder Kälte zu stehen, ihren Qualm einzuatmen, bis ich schließlich einfach im Haus blieb, wenn sie rausgingen. Jedenfalls glaube ich, dass sich zwischen ihnen allmählich bei all den Zigaretten etwas entspann. Ich glaube, damit fing es an.«

»Wahrscheinlich hast du recht.«

»Jedenfalls fiel mir kürzlich auf, dass das nicht neu ist. Mein Leben lang habe ich mit angesehen, wie alle um mich herum einander durch Rauchen näherkamen. Als würden sie die Pausentaste des Lebens drücken, rausgehen und ganz plötzlich reden können – das heißt, *richtig* reden. Sich auf den Augenblick konzentrieren, ohne jede Ablenkung wie das Fernsehprogramm. Und das ist mir entgangen, weil du mir eingeimpft hast, nicht zu rauchen.«

»Bei deinen gesundheitlichen Problemen wäre ich eine *Rabenmutter* gewesen, wenn ich dir das nicht eingeimpft hätte.«

»Nein. Ich mache dir keinen Vorwurf. Du hattest recht. Und doch ... Vielleicht hilft es mir dabei, jemanden kennenzulernen. Statt dauernd im Haus zu bleiben, verstehst du? Es ist ein Vorwand, um rauszugehen.«

»Schatz, wenn du glaubst, dass es dir dabei hilft, jemanden kennenzulernen, dann tu, was immer du für nötig hältst. Von mir wirst du kein Wort hören. Mach es nur nicht in meiner Gegenwart.«

»Versprochen. He, ich wollte dich fragen, welche Zigarettenmarke Daddy geraucht hat.«

»Salem-Mentholzigaretten. Die riechen nicht so schlimm. Ich habe ihm deswegen oft ins Gewissen geredet. Früher rauchte er die Sorte, die so stark und schrecklich roch, aber irgendwann brachte ich ihn dazu, auf etwas Milderes umzusteigen.«

»Was hat er vor den Salems geraucht?«

»Weiß ich nicht mehr. Warum nimmst du nicht einfach auch Salems?«

»Na schön.«

Nicht lange nach Pauls Scheidung bekam Elena so häufig Brustschmerzen, dass Paul sie eines Tages in die Notaufnahme des Moberly Baptist Hospital fahren musste. Schwestern brachten sie in ein Zimmer, wo sich über eine Stunde lang niemand um sie kümmerte. Im Verlauf dieser Stunde führten ihre Brustschmerzen dazu, dass Elena ihr Bett einnässte. Paul eilte ins Schwesternzimmer, erklärte, was passiert war, und fragte dann, ob seine Mom frische Bettwäsche bekäme oder in ein neues Bett verlegt werden würde.

Eine weitere halbe Stunde verging, ohne dass sich jemand um Elena kümmerte. Pauls stille Wut ging in ein Crescendo über; er würde nicht tatenlos dasitzen und seiner Mutter beim Sterben zusehen.

»Ich habe versucht, höflich zu Ihnen zu sein, merke aber, dass Sie darauf nicht angemessen reagieren. Also werde ich mein Anliegen jetzt so formulieren, dass Sie es verstehen. Da drin liegt meine Mutter. Sie hat mir hier in diesem Krankenhaus das Leben geschenkt. Jetzt liegt sie da in einer Pfütze ihrer eigenen Pisse. Wir sind seit fast zwei Stunden hier. Gehen Sie bitte da rein, und helfen Sie dieser Frau.«

Die junge Schwester folgte Paul in das Krankenzimmer seiner Mutter, wobei sie sich permanent beklagte, dieses Zimmer gehöre nicht zu ihrem Arbeitsbereich. Es kam zu einer heftigen Auseinandersetzung zwischen Paul und ihr, sie auf einer Seite des Bettes, Paul auf der anderen, seine Mutter bleich und verschwitzt dazwischen. Paul brüllte die Schwester mit »Arschgesicht« an. Die Schwester ließ ihn von der Security aus dem Gebäude bringen. Elena rief: »Nein! Nicht! Er ist ein guter Junge!«

Niemand war bei Elena, als der Herzinfarkt kam.

Weil man leicht argumentieren konnte, die Szene habe ihren Zustand verschlimmert, reichte Elena gegen Moberly Baptist Klage ein. Ein Jahr später stimmte das Krankenhaus einem außergerichtlichen Vergleich zu, doch der Stress des Rechtsstreits trug zu ihrem Nervenzusammenbruch bei. Schon lange vor ihrem Weinanfall im Wal-Mart waren die Zeichen unübersehbar. Sie hatte gar keinen Appetit mehr, sagte, jedes Geräusch sei so laut, dass es ihr »durch Mark und Bein« gehe, und sie hatte solche Angst davor, das Bett zu verlassen, dass sie sogar Paul bat, sich neben sie zu legen und ihre Hand zu halten.

Was seinen eigenen Zusammenbruch anging, so glaubte Paul, der habe schon sein Leben lang auf ihn gewartet, und als er erlebte, wie seine Mutter einen hatte, schien ihm das endlich zu gestatten, sich dem Druck zu beugen. Er war nicht mehr in der Lage, das zu haben, was man gemeinhin einen guten Tag nennt. Dann kam ein Zwischenfall im Ramada Inn, bei dem er zu einem zornigen Gast in aller Ruhe sagte: »Wenn Sie es nicht schaffen, nett zu mir zu sein, werde ich Sie auf dem Parkplatz mit meinem Chrysler überfahren. Dann zerplatzen Ihre Organe unter meinen Reifen, und ich lache dabei.«

Einen Monat nach dem Zusammenbruch seiner Mutter, Paul war inzwischen einundvierzig, bekam er bei der Arbeit plötzlich grundlos Angst. Es fiel ihm schwer, Eingaben am Computer durchzuführen, die er schon Hunderte Male gemacht hatte. Sein Selbstvertrauen verließ ihn so gründlich, dass er jedes Mal in Panik verfiel, wenn er hörte, wie sich im Eingangsbereich die Automatiktüren öffneten. Als er schließlich eines Nachts nicht schlafen konnte, stolperte er in die Küche. Elena fand ihn um vier Uhr morgens am Küchentisch sitzend, erstarrt, mit verzweifelter Miene, nachdem er sämtliche Schranktüren und Schubladen aufgerissen hatte. »… *weiß* es einfach nicht. *Weiß* nicht, warum. Sei *still*! Tut mir leid, dass ich dir gesagt habe, du sollst still sein.«

Das konnte er weder seiner Mutter noch seiner Psychiaterin oder seinem Therapeuten erklären. Er gestand sich ein, dass sein Verstand eine Art geheimnisvolle Niederlage erlitten hatte und dass er, Paul, jetzt Ruhe brauchte. Widerwillig nahm er das Angebot seiner Mutter an, sie beide mit dem Geld aus ihrem Vergleich mit dem Krankenhaus durchzubringen.

Von nun an verließen Elena und Paul das Haus fast nur noch zu ihren Arztterminen. Mit siebenundsiebzig fühlte sich Elena am Steuer immer noch fit, doch Paul bestand darauf, sie zu ihren Terminen zu fahren, und betonte, das sei das mindeste, was er für sie tun könne, wenn man bedenke, was sie alles für ihn tue.

Wenn sie nicht zu einem ihrer Arzttermine fuhren, suchten sie die Rite-Aid-Apotheke in der Rain Street auf.

Elena glaubte, Paul habe bei dem Rite-Aid-Mädchen eine Chance, obwohl sie neun Jahre jünger als Paul war und besser aussah als er, dessen Kiefer nicht besonders ausgeprägt, dessen Gesicht nicht klassisch schön war und der den unsicheren Blick eines Menschen hatte, der sich ohne Ende Sorgen macht. Elena brach unter der grellen Beleuchtung der Apothekenfiliale als Erste das Eis bei Jillian. Sie hatte soeben miterlebt, wie sie sich um einen jungen Mann mit Lockenkopf kümmerte, dem das Lithium ausgegangen war.

»Mein Sohn und ich kommen seit Jahren hierher, und für mich sind Sie die beste Fachverkäuferin, die sie hier je hatten. Sie sind ein ausgesprochen liebenswerter Mensch.«

Mit ihrem brünetten Bubikopf mit Fransen ähnelte Jillian der Schauspielerin Phoebe Cates aus den Achtzigern. Sie war klein und niedlich und lächelte ständig, auch wenn ihrem Lächeln eine Spur Nervosität anhaftete, als wisse sie nicht, was sie sonst mit ihrem Mund tun sollte. Dennoch, nervös oder nicht, sie war von mädchenhafter Quirligkeit, wenn sie in dem kleinen Bereich hinter dem Tresen herumhuschte, im Computer nachschaute und nach den Tüten mit den orangen Arzneifläschchen griff.

»Oh, danke sehr! Das bezweifle ich aber. Oft genug habe ich das Gefühl, gar nicht zu wissen, was ich mache.«

»Das hätte mein Sohn auch so gesagt. Er kommt hier ständig her. Paul Bockelman?«

»Na klar. Der sich immer so elegant kleidet, stimmt's?«

»Aber ja! Ich muss ihm unbedingt erzählen, dass Sie das gesagt haben. Er ist zurzeit arbeitslos, darum kleidet er sich immer flott, um … Er nennt es, den äußeren Schein wahren.«

Das ging auf den Vorschlag von Pauls Therapeutin zurück, sich trotz seiner Arbeitslosigkeit weiterhin schick zu kleiden, weil sie wollte, dass er alles unternahm, um seine Selbstachtung zu steigern.

»Es wäre ihm peinlich, wenn er wüsste, dass ich Ihnen das sage«, fuhr Elena fort, »aber er war ein Ausnahmetalent am Klavier. Ich meine, er *ist* ein Ausnahmetalent am Klavier. Mit sechs hat er schon Duke Ellington gespielt. Als Jugendlicher ist er in der Carnegie Hall aufgetreten.«

»Das ist erstaunlich. Ich spiele auch Klavier, aber nicht so gut.«

»Singen Sie?«

»Ich *kann* singen. Auf der Highschool war ich im Chor.«

»Liebes, dürfte ich Sie um Ihren Nachnamen bitten?«

»Na klar.«

»Und wenn wir schon mal dabei sind, auch noch um den Mädchennamen Ihrer Mutter.«

Dank ihrer profunden historischen Kenntnisse über Moberlys Familien berichtete Elena Paul aufgeregt, aus welch gutem Elternhaus Jillian kam. »… ihre Großtante wäre also Ruby Lowder, die mit *deiner* Tante Iona zur Schule ging. Ach, es gibt so viele Verbindungen zwischen uns und ihr!«

Paul entmutigte seine Mom nur ungern; es war nett, sie lächeln zu sehen. Er fand, die meisten Menschen seien attraktiver, wenn sie die Stirn runzelten, aber nicht seine Mom.

»Und ihr Cousin wäre dann dieser Winston Herman – du weißt schon, den sie in der Stadt den Einsiedler nennen? Aber auch er stammte aus einer guten Familie. Ich kannte ihn, als er noch klein war. Und dann ist er –«

»Mutter, es tut mir leid, aber hörst du bitte auf damit? Wie könnte ich eine Zukunft mit jemandem haben, der weiß, was für einen Medikamentencocktail ich einnehme?«

»Das wird sie nicht stören. Wahrscheinlich nimmt sie die Hälfte davon selbst auch.«

»Eine dieser Arzneien wird als Antipsychotikum eingestuft. Sie weiß also, dass ich bekloppt bin.«

»Sei still. Du weißt, ich kann es nicht leiden, wenn du dich so nennst.«

»Na, schließlich *hatte* ich einen Nervenzusammenbruch.«

»Davon bin ich nicht überzeugt. Ich glaube, was dir passiert ist, rührte daher, dass dir zu lange nichts Gutes widerfahren ist.«

Paul stöhnte auf.

»Erzähl ihr nicht, dass du einen Nervenzusammenbruch hattest. Und was die Medikamente betrifft, wenigstens weiß sie so schon *zu Beginn* der Beziehung, dass du … ich meine, wenn sie dich dennoch akzeptiert, obwohl sie über all deine Arzneien Bescheid weiß, dann wissen wir, dass sie die Richtige für dich ist. Jetzt … müssen wir einige Dinge vorausplanen. Wann musst du wieder ein Rezept einlösen?«

Während der stundenlangen Wartezeit in Arztpraxen, bis ihre Namen aufgerufen wurden, nach all den Nebenwirkungen und Weinkrämpfen bestand nun immerhin die leise Hoffnung, dass der Kosmos endlich ein Einsehen hatte und zuließ, dass in dieser Zeit verstreuter Papiertaschentücher und allgemeinen Verfalls etwas Neues geschah. Elena hätte den ganzen Tag von Jillian erzählt, wenn Paul das zugelassen hätte. Was Paul anging, so gaben ihm die Gedanken an diese Frau viel mehr Auftrieb als die kleinen Pillen, die sie beruflich verteilte.

Während ihrer Genesungszeit hatten Mutter und Sohn bis zwölf Uhr mittags geschlafen, dann in ihren identischen Fernsehsesseln gesessen und schweigend bis eins CNN gesehen, weil keiner von beiden die Kraft hatte zu reden. Paul sah sich an, wie die putzmunteren Journalisten über Bill Clinton und Bob Dole sprachen, und staunte: Wie schafften die das? Wie konnten sie jeden Morgen aufstehen, sich vor eine Kamera setzen und so intelligente Sachen sagen? Seine eigenen Gedanken waren so unzusammenhängend – er fühlte sich schon gut, wenn er es schaffte, einen Satz zu beenden. Wie konnten sie funktionieren, während alle Augen auf ihnen ruhten, und nicht durchdrehen? Wie funktionierte *überhaupt* jemand? Wie hatte er sich je vor ein Publikum setzen und Klavier spielen können? Wer *war* dieser Typ? Wie konnten Menschen jeden Morgen aufstehen und zur Arbeit gehen? Wer *waren* diese Leute? Ach, wie sehr er sie bewunderte, diese arbeitende Bevölkerung. Er vergötterte sie sogar, so groß waren seine Bewunderung und seine Ehrfurcht.

Wenigstens konnten Elena und Paul zeitgleich das Leben im Krankenbett erleben. Gemeinsam ließen sie das Frühstück ausfallen und das Mittagessen gemeinsam über sich ergehen. Elena musste oft würgen. Gewöhnlich hielten beide am mittleren oder späten Nachmittag ein Nickerchen. Tagsüber ging Paul immer zum Rauchen nach draußen, und ein paarmal in der Woche, gegen vier Uhr nachmittags, hörte er die Band des jungen Birkhall spielen. Die Birkhalls wohnten zwei Häuser weiter, und die Mutter des Jungen hatte Elena aufgefordert, es sie wissen zu lassen, falls es mal zu laut würde. Es *war* ziemlich laut, doch Paul freute sich mittlerweile auf die Nachmittage, an denen die Band übte. Er erkannte inzwischen sogar die verschiedenen Stücke und hatte ein paar Lieblingssongs. Er hatte mit dem Jungen nicht gesprochen, seit der ein kleines Kind war, doch falls sich die Gelegenheit ergeben sollte, wüsste er, was er sagen würde: Spiel ruhig weiter, Junge, und lass dich von keinem davon abhalten.

Am frühen Abend zwang Paul sich zu seinem täglichen Spaziergang durch seine Wohngegend, manchmal eine Rauchfahne hinter sich herziehend. Elena konnte keine Spaziergänge unternehmen, brachte aber meist genug Energie auf, um Mittagessen zu kochen (Schweinekoteletts, Teriyaki-Steak). Abends sahen sie sich an, was gerade im Fernsehen lief. *Frasier* war eine ihrer Lieblingsserien.

Keiner von beiden fühlte sich vor neun oder zehn Uhr abends so richtig munter. Manchmal sahen sie sich gemeinsam David Lettermans Talkshow an, manchmal jeder in seinem eigenen Zimmer. Wenn Dave fertig war, lasen beide oder sahen bis ein oder zwei Uhr nachts fern, in der Hoffnung, vor vier Uhr früh einzuschlafen. Wenn Elena nicht schlafen konnte, dachte sie daran, wie ihr Mann in demselben Zimmer geschlafen hatte, und manchmal dachte sie an die Stelle, wo Paul wohl gezeugt worden war. Paul schlief in dem Zimmer, wo er schon immer geschlafen hatte. Wenn er nicht schlafen konnte, dachte er darüber nach, dass sich nie etwas änderte, denn wie schon als Jugendlicher starrte er an die Decke, zeichnete mit den Händen Klavierakkorde in die

Luft und stellte sich für ihn unerreichbare Frauen vor. Er vermutete, dass Jillian in diese Rubrik gehörte.

Während all dieser Tristesse hatte sich Paul um Jillian bemüht. Er präsentierte sich als spöttischer Außenseiter – »Sie sind nicht aus Moberly, stimmt's? Sie haben nämlich nicht diesen dümmlichen Blick« – und fand heraus, wie er ihr Informationen entlocken konnte, ohne zudringlich zu wirken: »Irgendwie erscheint es mir ungerecht, dass Sie mich jedes Mal nach meinem Geburtstag fragen, ohne mir Ihren zu verraten.« Er erfuhr, dass sie Tori Amos und Sushi mochte. Und schließlich erfuhr er, dass sie auch geschieden war und einen fünfjährigen Sohn hatte.

»Kinder gehören zu den wenigen Dingen, die ich auf dieser Welt mag«, sagte Paul.

Jillian kicherte. »Sie sind schrecklich.« Paul schaute nervös zu dem Apotheker hinüber. Er wusste nie so recht, ob Jillians Kollegen ihre Gespräche mithörten.

»Ich war mal eins. Ein Kind, meine ich. Damals ging's mir so viel besser. Es ging bergauf.«

»Es könnte für Sie immer noch bergauf gehen.« Dieses Lächeln, dachte er. Vielleicht brauche ich gar nicht mehr. Es könnte für mich immer noch bergauf gehen.

Am liebsten hätte er über den Tresen gegriffen und sie einfach umarmt, sie mit Macht an sich gedrückt in ihrem hellblauen Diensthemd und das Plastik-Namensschild an ihrem Brustkorb auf seiner Brust gespürt. Doch so etwas machte man nicht.

Im Oktober bat Paul Jillian schließlich um ein Date. Sie sagte ja, und auch wenn er und Elena sich nicht trauten, es laut auszusprechen, so waren doch beide der Ansicht, diese erste Verabredung könnte sie nach Jahren der Trauer, Enttäuschung und scheinbar endloser Krankheit endlich auf ganz andere Gedanken bringen.

In der Woche vor Pauls Date bemerkte Elena, dass er immer häufiger nach draußen ging, um zu rauchen.

»Wenn du so oft rauchen musst, weiß ich nicht, ob dieses Date wirklich das Richtige für uns war. Macht es dich nervös?«

»Ja. Tja – aufgeregt wäre wohl das passendere Wort. Ich empfinde eine gewisse Unruhe.«

»So geht es mir auch, seit du sie gebeten hast, mit dir auszugehen, auch wenn das eine gute Nachricht war. Du weißt ja, was mir einer meiner Ärzte gesagt hat – oder habe ich es in *Woman's World* gelesen?«

»Es stand in *Woman's World*.«

»Da stand, die durch gute Nachrichten verursachte Aufregung ist für den Körper genauso belastend, wie wenn etwas Schlimmes passiert.«

»Das glaube ich«, sagte Paul und widerstand dem Impuls, ihr zu sagen, dass sie das im Laufe seines Lebens schon hundertmal erzählt hatte. Eine andere ihrer Lieblingsgeschichten war: »Ich weiß, dass es dir gerade schlimm vorkommt, aber du musst dir dein Leben als ein großes Bilanzbuch vorstellen, wo in einer Spalte all die guten und in der anderen Spalte die schlimmen Dinge stehen. Und wenn du dir diese Bilanz ansiehst, wirst du sehen, ob du's glaubst oder nicht, dass die gute Spalte deutlich länger ist als die schlechte.« Paul nickte dann und gab zu, das sie recht hatte, doch innerlich nahm er das Bilanzbuch, setzte es in

Brand und pinkelte lange und gründlich auf die Asche seines Lebens.

Bei all ihren gemeinsam durchlittenen Krankheiten lag da ihr Unterschied. Paul war Pessimist, aber Elena hatte den wahren Glauben – nicht unbedingt an Gottes großen Plan, aber den wahren Glauben an die eine Behauptung, die jede Mutter irgendwann und in jeder Sprache gegenüber den leidenden Söhnen der Welt geäußert hat: »Alles wird gut werden.«

Selbst in den finstersten Momenten ihrer Zusammenbrüche glaubte Elena, alles werde sich irgendwie wieder zum Guten wenden. Sie glaubte, als Mutter sei es ihre Pflicht, mit aller Macht dafür zu sorgen, dass es ihrem Sohn gutgehe, obwohl sich ihr nur selten die Gelegenheit dazu bot.

»Das Leben besteht aus Bergen und Tälern«, sagte sie auch gern und ergänzte: »Das haben mir meine Eltern immer gesagt. Und es sind mehr Berge als Täler.«

Die Tage vor Pauls Verabredung stellten einen solchen Berg dar. Es herrschte nicht gerade eitel Freude im Bockelman'schen Haushalt, aber es herrschte Übermut. Paul summte dann und wann ein paar Takte von Thelonius Monk oder Dave Brubeck. (Sein Vater hatte ihn mit Jazz großgezogen.) Schon als er noch ein Kind war, hatte Elena bemerkt, dass Paul summte, wenn er sich besonders wohl fühlte. Sie verriet ihm nie, dass ihr das aufgefallen war, weil sie befürchtete, dann würde er befangen werden und damit aufhören. Als sie ihn in dieser Woche summen hörte, hätte sie fast geweint, weil es schon so lange her war, dass sie dieses Geräusch gehört hatte. Doch er rührte immer noch kein Klavier an, der arme Kerl.

In dieser Woche floss Elena über vor hektischer Energie, die an Manie grenzte, wenigstens sah Paul das so. Sie blieb lange auf, um zu putzen, und er konnte sich nicht erinnern, dass das Haus seit dem Tod seines Dads so sauber gewesen war. Dann war da ihr, wie er es nannte, Gemecker: Wann lässt du dir die Haare schneiden? Such dir ein Hemd aus, das du tragen willst, damit ich es bügeln kann. Hast du im Restaurant einen Tisch reserviert? Lass mich am Vortag deine Schuhe wienern.

Das alles störte Paul zwar gewaltig, doch er freute sich auch, seine Mutter in einem anderen Zustand als depressiv zu erleben. Seit Jillians Zusage standen Paul und Elena zu vernünftigen Zeiten auf, und statt auf die Glotze zu starren, unterhielten sie sich vormittags.

»Wir sind beide hochsensible Menschen. Das ist mir bei unserem Telefonat klargeworden.«

»Klingt, als wärt ihr füreinander geschaffen.«

»Es könnte so oder so ausgehen. Es könnte toll oder auch eine Katastrophe werden.«

»Jetzt müssen wir nur erst mal dieses erste Date absolvieren. Und solange du einfach du selbst bist, kann nichts schiefgehen.«

»Das ist ein schlimmer Rat, Mutter.«

Elena lachte. »Wieso?«

»Ich kann mich selbst nicht leiden.«

»Sag so was nicht. Du weißt, wenn du das sagst, fährt es mir durch Mark und Bein.«

»Außerdem *kann* ich bei ihr nicht ich selbst sein. Unter uns gesagt, leider haben wir ihr den Eindruck vermittelt, ich wäre ein funktionierendes Mitglied der Gesellschaft.«

»Das bist du. Du gehst spazieren.«

Paul lachte sich schlapp, was dazu führte, dass Elena, die gerade eine Scheibe Brot in den Toaster steckte, auch ein wenig lachen musste.

»Nicht jetzt sofort, aber gib mir irgendwann heute die Hose, die du Freitag tragen willst, damit ich sie bügeln kann.«

»Meine Hose muss nicht gebügelt werden.«

»Ich hab sie seit einer halben Ewigkeit nicht mehr gebügelt.«

»Sie ist gut so.«

»Du brauchst die Falte in der Mitte.«

»Sie hat bereits eine Bügelfalte in der Mitte.«

Elena lachte. »Das sagst du nur, damit ich die Finger davon lasse.«

»Mom, niemand achtet auf die Hose eines Mannes! Heutzutage achtet keiner mehr auf irgendwas.«

»Aber Jillian vielleicht doch.«

»Warum?«

»Sie achtet womöglich auf Indizien dafür, dass es dir nicht gutgeht.«

»Wenn heutzutage ein Mann Bügelfalten in der Hose hat und sein Hemd perfekt gestärkt ist, bringt das vielleicht jemanden auf die Idee, es könnte *wirklich* etwas nicht mit ihm stimmen. Ich weiß, dass Dad an eurem ersten Date wahrscheinlich perfekt aussah, aber ... Nun, offenkundig bin ich nicht Dad. Ich bin ein Fiasko. Das kann ich ruhig zeigen.«

»Du bist kein Fiasko, aber wenn es dich so sehr stört, bügle ich deine Sachen eben nicht. Ich will doch nur helfen.«

»Du weißt doch, dass sie am Ende ohnehin absagt. Aber in Ordnung. Ich hol die blöde Hose.« In seiner schwarzen Hose und dem weißen Anzugshemd stapfte er los in sein Kinderzimmer.

Eine Stunde bevor Paul Jillian abholen sollte, bekam seine Mutter Brustschmerzen. Zuerst leugnete sie das, aber Paul hörte ein leichtes Stocken in ihrer Stimme, als hielte sie etwas davon ab, mit so viel Luft wie sonst zu sprechen.

»Wahrscheinlich liegt es daran, dass du im Keller mit all dem Zeug herumhantiert hast.«

»Nein. Ich hatte die Schmerzen schon vorher.«

»Wie lange hast du sie denn schon?!«

»Och, weiß ich nicht. Seit heute Morgen.«

»Hat unser Streit sie verursacht?«

»Nein.« Paul glaubte ihr nicht. Schuldgefühle überkamen ihn. An diesem Morgen hatte Elena verkündet, sie wolle ein paar alte Möbel und »hübsche Sachen« aus dem Keller nach oben holen, falls Paul irgendwann abends Jillian mit nach Hause bringen wolle. Paul erwiderte, er werde Jillian nicht mit nach Hause bringen und falls doch, sei das Haus in diesem Zustand gut genug. Das führte zu einem Streit, der sich hochschaukelte, bis Paul nachgab. Er und seine Mom trugen Arme voller Sachen die Kellertreppe rauf, vieles davon hatte Pauls Dad gehört.

»Ich sage ab«, verkündete Paul, während er im Wohnzimmer den Blutdruckmesser suchte.

»Neiiin! Wage es nicht, dem Mädchen abzusagen.«

»Ich kann dich hier nicht so allein lassen!«

»Mir geht's gut.«

»Du weinst.«

»Gar nicht wahr.«

»Ich sehe eine Träne in deinem Augenwinkel. Kommt das von den Schmerzen?«

»Nein. Hier. Ich nehme eine Nitrotablette. Versprichst du mir jetzt, dass du deinen Abend wie geplant verbringen wirst?«

»Ich …« Paul dachte gründlich darüber nach. Er wusste, dass Nitroglyzerin fast sofort wirkte, dennoch würde er warten und sich vergewissern müssen, dass seine Mutter wohlauf war. Er sollte Jillian in fünfundfünfzig Minuten abholen; falls er das Date absagte, musste das möglichst rasch geschehen.

Er brachte seiner Mom ein Glas Wasser und sagte: »Ich kann das nicht machen. Ich kann nicht weg. Wir verschieben den Termin einfach.«

»Paul, wenn du das tust, wird sie dich *hassen*. Du hast gesagt, sie musste für ihren Sohn extra einen Babysitter besorgen. Du *musst* sie treffen.«

»Nein. Es sollte einfach nicht sein.«

»Hör mir mal zu. Mir geht's gut. Du gehst jetzt duschen. Ich habe dir deine Handtücher hingelegt. Bitte. Wenn du mir helfen willst, dann tu, was ich sage. Wage es nicht, meinetwegen abzusagen. Was glaubst du, wie ich mich dann fühlen würde?«

Schließlich traf Paul genau rechtzeitig um halb sechs Uhr abends vor Jillians Wohnung ein. Als sie die Tür öffnete, sah er sie zum ersten Mal in etwas anderem als ihrer Dienstkleidung. Ihm gefiel, was er sah: eine weiße Rüschenbluse, einen Faltenrock und den Bob, dessentwegen er am liebsten ihren Kopf in beide Hände genommen hätte. Ihn überkam die beste, erlesenste Sorte Nervosität.

»Keine Bange«, sagte er ihr. »Ehe du dich's versiehst, ist das alles vorbei.«

Sie lachte und tätschelte seine Schulter, woraufhin ihn ein Schauer durchfuhr. Sie gingen zu seinem Wagen, den er zum ersten Mal seit seiner Scheidung gewaschen hatte.

Um Viertel vor sechs hörte Elena, die inzwischen im Bett lag, dass sich vor dem Haus etwas rührte. »Mom, bist du angezogen?«

»Ja! Was machst du hier?!«

»Ich habe jemanden mitgebracht.«

Im Eiltempo warf sich Elena in einen Hosenanzug mit Blümchenmuster und ging dann langsam durch den Flur in Richtung Wohnzimmer. Sie hörte Jillian fragen: »Ist das dein Dad?«

»Ja.«

»Was für ein gutaussehender Mann.«

Als Elena das Wohnzimmer betrat, betrachtete Jillian gerade die Fotos auf dem Kaminsims und stellte sich auf die Zehenspitzen, um besser sehen zu können. Paul lächelte. Elena lächelte auch. Es war so lange her, dass jemand zu Besuch gekommen war. Und da war Jillian, dachte Elena, und tat genau das, was sie tun sollte: Sie bewunderte die Familienfotos auf dem Kaminsims.

»Ach hallo, Jillian!«

»Hallo! Wie geht's Ihnen?« Jillians Quirligkeit versetzte Elena sofort in bessere Stimmung.

»Gut! Und Ihnen?«

»Ich habe ihr von deinen Brustschmerzen erzählt«, sagte Paul. »Echt, wie geht's dir?«

»Gut! Ehrlich. Mir geht's gut.«

»Wir haben es besprochen und beschlossen, einfach hierzubleiben und eine Pizza zu bestellen.«

»Heißt das ... meinetwegen?«

»Nur für alle Fälle«, sagte Paul. »Es war übrigens Jillians Idee.«

»Oh, das ist wirklich lieb von euch, aber ich fühle mich gut. Ihr könnt ruhig ausgehen. Ich würde mich schrecklich fühlen, wenn ich wüsste, dass ich euch den Abend verdorben habe.«

»Den haben Sie uns keineswegs verdorben«, sagte Jillian, ein Muster an Aufrichtigkeit. »Ich habe Paul erzählt, wie nervös ich in Restaurants werde. Ich würde genauso gern hier essen.«

»Genau so ist er auch.«

»Und mit Brustschmerzen ist nicht zu spaßen«, ergänzte Jillian.

»Oh, die habe ich andauernd«, sagte Elena.

»Ach *ja*?«, sagte Paul.

»Geht bitte aus.«

»Wir gehen nirgendwohin.«

»Nun, wenn ihr hierbleibt, lasse ich euch nicht Pizza essen. Ich habe zwei Steaks, die ich euch zubereiten kann.«

»Nein, Mutter. Du legst dich jetzt hin, und ich komme vorbei und sehe hin und wieder nach dir.«

»Nein. Ich mache die Steaks, und dann lasse ich euch in Ruhe. Ihr werdet von mir keinen Mucks hören.«

»Du brauchst nicht zu kochen.«

»Nein, wirklich, Mrs. Bockelman.«

»Nein. Das ist meine Schuld. Ich kann euch wenigstens euer gemütliches Abendessen retten.«

Elena ging Richtung Küche.

»Mom, bitte.«

»Wie mögen Sie Ihr Fleisch, Jillian?«

»Äh –«

»Wenn du das tust, machst du den Zweck unseres Kommens zunichte.«

»Weißt du, wie einfach es ist, ein Steak zu braten? Lass mich das bitte machen. Ich habe Mais und diese Brötchen, die du magst.« Elena entnahm dem Kühlschrank bereits Lebensmittel.

»Ich fasse es nicht«, sagte Paul. »Hier. Lass mich das machen.«

»Du brätst das falsch.« Paul und Jillian lachten.

»Vielen Dank auch.«

»Du weißt genau, dass ich das nur so sage. Lass mich das für euch tun.«

»Nein«, sagte Paul. »Hör jetzt auf.« Er blickte von seiner Mom zu Jillian und wieder zu seiner Mom und wusste offensichtlich nicht, was er sagen sollte. »Das ist –«

»Du zeigst Jillian in der Zwischenzeit das Haus«, sagte Elena und zog ein paar Steaks aus dem Kühlschrank.

»Nein. Hör damit auf.«

»Doch, führ sie rum, sofort.«

»Nein.«

Während sich seine Mutter in den Kühlschrank beugte, sah Paul hilflos Jillian an, die lächelnd die Augen verdrehte, was ihn störte, und ehe er wusste, was er sagte, fuhr er sie an: »Na, sie will uns *wirklich* helfen.«

»Das weiß ich doch«, sagte Jillian, die nicht mehr lächelte. »Ich will ihr nur keine Umstände machen.«

»Klar«, sagte Paul, der immer zappeliger wurde. »Ja. Tut mir leid. Ich, äh ...«

»Er ist ein guter Junge, Jillian.« Paul, dem zweiundvierzigjährigen Jungen, war das sichtlich peinlich. »Will mir nie zur Last fallen. Aber ich will nicht schuld daran sein, dass euer Essen ruiniert ist.«

»Inzwischen ist es tatsächlich schon ziemlich ruiniert.«

»Paul«, mahnte Jillian. »Es ist nicht ruiniert.«

»Siehst du, es ist nicht ruiniert«, sagte Elena. »Warum gehst du nicht eine Zigarette rauchen?«

»Es tut mir leid«, sagte Paul. »Es tut mir leid, dass ich das gesagt habe. Mom, du bringst mich nur so –«

»Es tut mir auch leid«, sagte Elena. »Zeig ihr das Haus. Oh – warum spielst du nicht etwas auf dem Klavier?«

»Du weißt doch, dass ich nicht mehr *spiele*. Warum schlägst du so was überhaupt vor? Willst du mich absichtlich *ärgern*?«

»Vielleicht sollten wir das ein andermal machen«, sagte Jillian.

»O Gott«, sagte Paul. »Jetzt will sie gehen. Siehst du, was passiert, wenn wir andere Leute in unsere Probleme mit reinziehen, Mom? Wir vergraulen sie.« Paul lachte nervös.

»Ich will nur keine Probleme machen«, sagte Jillian und umklammerte ihre Handtasche.

»Das tun Sie nicht, Liebes. Er wird nur so nervös.«

»Oh, das kenne ich auch von mir«, sagte Jillian.

»Siehst du. Das kennt sie von sich. Wir gleichen uns wie ein Ei dem anderen.«

»Aber wenigstens hat sie Arbeit«, sagte Paul und wischte sich den Schweiß von der Stirn.

»Mach dir deswegen keine Sorgen«, sagte Jillian. »Du findest bestimmt einen Job.«

»Ich hab nicht mal gesucht. Als erwachsener Mann funktioniere ich nicht, und mehr gibt's dazu nicht zu sagen. Doch die gute Nachricht ist, seit du und ich, nun ja, etwas füreinander empfinden, spüre ich, wie ein Teil meiner Kraft zurückkommt und ich das Gefühl habe, wieder losziehen und arbeiten zu können.«

»Das ist ja toll«, sagte Jillian, doch es klang nicht ehrlich.

»Ein größeres Kompliment kann ich dir nicht machen. Verstehst du, wie ich das meine?«

»Ja.«

»Ich will damit sagen, du sorgst dafür, dass ich wieder funktionieren will.«

»Das ist lieb.«

»Ja. Du wusstest nicht, dass du dich mit einem romantischen Mistkerl eingelassen hast, oder? Du sorgst dafür, dass ich wieder funktionieren will.« Wieder lachte er nervös. Elena und Jillian lächelten ihn an. »Ich gehe wohl jetzt doch mal rauchen. Nein. Ich werde jetzt Klavier spielen.«

Jillian folgte Paul und stand irritiert lächelnd an seiner Seite, während er den Klavierdeckel hochklappte und auf dem Schemel Platz nahm.

»Das ist eine Eigenkomposition von mir. Als ich jung war, habe ich noch Musik geschrieben.«

Und eine Weile machte er alles richtig. Man hätte nie geglaubt, dass er seit über zwei Jahren keine Note mehr gespielt hatte. Es war eine bittersüße Melodie, und er spielte sie voller Anmut, seine Finger so tüchtig wie die Hände jedes arbeitenden Mannes. Bis er einen falschen Akkord anschlug.

Er hieb mit der Faust dreimal auf das eingestrichene C und die Tasten drum herum.

»Paul?«, rief Elena fragend aus der Küche, während die Steaks brutzelten.

»Tut mir leid«, sagte Paul und schaute zu Jillian auf.

»Aber nein. Spiel einfach weiter, wenn du willst.«

»Siehst du, womit du's hier zu tun hast? Siehst du, wie sehr mir die Medikamente helfen, die du mir gibst?«

»Das tut mir leid.«

»Nein. Mir tut es leid. Ich dachte, ich wäre so weit. Es ist drei Jahre her. Dass ich gespielt habe, meine ich.«

Jillian nickte. Sie wirkte so traurig. »Wenigstens hast du es versucht.«

»Ja. Wenigstens habe ich es versucht. Entschuldige mich. Ich muss jetzt eine rauchen.«

Zehn Minuten nachdem sie gegessen hatten, sagte Jillian, sie sollte jetzt wohl gehen. Sie sagte, womöglich brauche ihr Sohn sie.

»Kann ich auch eine haben?«

»Eine von denen?«, fragte Paul und hielt seine Schachtel Salems hoch.

»Ja.«

Paul lachte.

»Du musst sie mir anzünden, weil meine Arthritis so schlimm ist.«

»Ist das dein Ernst?«

»Ja. Warum denn nicht?«

Paul steckte sich zwei Zigaretten in den Mund und zündete beide an. Er reichte ihr die Zigarette.

»Was hat dich denn dabei geritten?«

»Wollte nur mal sehen, wieso so ein Aufhebens darum gemacht wird. Hatte keine mehr seit den ersten Dates von deinem Daddy und mir.« Sie nahm einen Zug und hustete. »Hast du was von ihr gehört?«

»Nein. Es ist aus. Wir müssen die Apotheke wechseln.«

»Oh, ich schätze mal, dass du wieder von ihr hören wirst.«

»Nein, Mom. Es ist vorbei. Sie ruft mich nicht zurück. Ich habe ihr sogar einen Brief geschrieben. Keine Antwort.«

»Blöde Kuh.«

»Ich kriege keine mehr ab.«

Elena schwieg.

»Ich habe nur solche Schuldgefühle, weil ich *dich* enttäuscht habe«, sagte Paul. »Ich weiß, wieviel dir das bedeutet, dass ich eine Partnerin finde.«

»Du hast mich nicht enttäuscht. *Ich* fühle mich schuldig, weil ich dein Date versaut habe.«

»Das stand von Anfang an unter keinem guten Stern. Ich glaube, ihr Entschluss stand von vornherein fest. Und wer kann es ihr verübeln, bei den Unmengen an Medikamenten, die ich bei ihr kaufe? Manchmal glaube ich, ich sollte hierbei bleiben und alles andere sein lassen.« Er hielt seine Zigarette hoch.

»Aber du weißt ja nicht, wieviel schlimmer dein Zustand *ohne* deine Arzneien wäre.«

»Das sagst du ja immer. Beim letzten Termin bei meiner Psychiaterin habe ich sie gefragt, was sie davon hielte, wenn ich meine gesamten Medikamente absetzen würde, und sie sagte genau das Gleiche wie du eben. Mein Therapeut war derselben Ansicht, und normalerweise sind die nie einer Meinung.« Mutter und Sohn atmeten genau im selben Moment den Rauch aus. »Da fällt mir ein: Mein Therapeut vertrat die Theorie, dass – nun, keine Ahnung, ob da irgendwas dran ist, aber es fehlte nicht viel, und ich hätte in seinem Sprechzimmer auf der Stelle losgeheult.«

»Echt? Was hat er gesagt?«

»Wir kamen auf Daddy zu sprechen, und er sagte, er habe bei vielen seiner Patienten erlebt, die ein Trauma erlitten haben, an dem ein Elternteil beteiligt war, dass der Sohn oder die Tochter *beschließen* zu versagen oder *beschließen* zu leiden, weil sie sich so dem Elternteil näher fühlen können. Er meint damit, dass alles, was ich durchgemacht habe – all die seelischen Qualen, das ganze … *Elend*, das ich im letzten Jahr durchgemacht habe, dass mein Unterbewusstsein auf diese Weise sagen will: ›Ich bin bei dir, Dad. Du musstest so leiden, daher leide ich jetzt auch. Ich bin bei *dir*, Dad.‹«

»Was haben seine Patienten unternommen, um darüber hinwegzukommen?«

»Das habe ich ihn nicht gefragt.«

Als sie ihre Zigaretten aufgeraucht hatten, ließ sich Elena noch eine geben. Paul zündete noch zwei an.

Passanten in den Berneray Estates sahen regelmäßig eine

ältere Frau und einen Mann in mittleren Jahren auf dem Rasen vor dem Haus Zigaretten rauchen. »Sie sind immer so hübsch gekleidet«, sagten die Leute dann. Manchmal stand die Frau draußen und rauchte, auch ohne den Mann.

3
Skanky Baby

1

Luke Birkhall hatte einen neuen Song geschrieben, der anders war als alle anderen Songs, die er je geschrieben hatte. Er konnte es kaum erwarten, ihn seinen Bandkollegen zu zeigen, und er trug sich mit dem Gedanken, das noch vor Beginn ihrer nächsten Probe zu tun. Doch der Songtext war furchtbar ernst mit Zeilen wie: »Telephones don't ring for me, only people 'round are the ones on TV«. Wenn man mit ihm sprach, hätte man es nie gemerkt, doch tatsächlich trug Luke eine schlimme Traurigkeit in sich, und er dachte, er könnte einen Teil dieser Traurigkeit loswerden, wenn er sie in einem neuen Song unterbrachte. Doch die Vorstellung, vor Menschen darüber zu singen, machte ihm Angst. Klar, Ryan und Kevin waren in Ordnung; sie würden sich schon nicht über ihn lustig machen. Vielleicht würde er ihnen den Song nach der Probe vorspielen.

An einem Donnerstagnachmittag, nach der Schule, schoben die Jungs noch eine letzte Probe vor ihrem ersten Auftritt ein, der Freitagabend in einem Haus in Swindler Park stattfinden sollte. Luke hatte das Konzert selbst organisiert. Seines Wissens war es die erste derartige Veranstaltung in Moberly: ein Punkrock-Konzert für alle Altersgruppen.

Luke war sechzehn, irgendwie sonderbar und von seinen eigenen großen Träumen zermürbt, und da er das Gefühl hatte, in seiner Heimatstadt gäbe es nichts für ihn, beschloss er, selbst etwas für sich zu schaffen.

Er hoffte, Freitagabend jemand kennenzulernen. Jemand Neues. Für ihn war dieses Konzert so, als stoße er einen Pfiff aus, und die Frequenz des Pfeiftons war so, dass sie nur die Sorte Leute anzog, die er kennenlernen wollte, die Rebellen und Revolutionäre, denen man in einem Wal-Mart eher nicht über den Weg lief. Er hoffte, dass sich unter diesen Leuten ein Mädchen befand, das ihn Gitarre spielen und singen sah und sich sofort in ihn verlieben würde. Allerdings wusste er, dass das nicht sehr wahrscheinlich war, weil er sich nicht für gutaussehend hielt, und nur darauf kam es den Leuten doch an, oder? Sie alle sahen einander kurz an, und schon stand ihr Entschluss fest.

Er war hager und schlaksig, hatte lange Arme und Beine, und mit seinen aufgrund von Allergien graulila Augenringen glich er einer kränklichen, blutarmen Version von Nicolas Cage, der damals seine Glanzzeit hatte. Als Erstes fielen einem aber an Luke seine Haare auf, die er so stylte, dass sie in alle möglichen Richtungen abstanden. Nicht besonders originelle Menschen behaupteten, er sähe aus, als habe er den Finger in eine Steckdose gesteckt. Das hörte er häufig.

Frontman einer Band zu sein, einen Auftritt hinzulegen, Leute kennenzulernen – nichts davon fiel Luke leicht. Tatsächlich war er schüchtern, was er jedoch gut zu tarnen wusste. Jeder Witz, den er in der Schule erzählte (als sie im Englischunterricht Franco Zeffirellis Film *Romeo und Julia* sahen, verkündete er: »In fünf Sekunden werden wir Brüste sehen!«), und jeder Gag, den er am Mittagstisch aufführte (als er sein Tablett nahm, mit Mais in den Haaren), verlangte von ihm, dass er sich unnatürlich aufführte. Doch er hielt eisern an seinem Humor fest. Er hatte das Gefühl, nur mit Humor eine Welt entwaffnen zu können, die militant gegen ihn vorging. Also bemühte er sich unermüdlich, Scherze zu machen und Lacher zu bekommen, da er bereits die Erfahrung gemacht hatte, dass die Welt nicht nett zu schüchternen Menschen war. Zwar spielte er gern den Unterhalter, dennoch verbrachte er den ganzen Tag in einem Zustand der Rebellion, was anstrengend war; wogegen er rebellierte, war sein wahres Ich. Doch Luke glaubte, dass es das wert war, denn wenn er das Gelächter hörte, das er verursacht hatte, oder sah, dass er jemanden zum Lachen bringen konnte, schienen die Leute einen Moment lang nicht mehr so weit weg zu sein.

Luke hatte Probleme beim Stimmen, weil Ryan und Kevin dauernd auf ihren Instrumenten herumalberten, was sein Stimmgerät durcheinanderbrachte.

»Entschuldigt, Jungs«, sagte Luke und bedeutete ihnen mit einer Handbewegung, leiser zu sein.

»Entschuldige, Schatz«, sagte Kevin.

»Mein Fehler«, sagte Ryan.

Sie probten nicht in einer Garage oder in einem Keller, sondern in dem Freizeitraum von Lukes Zuhause mitten im Vorort Berneray Estates. Keiner der Nachbarn beschwerte sich, was aber wohl daran lag, dass Lukes Mom sie rechtzeitig vorgewarnt hatte, die Band ihres Sohnes werde Lärm machen – »… und falls es mal zu laut werden sollte, lassen Sie's uns wissen, aber ich habe beschlossen, sie proben zu lassen, weil Luke das braucht. Sein Vater fehlt ihm so.«

Das Zimmer, in dem sie übten, war der Freizeitraum gewesen, in den Lukes Vater sich zurückgezogen und Baseballspiele geschaut hatte. Jetzt hatte die Band das Zimmer übernommen. Kevins Schlagzeug stand in der Ecke. Boxen der PA-Anlage thronten auf umgedrehten Mülleimern, die wiederum auf Stühlen standen. Ein Vier-Spur-Recorder, Mikrophone und Kabel verteilten sich auf dem Pool-Billard-Tisch. Auf der anderen Seite des Raums stand der Fernseher, den Luke aus alter Gewohnheit behalten hatte. Gerade lief die Wiederholung einer Folge der Serie *California High School,* ohne Ton.

Bald hatte Luke seine Gitarre gestimmt. Dann spielten er und Ryan immer nur auf einer Saite, um sicherzugehen, dass Ryans Bass richtig gestimmt war. Mit seinem zotteligen blonden Haar erinnerte Ryan manche an Kurt Cobain. Luke hatte allmählich herausgefunden, dass Ryan ebenfalls schüchtern, ja sogar sensibel war, auch wenn sie sich nie über ihre Ähnlichkeiten unterhielten. Er war Skater und hatte einen älteren Bruder, der auch Skateboard fuhr und ihn schon in jungen Jahren mit Punkrock bekanntgemacht hatte. Ryan hörte schon mit acht die Dead Milkmen und wusste von Green Day, bevor sie berühmt wurden. Luke fand es total cool, wie Ryan immer allen anderen voraus zu sein schien.

»Also, dann lasst uns einfach mal wie bei einem richtigen Konzert die Setlist durchgehen«, sagte Luke. Er hatte mit einem schwarzen Filzstift drei Setlists geschrieben. »Und seht ihr, wo ich die Querstriche gemacht habe? Da können wir eine kleine Pause einlegen. Aber die anderen Songs bringen wir alle hintereinander weg, wie die Ramones.«

»Ahh, Teufel ja, Schatzi«, sagte Kevin in einer seiner Stimmen, der tiefen, kehligen, unglaublich lauten, wie eine Art durchgedrehter John Wayne. Kevin sprach nur selten in seiner eigenen Stimme. Er hatte das jungenhafte Aussehen von Michael J. Fox. Er war klein, rothaarig und hatte den Schalk im Nacken. Jeder mochte Kevin, weil er so witzig war, und Luke war aufgefallen, dass er für einen Sechzehnjährigen ausgesprochen gut mit Menschen umgehen konnte.

»Ich schätze, Ryan und ich sollten in die andere Richtung sehen, weil es beim Konzert auch so sein wird.«

Normalerweise probten die drei in einem kleinen Kreis und sahen einander an. Diesmal drehten sich Luke und Ryan um.

»Ah, Teufel, ja. Endlich krieg ich in diesem Leben ein paar flotte Ärsche zu sehen. Ich werd sie alle beide aufreißen.«

Luke und Ryan lachten.

»Willst du beim Konzert wirklich kein Mikro haben?«, fragte Luke.

»Warum?«, fragte Kevin.

»Du würdest einen besseren Frontman abgeben als ich.«

»Er braucht nicht mal ein Mikro«, sagte Ryan, »so laut, wie er ist.«

»Wisst ihr, was lustig wäre?«, fragte Kevin. »Während des ganzen Sets ein Mikro an meinem Hintern zu haben.«

»Genial«, befand Ryan. »Los, lasst uns unseren Hintern Mikros verpassen.«

Die drei ließen sich ausführlich über Furzen in der Öffentlichkeit aus. Jeder von ihnen konnte die anderen dazu bringen, dass sie sich schlapplachten, sich gegenseitig beim Singen übertrumpften, über all das redeten, was »lustig wäre, wenn«. Dann sagte Kevin: »Luke, mach noch mal Mr. Graf nach.« Luke tat so, als sähe er auf irgendwas herab, machte dann einen auf angewidert. Am selben Tag hatte der Schuldirektor beim Mittagessen an Lukes Tisch haltgemacht, als er dort einen Stapel Flyer für das Konzert liegen sah. Auf den Flyern war ein Foto von Anna Nicole Smith zu sehen, das Luke aus dem *National Enquirer* seiner Mom ausgeschnitten hatte, dazu die Schlagzeile »Anna Nicole Smiths Titten explodieren«. Ohne ein Wort hatte der Direktor Luke die Flyer weggenommen und sich entfernt. Dabei hatte Luke hart an den Flyern gearbeitet und sogar in einen Supermarkt fahren und dort für die Benutzung des Kopierers bezahlen müssen.

Schließlich brachte Luke die Band zurück in die Spur und rief den ersten Song auf: »Gonorrhea Girl.« Kevin schlug seine Trommelstöcke schnell gegeneinander, eins-zwei-drei-vier. Während der letzten fünf Monate, in denen sie gewöhnlich zweimal pro Woche geprobt hatten, war dieses Klicken der Trommelstöcke zu einem von Lukes Lieblingsgeräuschen geworden.

Sie nannten sich Skanky Baby. Luke hatte sich für diesen Namen entschieden, um auf diese Weise Moberly eine lange Nase zu drehen, das er für ein unkultiviertes Redneck-Nest hielt, für einen Ort, der, nur um ihn zu ärgern, gegründet worden war. Manchmal überlegte er, warum sich seine Vorfahren ausgerechnet für diesen Flecken des Landes entschieden hatten. Er stellte sich vor, wie sie nach Westen in Richtung Meer aufgebrochen waren, wie ihre Pferde an den schlammigen Ufern des Ohio River jedoch tot umfielen oder ihre Planwagen zusammenbrachen und derjenige, der gerade das Kommando hatte, sagte: »Scheiß drauf. Lasst uns einfach hier bleiben.« Dachte er an Moberly, kamen ihm bestimmte Bilder und Töne in den Sinn: Er hörte das Gummi von Flipflops gegen Frauensohlen klatschen, ihre Hände in der Arztpraxis auf die Hintern ihrer Kinder schlagen. Er sah auf der Rain Street Pick-ups vorbeirasen, am Steuer immer bärtige Männer mit Baseballmützen, die immer einen Arm aus dem Fenster hängen ließen.

Der Bandname kam ihm in den Sinn, als er mit seiner Mom und seiner jüngeren Schwester Carly am Drive-in-Fenster des Fast-Food-Restaurants Arby's am Highway 71 wartete und ein ganz kleines Kind in einem Kinder-Sportwagen auf dem Parkplatz sah. Das Kind trug eine amerikanische Fahne als Top, hatte orangefarbene Sauce überall im Gesicht, und von seinem Hinterkopf kringelte sich ein trister Rattenschwanz aus Haaren nach unten. »Das ist mal ein echtes *skanky baby*«, sagte Luke. Er und Carly bekamen ein Lachanfall, woraufhin ihre Mutter sie ausschimpfte.

»Was kann es dafür, dass es so schmuddelig ist«, sagte sie. »Und hast du dir schon mal überlegt, dass sie finden, *du* sähest komisch aus?«

»Klar, das tun sie«, sagte Luke, »und glaub mir, sie haben damit angefangen.« Skanky Baby spielten schnell – so schnell, dass es überdreht klang. So mochte es Luke. Ihre Musik passte zu seinem Gefühlszustand. Er war der am wenigsten lockere Mensch, den er kannte. Er konnte sich nicht entspannen. Seine Gedanken waren laut, immer in Eile, einer raste dem anderen hinterher. Er war nervös. Er war gereizt. Er war alles andere als faul. Immer war er hinter etwas her. Das überschnelle Tempo seiner Band war für ihn eine Form von Trotz. In seiner Kleinstadt in Kentucky kroch die Zeit so langsam, und die Geschwindigkeit, mit der seine Band spielte, schien zu sagen: »Achtet mal drauf, was ich mit einer eurer langen, öden Minuten machen kann.«

Lukes Songs waren meist etwa anderthalb Minuten lang und hielten durchgängig ihre Intensität, vom Klicken der Trommelstöcke bis zu ihrem abrupten Ende. Die Bandmitglieder konnten absolut gleichzeitig aufhören, so dass eine plötzliche Stille in den Raum knallte. Luke war sich nicht sicher, wie man sie morgen Abend aufnehmen würde, er wusste aber, dass eins feststand: Durch das viele Üben war das Trio kompakt und straff geworden, so straff, wie seine Nerven angespannt waren.

Keine zwei Sekunden nach Ende des ersten Songs begann der zweite, »Eight O'Clock Boner«. Die Songtexte waren gewollt dämlich, manche satirisch, und Luke hoffte, dass dies dem Publikum nicht entging. Sonst würde man ihn als jemanden missverstehen, der eine perverse Vorliebe für Erektionen und Flatulenz hatte. Doch mit seinem neuen Song schlug er eine andere Richtung ein. Noch während ihrer Probe fragte sich Luke, ob er den neuen Song den Jungs später vorspielen sollte.

Kaum war »Eight O'Clock Boner« zu Ende, begann »Masturbation Disaster«. Luke versuchte sich vorzustellen, wie er vor einem Publikum spielte, doch selbst das machte ihn nervös. Im Schulunterricht Witze von sich zu geben war eine Methode, um seine Schüchternheit auszutesten, doch vor Menschen aufzutreten – er hatte keine Ahnung, wie er das schaffen sollte. Schon seit ihrer ersten Probe im Juni hatte er sich deswegen Sorgen gemacht. Jetzt war November. Er sagte sich, es ginge in Ordnung, wenn sie auf dem Konzert Fehler machten: Punkrock *sollte* schlampig und fehlerhaft sein. Wegen einer Anzeige in der Zeitschrift *Maximum Rock 'n' Roll* hatte Luke ein Video seiner Helden Screeching Weasel bestellt, und die schien es nicht zu kümmern, wenn sie sich auf der Bühne verspielten.

Der erste Songzyklus der Band endete mit »The Great Cheerleader Orgy of 1995«. Nach dem pausenlosen Singen war Luke verschwitzt und außer Atem. Er nahm sich aus dem Mini-Kühlschrank eine Flasche Wasser. Den Jungs bot er auch etwas an. Beide nahmen ein Sunkist.

Dann setzten sie ihr Set fort. Etliche Songs drehten sich um Mädchen, genauer gesagt um *ein* Mädchen. Luke wusste zu schätzen, dass Kevin und Ryan keine Bemerkungen darüber machten, dass sich so viele seiner Songs um Jessica Wexler drehten. Luke würde Jessica nicht seine Freundin nennen, aber sie hatten viel telefoniert und waren zweimal zusammen im Kino gewesen *(Happy Gilmore, Fargo)*. Die Beziehung endete, als Luke herausfand, dass sie, wie er es formulierte, »mit jedem auf der City Highschool schlief außer mit mir«. Er fragte sich, ob Jessica morgen Abend auf dem Konzert sein würde. Er bezweifelte es, weil sie um die Häuser ziehen und all das machen würde, was beliebte junge Leute an Wochenenden so machten, also nach allem, was er gehört hatte, hauptsächlich auf Parkplätzen herumstehen.

Während die Band durch ihr restliches Programm hetzte, furzte Kevin mehrmals. Das komplette, aus fünfzehn Songs bestehende Programm dauerte nur eine halbe Stunde, und sie verspielten sich kaum. Luke schlug vor, eine Pause zu machen und anschließend das ganze Set noch einmal zu spielen.

»Ist das nicht so was wie Overkill?«, fragte Ryan.

»Ich würde mich sicherer fühlen, wenn wir das Ganze noch mal durchgingen.«

»Wolltet ihr nicht früher aufbrechen?« Ryan und Kevin hatten beide Freundinnen. Manchmal fragte sich Luke, ob sie lieber bei ihren Freundinnen wären, als zu proben. Er könnte es ihnen nicht verdenken.

»Nö«, sagt Ryan. »Wir können das Set auch noch mal spielen. Keine große Sache.«

In der Pause legte Luke auf dem alten Plattenspieler seines Dads eine Scheibe auf. Es war eine Single der Vindictives mit dem Titel »Rocks in My Head«. Luke hatte sie erst an diesem Nachmittag mit der Post bekommen. Sobald er aus der Schule nach Hause kam, schaute er in der Post nach und war total aufgeregt, als er das Päckchen von Lookout! Records sah. Er hatte die Platte mit dem Geld bestellt, das er zum Geburtstag bekommen hatte. Die Jungs hörten sich beide Seiten an und waren sich einig, dass sie eines Tages etwas auf Vinyl herausbringen wollten.

Sie hatten vor, ihr erstes Album auf dem Konzert zu verkaufen, allerdings führte der Begriff »Album« ein wenig in die Irre. Es war ein Projekt Marke Eigenbau, sie hatten zwanzig Songs auf Kevins Vierspurgerät aufgenommen und anschließend Kopien auf Kassetten gezogen, immer schön eine nach der anderen. Ryan, ein begabter Künstler, malte für das Cover eine Art White-Trash-Dämon mit Vokuhila auf einem brennenden Quad. Ursprünglich hatten sie das Tape verschenken wollen, dann aber beschlossen, einen Dollar zu verlangen. Der Titel der selbstgemachten Kassette lautete *God Bless You Straight to Hell.* Luke hatte Demo-Tapes mit den drei besten Songs kopiert und an alle seine Lieblings-Punkrock-Plattenfirmen geschickt, alle in größeren Städten, viele davon in Kalifornien. Es war aufregend, den Briefkasten zu öffnen, doch bisher hatte noch keine von ihnen reagiert.

Als sie das zweite Set beendeten, war es erst zehn vor sechs, also blieben Ryan und Kevin noch ein wenig. Luke zappte durch die Fernsehkanäle und blieb bei den Nachrichten auf Channel Seven hängen. Alle drei Jungs waren scharf auf die Nachrichtensprecherin, Olivia Abbott, und sprachen darüber, dass sie zwar im Fernsehen war, ihre »echte physische Vagina«, wie Kevin es formulierte, sich aber nur drei Kilometer entfernt befand. Luke hatte vor, eines Tages einen Song für zu schreiben.

Da die Sendung Olivia nicht so oft zeigte, wie die Jungs es gern gehabt hätten, beschlossen sie, Videospiele zu spielen. Luke schloss sein Super Nintendo an den Fernseher an, und sie daddelten ein Ninja-Turtles-Spiel. Noch vor zwei Jahren hatte sich Lukes Leben ausschließlich um Super Nintendo gedreht. Jetzt schien die Nintendo-Konsole ein

Spielzeug zu sein, das er und seine Freunde nur noch mit einer gewissen ironischen Grundhaltung benutzen konnten.

Nintendo war durch Punk ersetzt worden, den Luke mit vierzehn entdeckt hatte. Er schämte sich, dass seine Einführung in den Punkrock durch MTV erfolgt war, doch er hatte nun mal keinen älteren Skateboard fahrenden Bruder, der sich in Untergrundmusik bestens auskannte. Luke bekam erst Zugang zum Punkrock, als ihm der Mainstream den in Form eines Videos nahebrachte, wo ein junger Mann auf einem Sofa saß und fernsah. Plötzlich, in einer wahrscheinlich hormonbedingten Raserei, sprang der junge Mann auf das Sofa und zerfetzte die Kissen mit einem Messer. Luke wusste genau, wie sich dieser Typ fühlte – zutiefst gelangweilt und bis ins Mark frustriert –, und wollte mehr solche Musik hören.

Außer Musik hatte Luke nichts gefunden, was ihm erlaubte, seinen häuslichen Problemen zu entfliehen. Als er dreizehn war, ließen sich seine Eltern scheiden, und sein Dad zog in das zwei Autostunden entfernte Louisville. Er sah seinen Dad jetzt nur noch an jedem zweiten Wochenende. Sein Dad war Grafikdesigner, und für ihn gab es weder in Moberly noch irgendwo in der Nähe Arbeit. Diese mangelnden beruflichen Chancen hatten bei der Trennung von Lukes Eltern eine große Rolle gespielt. Sein Dad sagte, ohne Arbeit verlöre er seine Würde. Er hatte versucht, Lukes Mom zu überreden, dorthin zu ziehen, wo auch immer er Arbeit fand, doch sie war als Antiquitätenhändlerin bereits fest etabliert, und warum sollte sie ihr Leben und das der Kinder umkrempeln, argumentierte sie, wenn ihre Ehe schon in die Brüche ging?

Luke liebte seine Mom. Kein Mensch war je besser zu ihm gewesen. Doch auch drei Jahre nach der Scheidung fühlte sich für Luke das Haus nicht mehr wie sein Zuhause an. Die Abwesenheit seines Dads war so auffällig, dass sein Vater merkwürdigerweise jetzt präsenter war als zu der Zeit, als er noch dort wohnte. Sein Dad legte Wert darauf, ihn fast täglich anzurufen, doch meist wussten beide nicht, worüber sie reden sollten. Sein Dad fragte ihn, wie sein Schultag gewesen war, und Luke fiel nicht immer etwas Erwähnenswertes ein, das passiert war. Als alles andere nichts brachte, fragte sein Dad dann: »Tja, gibt es denn *irgendwas* Neues?« Doch Luke fiel nie groß etwas ein. Am Ende der Telefonate fühlte es sich so an, als wäre sein Vater noch weiter weg.

Luke wusste zwar, dass das für ein Scheidungskind ein Klischee war, doch er hatte irgendwie die vage Vorstellung, an der Trennung seiner Eltern schuld zu sein. Er war nie ein Sorgenkind gewesen. Bis zum heutigen Tag hatte er weder Drogen noch Alkohol angerührt. Zunächst einmal war er zu schüchtern, um auf Partys zu gehen. Doch er fragte sich, ob sein sonderbares Verhalten für den Auszug seines Vaters eine Rolle gespielt hatte. Solange er zurückdenken konnte, war er sonderbar – sogar verhaltensgestört – gewesen. Generell mochte er nicht, was andere Leute mochten. Vielleicht, so dachte er, wäre seine Familie noch zusammen, wenn er normal gewesen wäre, wenn er ein Probetraining für das Basketballteam absolviert hätte, wie es sich sein Dad insgeheim gewünscht hatte, obwohl er behauptete, es sei ihm völlig egal. Vielleicht säßen dann seine Mom und sein Dad gemeinsam auf der Tribüne.

Nach einer Weile waren die Jungs Nintendo leid und gingen in die Küche, wo sie sich Mortadella-Sandwiches machten. Luke bekam kaum etwas runter, weil er wegen des morgigen Abends so nervös war. Irgendwann würgte er sogar.

»Geht's dir gut?«, fragte Ryan.

»Ja. Das war eklig. Entschuldigt. Ich bin bloß total nervös wegen morgen.«

»Das wird schon werden, Süßer«, sagte Kevin mit einer seiner Stimmen.

»Ich weiß. Ich bin nur ... weiß auch nicht. Gott, bin ich scheiße.«

»Also echt. Was ist denn das Schlimmste, was passieren könnte?«, fragte Ryan.

»Ich könnte auf der Bühne sterben.«

»Das wäre total punkmäßig«, sagte Ryan.

»Ähh, ja«, sagte Kevin mit seiner John-Wayne-Stimme. »Wir begehen auf der Bühne kollektiv Selbstmord. Das wäre *verflucht* punkmäßig.«

»Was, wenn uns das Publikum hasst oder nicht mal auf uns reagiert?« Wenn Luke auf eins verzichten konnte, dann darauf, ignoriert zu werden.

»Fick das Publikum«, sagte Ryan. »Du nimmst das alles zu ernst.«

»Stimmt«, sagte Kevin. »Ich meine, ich versteh dich schon, aber vergiss nicht, dass es Spaß machen soll.«

Luke nickte. Er verriet ihnen nicht, was er eigentlich sagen wollte: dass er alles so ernst nahm, weil seine Punkband eine Verlängerung seines Wunsches war, etwas anderes als er selbst zu sein, da er sich selbst und sein Leben nicht mochte. Er verriet ihnen nicht, dass die Band in diesem letzten Jahr für ihn zu einer fixen Idee geworden war. Er verriet ihnen nicht, dass für ihn bei diesem Konzert viel auf dem Spiel stand, weil er davon träumte, dass die Band ihm irgendwie irgendeinen Weg bot, Moberly zu verlassen.

Als er sah, dass die anderen ihre Brote fast aufgegessen hatten, quetschte er sich die Wurst in den Mund, bemüht, den Fleischbrei nicht wieder auszuspucken.

Er entschied sich, ihnen seinen neuen Song doch nicht vorzuspielen.

Ein paar Minuten später packten Kevin und Ryan ihre Sachen. Sie vereinbarten, sich am nächsten Abend um halb sechs im Parkhaus zu treffen. Luke brachte sie bis zur Einfahrt und verabschiedete sich. Nachdem er wieder im Haus war, hörte er ihre Stimmen. Er spähte durch die Jalousien und sah, dass sie neben ihren Autos standen und sich unterhielten, was er komisch fand, weil sie zum Reden den ganzen Nachmittag Zeit gehabt hätten. Er fragte sich, ob sie über ihn sprachen, ob sie irgendein Problem mit ihm hatten. Er neigte sich dicht ans Fenster, um ihr Gespräch mit anzuhören, verstand aber kein Wort. Das ging fünf Minuten so weiter, bis Kevin sagte: »Na schön, Luke. Jetzt wird's uns langsam unheimlich.«

Dadurch wurde Luke peinlich berührt klar, dass man seinen Umriss auf der Jalousie von draußen sehen konnte. Sich vom Fenster zu entfernen wäre einem Eingeständnis gleichgekommen, dass er die Jungs tatsächlich belauscht hatte. Er kam sich wie ein Trottel vor, als er am Fenster blieb, bis sie wenige Minuten später losfuhren. Dann ging er aufs Klo und erbrach die Mortadella. Die Kotze war voller rosa Bröckchen. Als er fertig war, putzte er sich die Zähne, dann nahm er auf dem Sofa im Freizeitraum Platz.

Friends fing bald an.

11

Freitag kam Luke wie der längste Schultag seines Lebens vor. Den ganzen Tag kaute er auf der Kappe seines Füllers, wippte mit seinen dürren Beinen und konnte sich auf kein einziges Wort konzentrieren, das seine Lehrer sagten. Als er schließlich nach Hause kam, gab ihm seine Mom den Schlüssel für die Hütte im Park; da er noch keine achtzehn war, hatte sie sie für ihn mieten müssen.

Luke hatte zwei Wochen zuvor im Polizeirevier angerufen, um sicherzugehen, dass es bei dem Konzert keine Probleme gab. Beispielsweise lag der Park nicht weit von einem Wohngebiet entfernt, und er befürchtete, Beschwerden über Lärm könnten zum Abbruch des Konzerts führen. Der Polizist sagte: »Spielen Sie die Musik nicht lauter als nötig«, fuhr dann aber fort, es sollte eigentlich keine Probleme geben, solange nichts Illegales vor sich ginge.

Das Haus glich einer großen, von einer Terrasse umgebenen Holzhütte, es war eine Art Partyraum. Luke traf früh ein. Das Innere bestand aus einem großen Raum, einer Küche und zwei Toiletten. Es gab keine Bühne; die Bands befanden sich auf Augenhöhe mit dem Publikum. Die langen Tische standen in Reihen, da die Hütte im Park normalerweise für Familientreffen benutzt wurde.

Luke war es wichtig, als Erster einzutreffen, weil er erleben wollte, wie es war, allein in dem noch leeren Raum zu stehen. Aus einem ihm unbekannten Grund war es für ihn wichtig, das zu tun, und so stand er da in seinen an den Knien zerrissenen Jeans, den schwarzen Chucks und dem Vindictives-T-Shirt und überlegte, wie anders sich dieser Raum bald anfühlen und wie sich sein Leben vielleicht in Kürze ändern würde.

Ryan und Kevin trafen samt ihren Freundinnen ein, und gemeinsam schoben sie die Tische nach hinten in den Raum, um für das Publikum eine große offene Fläche zu schaffen. Ryans Freundin Raven, eine adrette, vielleicht etwas zu gestylte Rock 'n' Rollerin, brachte Luke mit der Bemerkung auf die Palme, wie komisch es sei, dass er und Kevin ein Konzert gaben, obwohl sie beide noch nie eins besucht hätten. Sie und Ryan waren gelegentlich in das eine Stunde entfernte Salton gefahren, um die dortige Punkrock-Szene zu erleben. Doch sie beschwichtigte Luke mit dem Satz: »Nein, ich meine damit nur, ihr habt echt *Eier,* so was zu machen, obwohl ihr es noch nie erlebt habt.« Noch nie hatte jemand Luke gesagt, er hätte Eier, und er dankte ihr für diese Aussage.

Die anderen beiden Bands trafen gegen sechs ein. In Moberly gab es nicht viele Bands, aus denen man wählen konnte, aber Luke fand zwei, die er einlud (auch wenn er es ihnen gegenüber nicht so formulierte), das Vorprogramm für Skanky Baby zu bestreiten. Er hatte Bekannte in einer Punkband, die sich Poor Choices nannte. Sie waren Neuntklässler, erst seit einem Monat zusammen und spielten überwiegend Covers von Misfits-Songs, versicherten Luke aber, sie hätten genug Material für ein Set. Die andere

Truppe waren zwei Zwölftklässler, ein Gitarrist und ein Schlagzeuger aus Lukes Kunstkurs. Sie hatten extra für dieses Konzert eine Band gebildet und nannten sich Manila Envelopes. Luke merkte, dass es wohl ein Fehler gewesen war, sie einzuladen, als der Gitarrist, Cameron, ihm sagte, sie hätten eigentlich keine Songs, »bei uns ist Experimentieren angesagt«.

Die ganzen Aktivitäten halfen Luke dabei, seine Nervosität zu vergessen. Sobald das PA aufgebaut war und die Poor Choices ihren Soundcheck hinter sich hatten, ging er mit einer roten Brotdose aus Plastik raus auf den Parkplatz. Es war eine *Fame*-Brotdose (wie in der Fernsehserie aus den Achtzigern *Fame – Der Weg zum Ruhm*), die er auf dem Flohmarkt gekauft hatte. Sie enthielt die Musikkassetten, die er zu verkaufen hoffte. Da es bald sieben wurde, waren schon etliche Leute da, die meisten sammelten sich bei ihren Autos und rauchten. Er hoffte, dass ihn jemand nach seiner Brotdose fragte, was auch geschah, und als er sie öffnete, konnte er für vier Dollar Kassetten verkaufen.

Nach so vielen Jahren, in denen ihre Eltern ohne sie Bands in Bars gesehen hatten, hatte die Jugend von Moberly tatsächlich Interesse an einem Konzert für alle Altersgruppen. Um sieben war der Parkplatz fast voll, und ein nicht enden wollender Strom Jugendlicher betrat die Hütte, wo sie auf Raven trafen, die an der Tür Geld einsammelte. Luke nahm fünf Dollar Eintritt und hatte vor, die Einnahmen unter den drei Bands aufzuteilen. Da er irgendwo gehört hatte, es sei verboten, ohne Gewerbeschein Geld zu verlangen, hatte er Raven einen Zettel mit der Aufschrift »Spenden willkommen« gegeben, den sie aufstellen sollte, falls die

Cops auftauchten. Derweil verkaufte Kevins Freundin in der Küche Cola und Mountain Dew.

Als Poor Choices ihren Auftritt begannen, begaben sich die bei den Autos und auf der Terrasse abhängenden Leute nach drinnen. Die Band klang nicht besonders, da der Drummer offensichtlich immer noch lernte, sein Schlagzeug zu spielen, doch das Publikum reagierte durchaus positiv, und nach jedem Song gab es, wie man so sagt, vereinzelten Applaus.

Luke stand allein im Hintergrund und sah sich die Menge gut an. Er erkannte eine kleine Blondine, deren Haare oben auf dem Kopf zu zwei kleinen Dutts hochgebunden waren. Er kannte sie vom Sehen aus der Schule und fand sie immer sehr niedlich, hatte sie aber nie angesprochen. Nicht mal eine Minute nachdem er sie gesehen hatte, gesellte sich natürlich ein Junge zu ihr und legte ihr einen Arm um die Taille, fasste sie an der Hüfte. Dann fand Luke noch ein, wie er fand, äußerst begehrenswertes, ihm bisher völlig unbekanntes Mädchen. Wie etliche Jugendliche trug sie eine Brille. Außerdem war sie mit einem Jungen zusammen. Und dann sah er noch ein Mädchen, das er attraktiv fand, auch in Begleitung eines Jungen. Und noch eins. Jeder auf dieser Welt war bereits in einer Paarbeziehung, und anscheinend hatten sie einander alle so problemlos gefunden. Jessica Wexler war nicht da.

Dennoch freute sich Luke, so viele Nonkonformisten in einem Raum zu sehen. Allerdings war nicht zu übersehen, dass die meisten von ihnen ziemlich ähnlich gekleidet waren, viele sogar so wie er. Chucks überall, genau wie T-Shirts. Obwohl es draußen kalt war, sah man T-Shirts über T-Shirts über T-Shirts, viele davon Band-T-Shirts von Nirvana, den Misfits, den Dead Kennedys, und außerdem Hemden, die wahrscheinlich aus einem Secondhand-Laden der Heilsarmee stammten, so wie das Arbeitshemd einer Tankstelle oder eins, das für ein Familientreffen im Jahre 1985 warb. Die Skater trugen Baggy Jeans. Ein paar Mädchen trugen Flanell. Ein paar Jungs hatten schwarze Lederjacken an, so auch Kevin und Ryan. (Luke hatte seine zu Hause gelassen.)

Diese Teenager grenzten sich durch ihre interessanten Frisuren ab. Ein schwarzgekleidetes Mädchen hatte einen Mod-Haarschnitt, ergänzt durch eine Sonnenbrille. Ein Junge, der so punkig wie ein Sex Pistol aussah, hatte Haare so flauschig wie eine Pusteblume. Manche Köpfe waren rasiert. Manche waren stachlig. Einer hatte die Haare blau gefärbt, einer grün. Koteletten machten komische Sachen. Die Frisuren hatten ihren eigenen Auftritt.

Luke sagte sich, auch wenn der Auftritt von Skanky Baby an diesem Abend nicht so gut ankommen sollte, war es schon eine Leistung an sich, all diese jungen Leute zusammenzubringen. Stimmt, die meisten von ihnen wirkten ziemlich gelangweilt und gehemmt, wie sie mit verschränkten Armen dastanden und nervös an ihren Haaren nestelten. Doch selbst dadurch taten sie etwas. Sie hatten endlich etwas zu tun.

Die erste Band stand kurz vor dem Ende ihres Auftritts, als zwei Polizisten eintrafen. Sobald die beiden mit finsteren Mienen die Hütte im Park betraten, überschlugen sich Lukes Gedanken: Scheiße. Wir werden nicht spielen dürfen.

Wahrscheinlich liegt es am Lärm. Aber das hatte ich doch mit ihnen geklärt. Allerdings keine erwachsene Aufsichtsperson. Sie werden den Laden dichtmachen. Warum sind sie hier? Nichts Illegales. Tatsächlich weiß ich das nicht, weil ich es geflissentlich ignoriert habe. Warum sind sie hier?

Einer der Beamten sagte etwas zu Raven, die das »Spenden willkommen«-Schild schon aufgestellt hatte. Sie machte einen langen Hals, sah sich im Raum um. Luke war schon in ihre Richtung unterwegs, und als sie ihn sah, zeigte sie ihn den Polizisten. Einer von ihnen bedeutete ihm, nach draußen zu gehen, vermutlich um dem Krach von Poor Choices zu entkommen.

Ein Beamter war jung und stämmig und hatte einen Bürstenhaarschnitt. Der andere war schlank, grauhaarig und hatte einen Schnauzbart. Der junge Cop sagte: »Dann hast du hier das Sagen?«

»Ja. Meine Mom hat die Hütte im Park gemietet. Mr. Davies vom Park- und Grünflächenamt wusste, dass ich das vorhatte, und war einverstanden. Außerdem habe ich die Polizei vorab angerufen, um sicherzugehen –«

»Man hat uns angerufen und gesagt, jemand würde hier Drogen verkaufen.«

»Davon weiß ich nichts.«

»Hast du hier jemanden mit einer roten Brotdose gesehen? Es hieß, er würde sie aus einer roten Brotdose verkaufen.«

»Ich habe vorhin auf dem Parkplatz Musikkassetten aus einer roten Brotdose verkauft.«

»Wo ist diese Dose jetzt?«

»Im Haus.«

»Hol sie her. Am besten begleiten wir dich, wenn du sie holst.«

Als Luke wieder ins Haus ging, gefolgt von den Beamten, war er auf hundertachtzig. Er fasste es nicht, dass das gerade passierte. Er stellte sich vor, wie jemand in dem nahegelegenen Wohnviertel auf seiner Veranda saß, ihn mit seiner komischen Frisur sah und daraus den einzig möglichen Schluss zog.

Luke führte die Polizisten in die Küche, wo er seine Brotdose abgestellt hatte. Er gab sie dem jüngeren Beamten, der sie öffnete.

»God Bless You Straight to Hell?«, sagte der Polizist.

»Ja. Das ist das Tape meiner Band.«

Der ältere Beamte nahm eine der Kassetten in die Hand. »Skanky Baby«, sagte er lachend.

Der jüngere Polizist hob die Brotdose an sein Gesicht und schnupperte daran. Luke bemerkte einen enttäuschten Gesichtsausdruck, als er nichts roch. Am liebsten hätte er ihm gesagt, dass er in seinem ganzen Leben noch keine Drogen genommen hatte, wusste aber, dass das nichts brachte.

Der jüngere sah den älteren Beamten an. »In Ordnung«, sagte dieser schulterzuckend.

»Diesmal drücken wir beide Augen zu«, sagte der jüngere Cop, »aber wir fahren den restlichen Abend in der Gegend Streife.«

Luke fiel nichts ein, außer »Danke sehr« zu sagen.

Die Cops verschwanden, aber nicht ohne im Gehen den Raum noch einmal prüfend zu mustern. Ryan und Kevin kamen in die Küche, um Luke zu fragen, was passiert sei. Luke war ziemlich durch den Wind.

»Sie drücken beide Augen zu?! Ich habe nichts *gemacht*. Ich wusste es. Ich wusste, dass so was geschehen würde. Gott, wie ich diese Stadt hasse! Ich bin so sauer, dass ich nicht geradeaus gucken kann. Und wir müssen noch auftreten.«

»Das solltest du einbringen, Luke«, sagte Kevin, diesmal mit seiner normalen Stimme.

»Wie meinst du das?«

»Wenn du so wütend bist, verwende das auf der Bühne. Bau es in die Musik ein.«

Luke nickte. Inzwischen hatte die erste Band ihr Set beendet. Luke hatte ein Mixtape vorbereitet, das zwischen den Auftritten gespielt werden sollte. Er ging in den Hauptraum, um das Tape zu spielen, der erste Song war von Minor Threat.

Manila Envelope brauchten ewig für den Aufbau. Der Gitarrist hatte zehn Effektpedale, die er irgendwo neben dem Mikroständer aufbaute. Als sie endlich anfingen zu spielen, klang die Musik dermaßen grauenhaft, dass Lukes Laune sogar noch mieser wurde. Offenbar versuchten sie, einen Sound à la Sonic Youth zu erzeugen, doch das Ergebnis klang eher nach rüpelhaften Gören, die eben erst die Instrumente ihrer Eltern gefunden und Feedback entdeckt hatten. Der einzige »Gesang« glich eher geilem Gestöhne, kombiniert mit Stegreifgedichten über jemanden, der auf einem Acker herumstand. Das Publikum war nicht begeistert.

Luke ging aufs Klo, sowohl um zu urinieren, als auch um Manila Envelope ein Weilchen zu entkommen. Auf dem Klo begegnete er einem massigen Typ mit Ziegenbart in schwarzen Shorts und einem Muskelshirt. Er hieß Cody und stand am Waschbecken, wo er ein Kondom aufmachte. Cody war ein Schulabbrecher von Anfang zwanzig, der aber mit Teenagern abhing. Als er Luke sah, sagte er: »Alter, ich pisse jetzt in diesen Pariser hier.«

»Warum?«

»Ich mach'n Pissballon und werf ihn auf diese Schwuchteln, die da draußen gerade spielen.«

»Bitte nicht. Wenn es hier in der Bude nach Pisse stinkt, vermieten sie die uns bestimmt nicht wieder. Und ich muss es nachher aufwischen.«

Cody dachte darüber nach. »Aha.«

»Piss bitte nicht in das Kondom, Cody.«

»Na schön. Ich lass es.«

Der Auftritt von Manila Envelope zog sich endlos hin, wie ein waidwundes Kalb im Todeskampf. Nach fünfzig Minuten kümmerte es Luke kaum, als Cody sich dem Gitarristen mit einer Dose Mountain Dew näherte und deren Inhalt über die Pedale kippte. Es sprach sich im ganzen Raum herum: »Es ist Pisse … Cody hat gerade Pisse auf Camerons Pedale gegossen.« Cameron drohte damit, Cody mit seiner Gitarre zu schlagen, doch Cody wich und wankte nicht und war kampfbereit. Zum Glück zog der Drummer Cameron beiseite. Der machte seinen Verstärker aus, was zum heftigsten Beifallssturm des bisherigen Abends führte.

Luke wurde eins klar: Sollte er je wieder ein Konzert organisieren, würde er mehr Sicherheitsleute einstellen müssen – oder wenigstens für andere Security sorgen. An diesem Abend war nämlich Cody für die Sicherheit zuständig.

Als Skanky Baby ihren ersten Song spielten, war Luke so nervös, dass sich seine Knie wie Gummi anfühlten. Er spürte, wie seine Beine zitterten, und weil er befürchtete, das Publikum würde das merken, übertrieb er seine anderen Bewegungen, wackelte heftig mit dem Kopf und drosch mit dem einen Arm auf die tiefhängende Gitarre ein, damit die Zuschauer dachten, die zittrigen Beine gehörten zum Auftritt. Nach der Hälfte des Songs, als er sah, dass einige im Publikum rhythmisch mit den Köpfen wippten, und als er merkte, dass er nicht sterben würde, fühlten sich seine Beine allmählich wieder normal an. Nach dem Ende des Songs, in den zwei Sekunden vor dem nächsten, reagierte das Publikum mit herzhaftem Beifall und ein paar Jubelrufen.

Bald wurde klar, dass das Publikum auf die Band stand. Die Köpfe wippten und nickten weiter, manche Jungs hatten die Hemden ausgezogen, und rasch entstand eine kleine Moshpit. Der Raum roch nach Moschus.

Neben der wilden, hektischen Energie, die Skanky Baby mit rasantem Getrommel, fettem Bass und dem ständigen Bombardement mit Powerakkorden erzeugte, musste dem Publikum auch der Kontrast zwischen diesem Ansturm rohen Krachs und den lieblichen Melodien auffallen. Lukes Gesang war rotzig und aggressiv, aber Luke schrie nicht. Er sang und achtete sehr darauf, dass seine Melodien immer irgendwohin führten.

Im Verlauf des Sets hatte Luke irgendwann das Gefühl, er habe sich eine Maske aufgesetzt, die ihn auf der Bühne zu einem anderen Menschen machte. Seine Schüchternheit war wie weggeblasen. Die Maske erlaubte ihm, sich stark zu fühlen, und er wünschte, sie immer tragen zu können. Mit verstärkter Stimme, die dadurch lauter war als alle anderen Stimmen zusammen, und während seine dünnen Arme auf der Gitarre einen Verzerrungseffekt erzeugten, so intensiv, dass sie allen Anwesenden unter die Haut ging, fühlte sich Luke regelrecht erhaben.

Er trug die Maske noch, als er in das Mikrophon sprach. »Ihr habt vielleicht gemerkt, dass uns die Polizei vorhin besucht hat. Und zwar, weil man mir vorwarf, Drogen zu verkaufen, dabei habe ich nur Kassetten mit Musik von Skanky Baby verkauft. Aber so ist Moberly nun mal. Irgendein Kleingeist, von denen es in dieser Stadt so viele gibt, musste die Cops rufen. Darum will ich die Gelegenheit ergreifen und sagen: *Fuck you,* Moberly, leck mich. Du hast nie einen Dreck für mich getan, du gottverlassenes Nest voller Keksfresser.«

Das Publikum legte jede Zurückhaltung ab und reagierte lärmend, klatschte und schrie zustimmend. Luke sah zu Ryan hinüber, der lächelnd nickte. »So ist es. Hörst du mich, Moberly? Fick dich. Fick dich wegen deiner fehlenden Möglichkeiten. Fick dich, weil hier alles fehlt. Fick dich, weil du Träume nicht wahr werden lässt. Hier werden Träume nicht wahr. Ist euch das auch aufgefallen?«

Es gab immer noch Beifall, aber merklich weniger.

»Ich halt gleich wieder die Klappe, nur eins noch. Scheiß-Moberly! Scheiß-Moberly!« Die Menge stimmte begeistert in den Ruf ein, der bald hundert Stimmen umfasste. Einige skandierten ihn lächelnd, andere voller Wut. In seinem ganzen Leben hatte sich Luke noch nie so mit anderen Menschen verbunden gefühlt.

Während der Ruf immer noch durch den Raum hallte, sagte Luke: »Hau rein, Kevin.«

»Ich liebe dich, Luke«, sagte Kevin vernehmlich, auch ohne Mikrophon, und er zählte mit seinen Stöcken ab vor einem Song mit dem Titel »Toilet Town«. Es folgten »Dumbslut«, »Billy Got Sent to Alternative School«, ein Cover der Gruppe Operation Ivy, und »My Old Sintucket Home«. Beim Singen merkte Luke, dass er etwas gern tat, worauf die meisten Sänger lieber verzichteten. Statt wegzuschauen oder die Augen zu schließen, sah er den Leuten im Publikum gern direkt in die Augen, was komisch war, da er außerhalb der Bühne Schwierigkeiten hatte, Blickkontakt herzustellen. Er achtete darauf, der kleinen Blondine in die Augen zu schauen, auch dem bebrillten Mädchen. Er suchte die Menge ein letztes Mal nach Jessica Wexler ab, doch inzwischen war klar, dass sie nicht zu diesem Konzert gekommen war.

Natürlich hatte Luke die Band in der Hoffnung gegründet, dadurch für Mädchen attraktiver zu werden, doch leider war diese Maske, die ihm so rasch eine eigene Bühnenrolle gegeben hatte, keine schöne Maske. Wenn er wütend seine pessimistischen, nihilistischen Texte sang, verzerrten sich seine markanten Gesichtszüge und wurden sogar noch markanter und übertrieben ausdrucksstark wie die eines hasserfüllten, pickligen Orks. Er wusste, dass er großmäulig aussah, spastisch zuckte, seine großen Zähne schienen das Mikro verschlingen zu wollen, und seine Extremitäten schlenkerten herum, die langen, spindeldürren Finger flitzten wie Taranteln über das Griffbrett. Nein, diese Figur war kein schöner Anblick. Niemand verliebte sich an diesem

Abend in ihn. Doch wenigstens ein Mal, wenn auch nur für eine halbe Stunde, fand sein Frust einen Weg heraus aus seinem linkischen Körper.

Luke zahlte jeder Band 121 Dollar. Er und seine Bandkollegen kamen überein, ihren Anteil für spätere Tonaufnahmen in einem Studio zu sparen. Als die Menge sich zerstreut hatte, wischte Luke die Reste von Codys Urin auf, während Ryan, Kevin und ihre Freundinnen die Tische wieder an ihre Plätze schoben. Dabei unterhielten sie sich über das Konzert, und auch wenn Luke darauf hinwies, welche Fehler er beim Spielen gemacht hatte (»In ›Brutes and Runts‹ habe ich einen falschen Akkord gespielt«), waren sie einer Meinung, dass der Abend alles in allem ein Erfolg gewesen war.

»Ich wünschte nur, die Cops wären nicht aufgetaucht«, sagte Luke.

»Das hätte viel schlimmer ausgehen können«, sagte Ryan. »Ich hab gehört, Jason Briggs und Megan Jansen hätten auf dem Parkplatz Acid eingeworfen. Wenigstens haben die Cops das nicht mitgekriegt.«

Luke war entsetzt, zu hören, dass die Cops ihnen zu Recht einen Besuch abgestattet hatten. Er wollte gar nicht wissen, was sonst noch auf dem Parkplatz gelaufen war. Doch etwas in ihm gefiel die Vorstellung, dass auf seinem Konzert etwas Illegales geschehen war. Etwas in ihm sehnte sich danach, illegale Dinge zu tun, besonders nachdem man ihm das zum Vorwurf gemacht hatte.

Als Ryan und Luke ihre Verstärker zu ihren Wagen trugen, sagte Raven, sie sei am Verhungern, und fragte Ryan, ob sie wie geplant zu Denny's fuhren.

»Klar. He, Luke. Kevin und Sarah und wir fahren zu Denny's. Komm doch mit.«

»Nein, danke«, sagte Luke. »Ich bin echt müde.« Er war wirklich erledigt, doch der Hauptgrund für seine Weigerung war, dass er das Gefühl hatte, erst nachträglich eingeladen zu werden, außerdem wollte er dort nicht das fünfte Rad am Wagen sein. Ihn nervte ohnehin schon, wie die beiden Freundinnen nach dem Konzert besonders anschmiegsam wurden, eindeutig angeturnt durch den Auftritt ihrer Freunde.

Sie verabschiedeten sich voneinander, und sowohl Ryan als auch Kevin versicherten Luke, er sei »der Hammer« gewesen. Luke hatte für sie auch Komplimente in petto, die unterbrochen wurden, als sie einen Polizeiwagen auf den Parkplatz fahren sahen.

»Großer Gott«, sagte Luke. »Was wollen die denn *noch*?«

Diesmal war der grauhaarige Beamte allein. Er ließ die Scheibe runter und fragte: »Ist alles okay gelaufen?«

»Ja, Sir«, bestätigte Luke, als er zu dem Wagen ging.

»Gut. Wollte nur noch mal nachsehen. Die Hütte im Park soll bis elf geräumt sein, deshalb wollte ich mich vergewissern, dass ihr euch daran haltet. Hey, wir haben früher am Abend noch mal kontrolliert, und ich konnte von außen deine Band hören. Klang wirklich gut.«

Luke war verblüfft. »Oh. Danke sehr.«

»Hast du da über Moberly getobt und gewettert?«

»Ja. Ich hab da ein bisschen über die Stränge geschlagen.«

»Nö. Ich hab mich genauso gefühlt, als ich in deinem Alter war.«

»Echt?«

»Echt. Ich fand's hier *grässlich*. Aber eines Tages gefällt's dir hier vielleicht sogar. Oder auch nicht. Wer weiß das schon. Ich sag dir, wenn ich fröhlich bin, finde ich's hier ziemlich gut, genauso gut wie sonst irgendwo. Aber wenn ich nicht froh bin, wünschte ich, ich wäre irgendwo anders, bloß nicht hier.«

Luke lachte kurz.

»Damit meine ich wohl ... manchmal frage ich mich, ob es an der Stadt liegt oder nur an mir.«

»Ich glaube, es liegt an der Stadt.«

Jetzt lachte der Beamte. »Wahrscheinlich. Na schön. Gute Nacht allerseits.«

Nachdem Luke nach Hause gekommen war und seiner Mom und seiner Schwester einen ausführlichen Bericht über die abendlichen Ereignisse gegeben hatte, ging er in sein Zimmer, schloss die Tür und legte sich aufs Bett. Er hatte immer noch ein Klingeln in den Ohren, was ihm gefiel, weil er so das Gefühl hatte, das Konzert mit nach Hause genommen zu haben. Gern hätte er seinem Dad von allem erzählt, doch es war zu spät für einen Anruf. Er wollte nicht an seinen Dad denken.

Doch sein Dad ließ ihm keine Ruhe. Fast jede Nacht träumte Luke von ihm. In einem der wiederkehrenden Träume tauchte ein Erlebnis auf, das er am 4. Juli hatte, der als Kind sein Lieblingsfeiertag gewesen war. Lukes Dad war sehr stolz auf sein Feuerwerk gewesen und hatte jedes Jahr eine Riesensache daraus gemacht. Als Luke zwölf war, kippte eines der Feuerwerke um, die sein Dad angezündet hatte, und schoss Richtung Zuschauer. Ein Feuerball nach dem anderen flog auf Lukes Familie zu. Alle kreischten und suchten Deckung, wie in einer vorstädtischen Kriegsszenerie. Keiner wurde verletzt, auch wenn bei Lukes Oma nicht viel fehlte, als ihre Perücke Feuer fing. Der Unfall führte zu einem Mordsstreit zwischen Lukes Eltern, und dabei wurde Luke zum ersten Mal klar, dass die Ehe seiner Eltern in einer Scheidung enden könnte.

Er versuchte, an etwas zu denken, was ihn fröhlich machte. Seine Band machte ihn fröhlich. Doch die beiden anderen waren jetzt mit ihren Freundinnen unterwegs. Er stellte sich Ryan und Kevin vor, wie sie mit ihren Freundinnen bei Denny's in einer Nische saßen. Ryan und Raven mäkelten wahrscheinlich gerade aneinander herum, während Kevin mit der Kellnerin scherzte. Luke schaute auf die Uhr. Es war kurz nach halb zwölf. Vielleicht waren sie immer noch bei Denny's, und Luke überlegte hinzufahren, doch er war total ausgelaugt. Er konnte sich kaum bewegen.

Er musterte sein Clash-Poster und dachte an die Mädchen, die er an diesem Abend gesehen hatte. Kurze Blitze des Glücks zuckten durch sein Hirn, wenn er sich vorstellte, wie er mit einem Mädchen zusammen fernsah oder Musik hörte. Er dachte an den schwarzen BH-Träger der kleinen Blondine. Er dachte daran, wie überall in der Stadt gelacht und geflirtet wurde, wie Haut andere Haut berührte, sich Lippen, Zungen und alles andere im Dunkeln aneinander rieben, und doch lag er allein da, so wie immer. In dieser Stadt schien es eine begrenzte Menge an Liebe zu geben, und für ihn war nie genug übrig. Für ihn beschlugen keine Fensterscheiben. Ihm kamen Jungs zuvor, die das Wort »Titten« freigebig benutzten, ohne sich dabei schäbig vorzukommen. Und alle Mädchen schienen dem nächstbesten Arschloch gedankenlos in die Arme zu laufen.

Und jetzt das: Es war wirklich merkwürdig, dass er noch vor einer Stunde auf der Bühne so viel Aufmerksamkeit und Zuneigung gespürt hatte, doch jetzt lag er hier ganz allein in diesem Zimmer auf dem Bett, ohne jede Begleitung, von dem Klingeln in seinen Ohren mal abgesehen. Mein Gott, dachte er. Bin ich jetzt sogar noch einsamer?

Er wusste, was zu tun war. Er musste noch ein Konzert organisieren. Und dann noch eins. Und dann müssten sie anfangen, in anderen Städten aufzutreten. Unwillkürlich stand er auf und nahm seine Gitarre zur Hand. Er setzte sich mit ihr auf den Boden. Er roch seinen Körpergeruch, weil er so verschwitzt war, rief sich aber in Erinnerung, dass das nichts ausmachte, weil er ja allein war. Er genoss es, seine Nase in die Achselhöhlen zu stecken und seinen Geruch tief einzuatmen. Dabei dachte er daran, wie nett dieser Polizist gewesen war und was er gesagt hatte.

Leise spielte er seinen neuen Song, den voller Traurigkeit, und schwor sich im Stillen, dass er ihn eines Tages für die ganze Stadt spielen würde. Danach würde er damit in all den anderen Städten auftreten.

4
Sei nicht dumm

Okay. Ehe wir unseren Abschlusstest schreiben, muss ich noch ein paar Anmerkungen loswerden. Was ich jetzt sagen werde, sollte ich vermutlich besser nicht sagen, aber ich habe lange und gründlich drüber nachgedacht und werde es trotzdem tun. Ich weiß, dass viele von Ihnen gern auf Partys gehen, und da die Feiertage bevorstehen, könnten einige von Ihnen in eine Situation kommen, wo Sie Auto fahren, obwohl Sie es besser bleibenlassen sollten. Ich will wirklich nicht, dass dies passiert. Ich weiß zwar, dass das komisch klingt, es ist mir aber wirklich wichtig. Wenn Sie unterwegs sind und trinken und irgendwann nach Hause müssen, rufen Sie mich an. Ich komme vorbei und hole Sie ab, ohne Fragen zu stellen. Die Nummer meines Festnetzanschlusses steht im Kursplan.«

»Das haben Sie doch nicht echt vor?«, fragte ein Schüler, der offenbar in jeder Unterrichtsstunde dasselbe Tommy-Hilfiger-T-Shirt trug.

»Doch«, sagte Stephanie. »Nicht trinken und dann Auto fahren. Lieber mich anrufen.«

»Könnten Sie immer nüchtern bleiben und mich fahren, wenn ich um die Häuser ziehe?«, fragte ein Student mit Schnurrbart, der einen Essay darüber geschrieben hatte, dass er ein ehemaliger Crystal-Meth-Abhängiger sei.

Stephanie lachte. »Mir wäre es lieber, Sie sähen mich als letzten Ausweg. Ich bin für Sie da, wenn Sie keine andere Mitfahrgelegenheit finden. Vergessen Sie das bitte nicht. Noch was – rufen Sie mich zu vernünftigen Zeiten an. Ich hole keinen um drei Uhr morgens irgendwo ab. So – genug davon.« Stephanie, die ein schwarzes Kleid mit Blumenmuster trug, dazu eine Strumpfhose und schwarze Slipper mit mittelhohen Absätzen, ging um ihr Pult herum und las die Punkte durch, die auf ihrem Notizblock standen. »Also gut. Was ich Ihnen noch sagen wollte, im Laufe des Semesters habe ich Ihnen für die Schnelltests immer ein Stichwort gegeben. Jetzt möchte ich Ihnen gestehen, dass jedes dieser Stichworte ein Songtitel von einer der schrägen Bands war, deren Musik ich höre. Beispielsweise nannte ich Ihnen als Stichwort *Unsatisfied,* und so heißt ein Song der Replacements. *I've Been Tired* ist ein Song der Pixies. Falls Sie also während Ihres restlichen Lebens zufällig einen dieser Songs hören sollten, stellen Sie sich bitte vor, dass es dafür einen Grund gibt, denn wenn Sie diesen Song hören, denke ich genau in diesem Augenblick an Sie und sende jedem Einzelnen eine telepathische Nachricht, und diese Nachricht lautet: Sei nicht dumm.«

Der Kurs lachte.

»Wo auch immer jeder von ihnen ist, was auch immer er oder sie macht, seid nicht dumm. Macht das, was klug ist. Tut mir leid, wenn das moralisierend klingt.« Sie schaute wieder auf ihren Notizblock. »Also, mal sehen … Zu guter Letzt gibt es noch etwas, was ich in all meinen Kursen mache, damit ich mich besser an Sie erinnern kann.« Sie hielt eine Kodak-Einwegkamera hoch. »Ich möchte gern ein

Klassenfoto machen, also nehmen bitte alle hinten im Raum Aufstellung.«

Die Studentinnen stöhnten auf und jammerten, sie sähen für Fotos nicht gut genug aus. Stephanie entgegnete, sie alle sähen prima aus. Sie knipste ihr Foto und forderte sie dann auf, sich an die Computer am Rand des großen, zugigen Klassenzimmers zu setzen. Draußen war ein grauer Tag.

»Eine Abschlussprüfung für den Grundkurs Englisch 101 ist schwierig, daher schreiben Sie mir bitte alle ein kurzes, formloses Essay zu folgendem Thema …« Sie wies auf die Tafel, wo sie in mädchenhafter Schrägschrift den Satz geschrieben hatte: *Wird es der Welt besser- oder schlechtergehen?* »Mir ist bewusst, dass es eine komplizierte Frage ist, aber halten Sie es einfach. Entscheiden Sie sich für das eine oder andere – schreiben Sie nicht, es liege irgendwo in der Mitte –, drucken Sie es aus, geben Sie es mir, und dann dürfen Sie gehen.«

»Wie lang soll es denn werden?«, fragte ein junger Mann, der manchmal mit seltsamen Verletzungen zum Unterricht erschien. Einmal behauptete er, eine klaffende Wunde an seinem Arm selbst behandelt zu haben, indem er Whisky darübergegossen und sie dann eigenhändig genäht habe.

»So lang wie nötig. Wahrscheinlich zwischen fünfhundert und tausend Wörtern. Falls Sie mich brauchen, ich bin an meinem Pult. Ihnen allen vorab schon mal frohe Weihnachten.«

Während sich die Studenten an die Arbeit machten, tat Stephanie so, als läse sie die College-Zeitung. Tatsächlich machte sie sich Sorgen wegen ihres Mannes. Sie war stolz auf sich, dass sie sich vor neunzehn Studenten hinstellen und so tun konnte, als wäre alles in Ordnung.

Sie wandte ihre Aufmerksamkeit den Studenten zu, die jetzt in die Tasten hauten. Da sie sich immer selbst hinterfragte, überlegte sie, ob ihr Angebot, sie im Auto mitzunehmen, ein Fehler gewesen war. Doch sie hatte sich dazu genötigt gesehen, um dem etwas Gutes abzugewinnen, was Dan gerade durchmachte. Ohnehin bezweifelte sie, dass jemand auf ihr Angebot zurückkommen würde. Alle Studenten schienen sie zu mögen – mit sechsundzwanzig Jahren hatte sie immer noch einen Draht zu ihnen, und sie sah aus wie zwanzig –, doch sie bezweifelte, dass jemand bei diesem Anruf ein gutes Gefühl hätte.

Es war eine ziemlich gute Gruppe. Wie in jedem anderen Grundkurs Englisch schien sich die Hälfte ihrer Essays um Marihuana oder Abtreibung zu drehen. Sie würde nie vergessen, dass eine der Studentinnen dieses Kurses ihrem Essay die Überschrift »Abtreibung – immer diese Entscheidungen« gegeben hatte. Wie in den meisten Kursen am Moberly Community College hatten die alleinerziehenden Studentinnen ständig irgendwelche Probleme mit ihren Kindern, was sich auf die Teilnahme am Unterricht auswirkte.

Sie versuchte, sich und Dan mit Kindern vorzustellen. Sie versuchte sich vorzustellen, was er jetzt gerade machte. Wahrscheinlich saß er stumm mit anderen Männern zusammen und wusste nicht, wo er hinschauen sollte. Ihre Studenten hatten keine Ahnung, dass ihre Dozentin vor der Fahrt zum Kurs ihren Mann im Bezirksgefängnis absetzen musste. Dort würde er vier Nächte bleiben. Seit ihrer

Hochzeit vor zwei Jahren waren Stephanie und Dan keine einzige Nacht getrennt gewesen.

Nach kurzer Zeit gaben die ersten Studenten ihre Abschlussarbeit ab. Das amüsierte Stephanie – dass einige so offen zeigten, wie wenig Mühe sie sich mit ihrem Essay gaben. Über die erste Studentin, die ihr Abschlussessay abgab, regte Stephanie sich immer wieder auf, was daran lag, wie sie sich hin und wieder verhielt. Manchmal umarmte sie am Kursende zum Abschied einen der jungen Burschen, was an sich schon irgendwie unnötig schien, doch noch ärgerlicher wurde es dadurch, dass sie, wie Stephanie genau wusste, einen festen Freund hatte. Das war ihr bei den jüngeren Studenten aufgefallen. Sie berührten einander ständig.

Der junge Mann, den diese Studentin so mochte, war zufällig Stephanies Lieblingsstudent, ein achtzehnjähriger Klassenclown namens Nick Clines. Stephanie merkte, dass er etwas Besonderes war, als sie am ersten Kurstag die Studenten bat, in einem Absatz etwas zu schildern, was an ihnen einzigartig war. Nick schrieb: »Ich hasse Füße. Ich kann ihren Anblick nicht ausstehen. Für jemanden, der Füße verabscheut, ist es schwer, in dieser Stadt zu leben. Egal, ob es draußen gefriert, den Leuten fällt immer etwas ein, wie sie ihre Füße herzeigen können. Also bitte, und ich meine euch alle, haltet eure Füße von mir fern.«

Stephanie schrieb auf sein Paper: »Ganz genau so geht es mir auch!«

Nick war der einzige Student, der keine Jeans anzog. Stattdessen trug er eine zerschlissene Khakihose und eine abgetragene Denimjacke, gespickt mit Buttons, die, wie sie vermutete, spöttisch gemeint waren (Hair-Metal-Bands aus den Achtzigern, »Sexiest Man in Romania«). Jeansjacken waren in den Achtzigern aus der Mode gekommen, als Stephanie noch zur Highschool ging, doch Nick schien nicht zu kümmern, was andere über ihn dachten. Er hatte die Aura eines Menschen, der immer genau das tat, was er wollte. Aus seinen Essays wusste Stephanie, dass er ein wilder Typ war, jedenfalls wilder, als sie es je gewesen war. Er schrieb darüber, wie leid er es manchmal war, in Moberly zu sein, dass er allein zu spontanen Spritztouren nach Louisville, Nashville oder St. Louis aufbrach. So etwas hatte Stephanie schon immer machen wollen.

Als die Essays abgegeben wurden, überflog Stephanie sie. Bisher glaubten alle Studenten, mit der Welt ginge es bergab, was Stephanie lächeln ließ. Diese Gruppe würde ihr fehlen.

Als Nick sein Paper abgab, sagte er: »Es war mir ein Vergnügen.« Er strich seine strubbeligen braunen Haare nach hinten.

»Danke sehr.«

»Ich werde nächstes Semester nicht den Aufbaukurs 102 nehmen, aber unterrichten Sie den im übernächsten Semester?«

»Wahrscheinlich. Ich bin Aushilfslehrkraft, muss also irgendwie nehmen, was übrig bleibt, nachdem die Vollzeitlehrer sich ihre Kurse ausgesucht haben. Aber halten Sie einfach nach meinem Namen auf dem Kursplan Ausschau.«

Als er gegangen war, fragte sich Stephanie, wie er wohl seine Essayfrage beantwortet hatte. Zu ihrem Erstaunen las sie, dass er der Meinung war, der Welt ginge es immer besser. Sie blätterte zu seinem letzten Absatz vor, der lautete:

»Abschließend finde ich, dass wir als Volk uns ziemlich gut halten. Denken Sie an die vielen Gelegenheiten, wenn Menschen zusammenkommen, und alle reißen sich zusammen und kotzen nicht, und sie scheißen oder pissen sich nicht in die Hosen. Es rastet auch niemand aus und fängt an, in der Öffentlichkeit herumzuschreien. Und dann die vielen Leute in ihren Autos. Das verblüfft mich immer wieder. Wie leicht könnten sie die gelbe Linie überqueren und jemanden töten, doch sie tun es nicht. Irgendwie halten unsere Gehirne alles zusammen, und die Leute überleben. Ich weiß zwar nicht, ob die Welt wirklich besser wird, aber ich glaube ganz sicher nicht, dass sie schlechter wird.«

Stephanie konnte nicht anders, sie war von Nicks Antwort enttäuscht. Wenn er eines Tages genauer hinsah, würde er erkennen, dass nur Sekunden fehlten und alles geriete aus den Fugen. Dennoch wusste sie seinen ungewöhnlichen Standpunkt, seinen jugendlichen Optimismus zu schätzen.

Irgendwie süß.

Ihre langen blonden Haare auf dem cremefarbenen Teppich ausgebreitet, lag Stephanie an diesem Abend auf dem Boden, neben ihrem Hund Francis, einem schwarzen Labrador. Sie lagen in dem kleinen Flur, der das Wohn- mit dem Schlafzimmer verband. Die Flurwände schmückten gerahmte Fotos. Stephanie hatte Fotos ihrer Familie an eine Wand gehängt. Dan hatte Fotos einiger seiner Lieblingsbands an der anderen Wand hängen, besonders viele von den Smiths. Stephanie hatte einen Arm um den Hund gelegt und tätschelte seinen Rücken, weil Francis so unruhig wirkte; offenbar fragte er sich, wo Dan blieb.

Stephanie und Dan wohnten downtown in einem 93 Quadratmeter großen Flachbau. Den Bungalow hatte Stephanie von ihrer Großmutter geerbt, und sie und Dan waren von seiner glatten weißen Vinylverkleidung nie begeistert gewesen, sie konnten sich aber nichts anderes leisten, und es war auch gar keine üble Bleibe. In einer Minute waren sie zu Fuß am Central Park, nur dass sie keine Spaziergänge mehr unternahmen.

Als sie die Hand auf den Hund legte und fühlte, wie sich seine Rippen hoben und senkten, überlegte sie, wann sie und ihr Mann sich zuletzt berührt hatten. Wahrscheinlich war es Wochen her, und geküsst hatten sie sich seit Monaten nicht. Mittlerweile war es so, dass Dan zu küssen sich anfühlte, als drücke man schlaffe Gummischläuche aufeinander. Vermutlich fühlte es sich für ihn genauso an.

Sein Atemtest hatte fast die doppelte Menge des gesetzlich erlaubten Promillewertes ergeben. Er hatte genug Alkohol im Blut, dass die meisten Menschen damit das Bewusstsein verloren hätten, und doch befuhr er die Rain Street, in eine Richtung, die ihn von zu Hause wegführte. Er erzählte Stephanie, er habe keine Ahnung, wohin er unterwegs gewesen sei, und dass er sich überhaupt kaum daran erinnern könne, gefahren zu sein. Das Leben rettete ihm einzig und allein, dass ein Cop sah, wie er Schlangenlinien fuhr. Seit er und Stephanie geheiratet hatten, war das sein zweites Verfahren wegen Trunkenheit am Steuer. Der Polizist schrieb in seinem Bericht, sobald er Dan aus dem Verkehr gezogen hatte, habe der zu ihm gesagt: »Nehmen Sie mich bitte fest. Sperren sie mich bitte ein.«

Jedes Mal, wenn es auch nur das kleinste Geräusch gab –

wenn die Heizung ansprang, eine Wagentür zuschlug –, hob der Hund den Kopf und schaute Richtung Hintertür, durch die Dan normalerweise nach der Arbeit das Haus betrat. Das brachte Stephanie zum Weinen. »Er kommt heute Abend nicht nach Hause, Süßer«, sagte sie.

Stephanie und Dan waren seit ihrer Hochzeit vor zwei Jahren nicht eine einzige Nacht getrennt gewesen. Sie dachte zurück an ihre Hochzeitsnacht, als sie sich beim Atari-Spielen betrunken hatten. Sie hatten die Atari-Konsole gefunden, als sie Dans Kisten auspackten. Als Stephanie die holzgetäfelte Konsole und die zwei Stapel schwarzer Kassetten mit Spielen sah, war das, als sähe sie all die Freuden ihrer Kindheit in einem einzigen Karton. Sie konnten nicht widerstehen, schlossen die Konsole an einen Fernseher an und spielten, doch irgendwie machte es nicht ganz so viel Spaß, wie sie in Erinnerung hatten. Stephanie schlug vor, Bier zu holen, um das Erlebnis zu intensivieren, denn schließlich fühlte es sich wie ein besonderer Anlass an. Damals waren sie übereingekommen, dass es in Ordnung war, wenn Dan bei besonderen Anlässen trank. Sie fuhren zu Sureway und holten Red Stripes, weil Stephanie die Flaschen schon immer niedlich fand.

Nach einer Weile wurde ihr klar, dass sie mit einem Hund auf dem Flurboden lag und weinte.

Stephanie sprang vom Teppich auf. »Na komm, Francis. Das lassen wir hübsch bleiben.«

Der Hund sprang hoch, und kurz danach hatte Stephanie die Leine an seinem Halsband befestigt. Als sie in der Eiseskälte um den Block gingen, betrachtete Stephanie all die ruhigen, malerischen Häuser und fragte sich, was für Schrecken sich wohl in deren Innerem abspielen mochten. An manchen von ihnen hing die Weihnachtsbeleuchtung, was sie an Dan denken ließ. Man konnte ihm einfach nicht entkommen.

»Ich hatte vergessen, wie gut es sich anfühlt«, hatte er ihr am Tag nach seiner Festnahme erzählt. »Ich spürte ein weiches Glühen im Hirn, wie von einer Weihnachtsbeleuchtung. Und ich hatte mich schon so lange deprimiert und unruhig gefühlt, dass ich nicht wollte, dass das Leuchten aufhörte, und ich konnte sogar wieder mit Leuten reden, also trank ich immer mehr und mehr, und ehe ich mich's versah, stand die Beleuchtung in Flammen.«

In diesem Jahr hatten sich Stephanie und Dan nicht die Mühe gemacht, Lichterketten aufzuhängen. Sie machten sich nicht einmal die Mühe, einen Baum aufzustellen. Das alles erforderte eine Energieleistung, die offenbar keiner von beiden aufbrachte. Vielleicht im nächsten Jahr.

Nachdem der Hund auf einen fremden Rasen uriniert hatte, kehrten sie nach Hause zurück. Stephanie hatte das Haus für einen längeren Spaziergang verlassen wollen, doch es war zu kalt. Als sie die Küche betrat, sah sie das Blinklicht am Anrufbeantworter.

»Hey, Mrs. Whitaker. Hier spricht Nick Clines von Ihrem Grundkurs, eingesperrt in Ihren Anrufbeantworter. Ich wollte auf Ihr Angebot einer Mitfahrgelegenheit zurückkommen. Sie können mich in dem Haus zurückrufen, wo ich gerade bin. Unter der Nummer 555-8395. Falls das nicht geht, ist es auch kein Beinbruch. Okay. Danke. Bye.«

Warum ausgerechnet Nick, von allen Studenten? Warum nicht die junge Frau, die einen Essay darüber geschrieben hatte, dass wir in der Endzeit lebten? Oder das sexuell hyperaktive Mädchen, das so auf Disneyfilme stand?

Sie musste ihn nicht zurückrufen. Es war fast zehn Uhr abends. Sie konnte zu Bett gehen oder warten, dass David Lettermans Show anfing.

Aber was, wenn Nick schließlich doch selbst fuhr und einen Unfall baute? Das wäre ihre Schuld. Warum hatte sie nur dieses dumme Angebot gemacht?

Sie dachte an Dan. Er steckte in einer Gefängniszelle, während sie mit einem jungen Mann herumfuhr. Sei nicht dumm, sagte sie sich. Sei nicht dumm.

Doch wenn einer dumm gewesen war, dann Dan. Dan hatte den Grund geliefert, dass sie dieses Angebot überhaupt unterbreitet hatte.

Sie überlegte sich Eigenheiten von ihm, die ihr fehlten. Ihr fehlte, wie er sich aufregte, wenn sie im Fernsehen Sitcoms guckten, und er Richtung Bildschirm schrie: »Ich bin lustiger!« Ihr fehlte, ihn pinkeln zu hören. Er ließ immer das Wasser laufen, wusste aber nicht, dass sie ihn dennoch hören konnte.

Doch wenn er zu lange im Bad blieb, fragte sie sich immer, ob er nicht heimlich trank. Dort versteckte er seine Flaschen, unter der Spüle oder zwischen den Badetüchern. Er hatte sie so oft enttäuscht. Er hatte so oft gelogen.

Während sie die Nummer wählte, überlegte sie, was sie anziehen sollte.

Moberly hatte zwei Hauptverkehrsadern: Rain Street, die in westöstlicher Richtung verlief, und den Highway 71, der sich von Norden nach Süden erstreckte. An diesen beiden

Straßen fand man fast alles, was man brauchte, es gab all die beleuchteten Schilder für all die Geschäfte, die man kannte und aufsuchte. An diesem Abend entfernte sich Stephanie ein ganzes Stück von diesen beiden Straßen.

Sie rutschte unruhig in ihrem 1992er-Toyota-Camry herum, der in einer kiesbestreuten Auffahrt parkte. Das Haus stand weit außerhalb auf dem Lande in einer kleinen Ortschaft namens Nettles. Seit sie ein Teenager war, hatte sich Stephanie nicht mehr so weit draußen in der Pampa aufgehalten. Sie hasste Landstraßen, besonders nachts. Nick sollte eigentlich nach ihr Ausschau halten, damit sie nicht ins Haus gehen musste. Aus dem Hausinneren hörte sie laute Musik, und die gelegentliche Rückkopplung und das Wummern einer Bassdrum zwischen den Songs deuteten darauf hin, dass die Musik live war.

Sie hatte sich schon ewig keine Band mehr angehört. Das war einmal ihr und Dans Lieblingszeitvertreib gewesen, Spritztouren nach Dans Heimatstadt Nashville zu unternehmen, um Bands wie Archers of Loaf oder They Might Be Giants zu hören. Doch mittlerweile hatten sie keinen Spaß mehr daran, die vielen zusammengepressten Körper, das lange Warten, bis die Bands auf die Bühne kamen, während ihr und Dan die Gesprächsthemen ausgingen.

Durch ein offenes Tor im Garten hinter dem Haus erhaschte sie kurze Blicke auf junge Leute, die in Grüppchen draußen herumstanden. Stephanie fummelte am Laustärkeregler ihres Autoradios herum. Es sollte nicht so laut sein, dass sie und Nick sich nicht unterhalten konnten, aber laut genug, dass er hören konnte, was für Musik sie mochte. Es war eine Replacements-Kassette, *Sorry Ma, Forgot to Take*

Out the Trash, ihr ausgelassenstes und knalligstes Album. Siehst du, ließ es Nick wissen. Auf meine Art bin ich auch wild.

Als Stephanie gerade aufgeben und aussteigen wollte, kam Nick aus dem Haus, in seinem üblichen Outfit – Khakihose und blaue Jeansjacke. Er hatte sogar denselben Rucksack von JanSport dabei, den er immer zum Unterricht mitbrachte. Stephanie trug ihre Lieblings-Bluejeans von Gap, einen schwarzen Pulli, eine enge braune Vintage-Lederjacke und kirschrote Mary Jane Doc Martens.

Sie sah zu, wie er die von ihrem Scheinwerferlicht erhellte Stelle überquerte.

Als er die Tür öffnete, beugte sie sich vor und lächelte zu ihm auf.

»Mrs. Whitaker! Wie lange warten Sie schon?«

»Etwa zehn Minuten.«

»Meine Schuld.«

»Das macht nichts.«

Während er sich anschnallte, musterte er Stephanie von oben bis unten und sagte: »*Gut* sehen Sie aus.«

Stephanie lachte, da ihr nichts anderes einfiel. »Danke sehr.« Sie war froh, dass die Innenbeleuchtung nicht an war, als sie errötete; erröten sah auf ihrer blassen Haut nicht unbedingt vorteilhaft aus. Sie fragte sich, wie viel er wohl getrunken hatte, doch dann fiel ihr ein, dass sie jedem ihrer drei Kurse gesagt hatte, sie würde vorbeikommen, »ohne Fragen zu stellen«.

Während sie den Wagen in der Einfahrt wendete, fragte sie: »War das nun eine Party oder nur ein Treffen?« Sie überlegte, ob man noch »Treffen« sagte.

»Keine Ahnung, was das war«, antwortete er mit einem Südstaaten-Tonfall, der ihr bei ihm noch nie aufgefallen war. Wahrscheinlich unterdrückte er ihn normalerweise, so dass er sich nur bemerkbar machte, wenn Nick getrunken hatte. »Kyle Gerwig – bei ihm zu Hause war das – hatte eine Band eingeladen, doch alle hörten sich nur zwei Songs an und gingen dann wieder raus, um zu kiffen. Dann wurde der Sänger sauer, weil niemand seiner Band zuhörte, und sie taten mir leid, und ich dachte mir, ich bleibe besser in der Garage, damit sie sich *irgendwer* anhört. Deshalb hab ich Sie nicht vorfahren sehen.«

Sie bog in die dunkle, auf beiden Seiten von Bäumen bestandene Straße ein. »Nett von Ihnen, dass Sie sich die Band angehört haben.«

»Oh, lassen Sie sich nicht täuschen. So nett bin ich gar nicht. Ich hab nur Schuldgefühle, weil ein Freund von mir den ersten Auftritt dieser Band verderben wollte, indem er ihnen die Cops auf den Hals hetzte. Dabei war er nur neidisch, weil jede seiner Bands noch vor ihrem ersten Gig auseinanderbricht.«

»Also, wo wohnen Sie?«

»Hines Street.«

»Hines Street sagt mir nichts.«

»Die liegt im West End. Ich bin Ihnen wirklich dankbar.«

»Ich helfe gern.«

»Haben Sie unsere Abschlussarbeiten schon benotet?«

»Nein. Ich bin noch nicht dazugekommen.«

»Halten Sie die eine Antwort für zutreffender als die andere?«

»Ob die Welt besser oder schlechter wird?«

»Ja.«

»Nein. Jede Antwort ist vertretbar.«

»Aber was glauben *Sie*?«

»Nun, ich glaube, sie wird schlechter, aber –«

»O Mann. Ich hab *besser* geschrieben.«

»Das geht in Ordnung. Sie wissen darüber so viel wie ich.«

»Bin ich der Erste, der Sie um eine Mitfahrgelegenheit gebeten hat?«

»Ja.«

»Ich habe mich gefragt, warum Sie dieses Angebot gemacht haben.«

»Nun … kürzlich wurde ein Freund von mir erwischt, als er betrunken Auto gefahren ist. Er hätte leicht umkommen können. Er bekam eine Anzeige wegen Trunkenheit am Steuer, was sein Leben richtig verpfuscht hat.«

»Das ist echt Mist.«

»Darum wollte ich anderen helfen, das zu vermeiden. Außerdem dachte ich mir, es könnte nichts schaden, mal aus dem Haus zu kommen. Ich bleibe immer nur zu Hause und lese oder sehe fern.«

»Trinken *Sie* denn? Wenn ich das fragen darf?«

»Klar. Nein. Ich trinke nicht. Früher schon.«

»Sie würden sich also heute Nacht nicht mit *mir* betrinken?«

»Äh …« Stephanie versuchte, Nicks Gesichtsausdruck zu betrachten, traute sich aber nicht, den Blick von der Straße zu wenden.

»War nur Spaß. Tut mir leid. Sie sollten wissen, dass ich

leicht angetrunken bin. Ich hab Hawaiian Punch mit Wodka getrunken. Ich habe etwas Wodka in meinem Rucksack, wenn Sie möchten.«

»Nein, danke. Ich bin nur froh, dass Sie nicht gefahren sind.«

»Wieso trinken Sie keinen Alkohol mehr?«

»Also …«

»Ist das zu persönlich? Es ist nur so, wenn man seine Dozentin außerhalb des Unterrichts erwischt, will man halt ein bisschen was erfahren, verstehen Sie?« Er lachte. »So als wäre man mit einem Promi unterwegs.«

»Ist schon in Ordnung. Beim Trinken habe ich wohl irgendwann gemerkt, dass die negativen Effekte die positiven überwiegen. Es war der Mühe einfach nicht mehr wert. Ich meine, Trinken ist wirklich dumm, wenn man's recht bedenkt. Wir alle müssen uns fies schmeckende Flüssigkeiten in den Hals kippen, nur um die Gegenwart des anderen zu ertragen.«

Nick lachte. »Da ist was dran. Stimmt. Ich sollte aufhören.«

»Oh, verstehen Sie mich nicht falsch. Ich *verstehe,* warum Leute Alkohol trinken. Man muss sich irgendwie locker machen, sonst wird das Leben unerträglich. So wie beispielsweise für meinen Freund, der mit der Trunkenheit am Steuer. Er leidet an einer wirklich üblen Sozialphobie und an Depressionen. Aber was sein Trinkverhalten angeht, ist er einfach nicht klug.«

Während sie sich unterhielten, hatte sie ständig Nicks Satz im Ohr. ›Gut sehen Sie aus.‹ Gut sehen Sie aus – sie fasste es nicht, dass sie durch die Wälder von Bledsoe

County fuhr, allein mit einem jungen Mann, der so etwas sagte. Mit ihren feinen Gesichtszügen und der zierlichen Figur war sie nicht unattraktiv, doch es war schon ein paar Jahre her, dass sie zuletzt so eine Bemerkung gehört hatte. In zehn Minuten würden sie in der Stadt sein. Stephanie beschloss, jede Minute auszunutzen.

Sie begann mit dem Community College, fragte ihn nach seinen anderen Kursen in diesem Semester, wandte sich dann der Musik zu, wo sie allerdings kaum Gemeinsamkeiten fanden, da er mit ihren Lieblingsbands nicht vertraut war. Als er grinste, als sie die Butthole Surfers erwähnte, wandte sie sich der Literatur zu.

»Und welche Schriftsteller mögen Sie, außer Ginsberg?«

»Wenn ich ehrlich bin, lese ich nicht viel. Aber ›Howl‹ hat mir echt gut gefallen. Das habe ich nicht nur so dahergesagt.«

»Ich hatte den Autorenbericht Ginsberg extra für Sie aufgespart. Ich hatte das Gefühl, er würde Ihnen gefallen.«

»Das hat er. Ich will unbedingt mehr lesen. Besonders nach Ihrem Kurs.«

»Das höre ich wirklich gern. Was haben Sie denn für Pläne, sobald Sie mit dem College fertig sind?«

»Ich sehe zu, dass ich aus diesem Scheiß-Moberly hier rauskomme.«

»Das Gefühl kenne ich.«

»Ich meine es ernst. Ich hau hier ab, und wenn es mich umbringt.«

»Wohin wollen Sie denn?«

»Egal, wohin, nur weg.«

»Aber wohin?«

»An eine der Küsten.«

»Und was haben Sie vor, wenn Sie dort sind?«

»Ich besorg mir einen Van, kaufe mir einen Vorrat Fertigsandwiches für die Mikrowelle und wohne einfach am Strand.«

»Aber wenn Sie am Strand leben wollen, müssen Sie sich eine Menge menschlicher Füße angucken.«

»Igitt. Daran hatte ich nicht gedacht.«

»Ernsthaft, haben Sie vor, noch auf eine richtige Uni zu gehen?«

»Ernsthaft, das mit dem Van war mir ernst.«

Stephanie lachte.

»Ich weiß. Es ist dumm.«

»*Nein.* Tut mir leid, dass ich gelacht habe. Es klingt –«

»Es klingt *dumm*. Das weiß ich. Doch es ist mir egal. Ich bleib nicht hier, um meinen Körper irgendeinem Job zu überlassen, den ich hasse, und meine Seele irgendeiner Ehefrau, die mich am Ende hassen wird, und um Kinder zu kriegen, die überallhin pissen, und um schließlich auf meinen Tod zu warten.«

»Dass Sie das nicht wollen, kann ich Ihnen nicht verdenken. Aber wie wollen Sie in diesem Van am Meer über die Runden kommen?«

»Mir egal, ob ich in Restaurants Tische abräumen oder Klos schrubben muss. Hauptsache, ich bin raus aus dieser Stadt.«

»Als ich in Ihrem Alter war, hab ich das genauso gesehen.«

»Aber heute nicht mehr?«

»Ich habe an verschiedenen Orten gelebt. Ich sag Ihnen das nicht gern, aber leider ist es überall das Gleiche.«

»Also echt jetzt. Es muss was Besseres geben als dieses Kaff. Sie haben genau mitbekommen, womit ich es in unserem Kurs zu tun hatte. Bei denen dreht sich alles nur um ihre Knarren, ihre Allradautos und ihren Wal-Mart. Ich passe hier nicht hin, und das wird auch immer so bleiben.«

»Ich werfe Ihnen nicht vor, dass Sie etwas … anderes wollen.«

»Diese Leute verbringen ihr Leben damit, rumzusitzen und beim Gedanken an Wal-Mart in ihre Hosen abzuspritzen. Oh, *Wal-Mart.*« Dazu stöhnte Nick orgastisch auf.

Stephanie bekam einen Lachanfall. »Sie sind echt witzig.«

»Danke sehr. Hey, möchten Sie vielleicht ein wenig Gras mit mir rauchen, wenn wir zu mir nach Hause kommen?«

»Sie wissen, dass ich das nicht machen kann.«

»Das war nur ein Scherz. Wir könnten aber, wenn Sie wollten. Mein Dad wird schon im Bett sein. Und falls nicht, ist es ihm egal.«

»Wohnen Sie nur mit Ihrem Dad zusammen?«

»Ja. Meine Mom starb, als ich neun war.«

»Oh. Das tut mir wirklich leid. Ich habe als junger Mensch auch ein Elternteil verloren. Doch da war ich vierzehn.«

»Das überrascht mich nicht.«

»Warum sagen Sie das?«

»Ich weiß, Sie müssen eine Menge durchgemacht haben.«

»Wie kommen Sie *darauf*?«

»Weil Sie im Unterricht immer so gut zu uns waren. Mir ist etwas aufgefallen bei Menschen, die eine Menge durchgemacht haben. Sie schlagen eine von zwei Richtungen ein.

Entweder verhärtet es sie, und sie werden totale Arschlöcher, oder es macht sie weicher und verständnisvoller, weil sie sehen, wie schlimm das Leben sein kann, und nicht wollen, dass das Leben für andere Menschen so schlimm wird. So war es offenbar bei Ihnen.«

Verdammt, dachte Stephanie. Kaum fragte sie sich, ob er nicht doch ein wenig oberflächlich war, musste er so etwas sagen. Am liebsten hätte sie ihn auf irgendeine Art gepackt.

»*Genau so* war es bei mir. Das Leben ist so schwer, doch ich dachte immer, wenn ich Menschen in meinem Kurs eine gute Stunde bieten könnte, wäre das immerhin etwas.«

»Ich fand Ihren Kurs großartig. Ich habe gemerkt, dass wir Ihnen wichtig sind. Schon in der zweiten Stunde kannten Sie unsere Namen auswendig. Sie schreiben uns lange, ausführliche Kommentare ans Ende unserer Essays. Sie sind einfach eine phantastische Dozentin.«

»Vielen Dank. Ich wünschte nur, die College-Verwaltung hielte mich für phantastisch genug, um mir eine volle Stelle anzubieten.«

»Lassen Sie mich mit der Verwaltung reden. Ich werde denen sagen, dass Sie die beste Lehrkraft sind, die ich je hatte.«

»Wow. Danke sehr. Das ist gut für mein Ego. Aber so toll bin ich gar nicht. Ich glaube, der Hawaiian Punch mit Wodka beeinflusst Ihre Meinung, die Sie von mir haben.«

»Nein. So betrunken bin ich übrigens gar nicht. Sie sind meine Lieblingslehrerin aller Zeiten. Und ich muss etwas gestehen. Wenn ich normalerweise bei Kyle zu Hause feiere, übernachte ich einfach da. Eigentlich tu ich das immer.

Doch sobald Sie im Kurs dieses Angebot gemacht haben, war mir klar, dass ich das ausnutzen wollte.« Sie spürte, dass sein Blick auf ihr ruhte. »Ich wollte eine Gelegenheit, mit Ihnen allein zu sein.«

»Oh.« Die Wärme bildete sich am Rand ihrer Ohren. »Ich – Also, das ist nett von Ihnen.« Nun wurde ihre Stirn heiß, dann Wangen und Kiefer. »Sie waren ein toller Student.«

Sie gestand sich ein, dass sie etwas Ähnliches vorhergesehen hatte, ehe sie ihr Angebot unterbreitete. Dennoch hatte sie es getan. Sperrt mich bitte weg, dachte sie. Bald wurden ihre Beine, dann der ganze Körper heiß. Ihre Seite der Windschutzscheibe fing an zu beschlagen. Als sie das sah, wurde ihr sogar noch wärmer. Das konnte Nick unmöglich entgehen. Sie stellte die Heizung aus. »Ich mag diesen Song«, sagte sie als Ausrede, um den Ton lauter zu drehen. Nick lehnte seinen Kopf gegen die Fensterscheibe auf der Beifahrerseite.

Ihre Seite der Windschutzscheibe war so beschlagen, dass sie Probleme hatte hindurchzusehen. Sie packte das Lenkrad und musste sich ein wenig nach rechts beugen, und ihr Herz sprang fast aus dem Körper, während sie sich darauf konzentrierte, auf ihrer Seite der schmalen Landstraße zu bleiben.

Als sie sich dem Ortseingangsschild näherte, versuchte Stephanie, alle Gedanken in Richtung ihres Mannes zu lenken. Sie stellte sich seine Brustbehaarung vor. Er hatte massenweise dunkles, pelziges Brusthaar, und wenn sie schlecht gelaunt war, fuhr er sich pseudosexy mit den Fingern durch diesen Pelz, um sie zum Lachen zu bringen. Vermutlich hatte Nick überhaupt keine Brusthaare. Und natürlich hatte Dan im Laufe der Jahre an Gewicht zugelegt, doch sie spürte immer noch ein Kribbeln, wenn er ihr die Hand aufs Kreuz legte und sie so in ein Zimmer lotste.

Sie war erleichtert, als sich die Landstraße endlich mit der Highway 43A kreuzte. Sie drehte die Musik leiser. »Geradeaus bis zur Ampel, dann die Rain Street hoch?«

»Genau.«

Sofort drehte sie die Musik lauter, doch dann streckte Nick die Hand aus und machte wieder leiser.

»He, tut mir leid, dass ich Sie gebeten habe, mich abzuholen, obwohl ich das gar nicht brauchte.«

»Ist schon in Ordnung. Ihr Dad weiß es bestimmt zu schätzen, dass Sie sicher zu Hause angekommen sind.«

»Egal, was ich mache, meinem Dad ist es scheißegal.«

»Das höre ich gar nicht gern.«

»Er interessiert sich nur für College-Basketball in Kentucky.«

»Das erlebt man hier in der Gegend oft.« Was verständlich war; die Wildcats der University of Kentucky hatten in diesem Jahr die College-Meisterschaft gewonnen.

»Stimmt. Nun, wie ist Ihr Mann denn so?«

»Warum fragen Sie?«

»Interessieren *ihn* noch andere Dinge außer Basketball?«

»Er liebt Musik. Basketball sieht er sich nur im März an, wenn das College-Turnier ist.«

»Sie haben ihn im Kurs ziemlich oft erwähnt.«

»Ach ja?«

»Klar. Dan heißt er, stimmt's?«

»Ja! Anscheinend rede ich mehr über ihn, als mir bewusst ist.« Endlich wurde ihr kühler.

»Dan und Francis.« Da wurde ihr noch kühler. Der liebe Francis, wie er auf dem Teppich lag und den Kopf Richtung Hintertür hob.

»Ja. Sie haben im Unterricht wirklich gut aufgepasst.« Plötzlich wurde die Nacht sehr klar; sie hätte das Haus nie verlassen dürfen.

»Sagte ich doch, Sie sind meine Lieblingsdozentin.«

»Gleich hier rechts abbiegen, stimmt's?«

»Ja. Dann zwei Blocks rauf, direkt an der Hines Street.«

»Dan ist ein guter Mann. Er ist so lieb, immer nett zu den Menschen. Und klug. Aber ernst. Er war nicht immer ernst. Früher war er ein echter Witzbold. Als wir erst frisch miteinander gingen, hat er sich beispielsweise in Restaurants auf einem Bein hingekniet und mir einen vorgetäuschten Heiratsantrag gemacht, nur damit uns alle in dem Restaurant Beifall spendeten.«

»Klingt wie etwas, das ich auch tun würde.«

»Ja. Damals haben wir natürlich noch getrunken. Dennoch, er war der witzigste Typ, der mir je begegnet war. Darum habe ich mich in ihn verliebt.« Und an dem Abend, als sie Dan sagte, dass sie ihn liebte, schrieb sie ihm einen Zettel, auf dem stand: »Ich will achtzig Jahre lang mit dir lachen.«

»Mrs. Whitaker, ich glaube, ich weiß, wer Ihr Freund mit dem Verfahren wegen Trunkenheit am Steuer ist.«

»Ach ja?«

»Ja. Das sind *Sie,* stimmt's?«

»Nein. Wie kommen Sie darauf?«

»Weil im Fernsehen die Leute immer sagen, es sei ein *Freund,* wenn sie in Wirklichkeit von sich selbst reden.«

»Nein. Ich rede nicht von mir, darauf gebe ich Ihnen mein Wort.«

»Ich wohne in dem Haus hier oben links. Mit dem beleuchteten Rentier.«

Stephanie hielt vor einem winzigen Bungalow mit Aluminiumverkleidung. Wie bei ihr zu Hause bedeckte Laub den Rasen im Vorgarten.

»Anscheinend ist mein Dad nicht zu Hause. Wollen Sie mit reinkommen?«

»Danke«, sagte sie, ohne zu zögern, »ich sollte besser schlafen gehen.«

»Alles klar. Aber ehe ich reingehe, werde ich noch eine rauchen. Würden Sie wenigstens eine Zigarette mit mir rauchen?«

»Ich rauche nicht.«

»Leisten Sie mir Gesellschaft, während *ich* rauche?«

»Nick, ich muss nach –«

»Bitte?«

»Na schön, aber nur eine Minute. Es ist so kalt.«

Sie ließ den Motor laufen. Nick zündete eine Zigarette an, dann zog er aus seinem Rucksack eine Flasche Smirnoff.

»Wollen Sie wirklich nichts?«

»Wirklich nicht.« Er nahm einen Schluck. »Was sind denn Ihre Pläne für die Ferien?«

»Ich werde hauptsächlich zu Hause bleiben. Und was sind Ihre?«

»Mehr davon, hauptsächlich«, sagte er und hob die Flasche. »Keine Sorge, ich rufe Sie nicht mehr an.«

»Sie können mich wieder anrufen, doch beim nächsten Mal rufe ich Ihnen ein Taxi. Ich hasse diese Landstraßen.«

Nick zog an seiner Zigarette und trank einen kleinen Schluck aus der Flasche.

»Mir ist gerade klargeworden, dass ich den ganzen Tag noch nichts gegessen habe«, sagte er.

»Das ist nicht gut.«

»Das macht nichts. Meistens wäre ich lieber zugedröhnt als satt.«

»Nick, ich misch mich da nur ungern ein, aber für einen Achtzehnjährigen scheinen Sie ganz schön oft über die Stränge zu schlagen. Muss ich mir Ihretwegen Sorgen machen?«

»Nein, Ma'am. Das Trinken, das Gras – das ist nur meine Methode, um aus Moberly rauszukommen. In einem Jahr oder so bin ich wirklich weg, doch in der Zwischenzeit«, er zeigte auf die Wodkaflasche, »bringt mich *das* für ein Weilchen aus dieser Stadt raus. Verstehen Sie, was ich meine?«

»Aber ja.«

Das war es. Deshalb machte man das. Deshalb trank Dan: um die Stadt zu verlassen; doch seine Stadt existierte in seinem Kopf, und wahrscheinlich war Stephanie deren Hauptbewohnerin. Und sie empfand bei ihm das Gleiche, das Lachen war vor langer Zeit verstummt. Sie wusste, das geschah bei der Hälfte aller Paare, was es aber nicht weniger überraschend machte. Was für ein scheußliches Gefühl, wenn man rauswollte.

Während Nick die Augen zusammenkniff und rauchte, musterte ihn Stephanie. Ihn umgab ein sanftes Glühen, das von dem beleuchteten Rentier stammte. Sie mochte diesen

Jungen wirklich. Sie wünschte, sie beide wären gemeinsam auf die Highschool oder ein College gegangen.

Nick merkte, dass sie ihn ansah, und fragte: »Was ist?«

»Es ist – es tut mir nur leid, dass ich vorhin über Sie gelacht habe. Hoffentlich kriegen Sie den Van, und hoffentlich finden Sie genau die richtige Stelle am Strand. Und hoffentlich ist es genau so, wie Sie es sich immer gewünscht haben. Hoffentlich wird es perfekt. Ich drücke Ihnen die Daumen, Nick.«

»Danke, Mrs. Whitaker.«

»Gern geschehen. Und Sie haben recht. Vielleicht wird die Welt wirklich besser. Sie ist noch so jung, wer weiß? Vielleicht schafft sie noch die Wende.« Nick nickte. »Ich muss jetzt los.« Sie drehte sich um, wollte losfahren.

»Moment«, sagte Nick. »Ich möchte Sie nur dieses eine Mal umarmen, darf ich?« Ehe sie antworten konnte, schlang er die Arme um sie und legte ihr seinen strubbeligen Kopf auf die Schulter. Behutsam erwiderte sie die Umarmung. Sie spürte, wie sich ihre Brüste gegen seine Jackenknöpfe pressten. Ganze fünf Sekunden lang legte Stephanie all ihre Wünsche und Enttäuschungen in diese eine Umarmung, die einmalig bleiben würde, weil es Zeit war aufzubrechen und ihr Hund sich bestimmt fragte, warum sowohl Herrchen als auch Frauchen spurlos verschwunden waren.

5
Die Moral von Nerds

Dan merkte immer, wenn die Therapeuten ab einem bestimmten Zeitpunkt nicht mehr wussten, was sie ihm sagen sollten. Allmählich hatte er dieses Gefühl auch bei seiner aktuellen Therapeutin, die ihm sagte, wahrscheinlich litte er an irgendeiner »namenlosen Krankheit«. Und fortfuhr, irgendwann in der Zukunft würde Ärzten ein Wort für das einfallen, woran auch immer Dan leiden mochte – seine tiefe Müdigkeit, sein ständiges Gefühl von Unruhe –, und es vielleicht sogar behandeln können. Was man aktuell machen könne, bis die moderne Wissenschaft bei seiner Krankheit Fortschritte machte, sei die gute Nachricht, tief in ihm drinnen bringe seine Psyche das bereits wieder in Ordnung.

Dan lachte und räusperte sich. »Tut mir leid. Tut mir leid, dass ich gelacht habe. Ich möchte das nicht in Frage stellen, aber –«

»Ist schon gut.«

»Aber wie kommen Sie darauf, meine Psyche bringe das wieder in Ordnung?«

»Ich glaube, Ihre Seele hat eine dunkle Nacht hinter sich. Es tut mir leid, dass es dazu kam, ich glaube aber auch, dass Sie dadurch aufgehört haben, sich gegen Ihr Schicksal aufzulehnen. Und nachdem das jetzt geschehen ist, vertraue ich Ihrer Psyche.«

»Wann wird sie das denn endgültig wieder in Ordnung gebracht haben?«

»Sie nimmt sich die Zeit, die sie nun mal braucht. Sie müssen Geduld haben.«

»Wie lange schätzen Sie denn?«

Die Frau mittleren Alters in dem langen, schwarzen Rüschenkleid lächelte. »Ich wünschte, ich könnte das.«

»Reden wir hier von Monaten oder von Jahren?«

»Wenn Sie unbedingt eine Antwort hören wollen, könnte ich Ihnen eine geben, aber die gefällt Ihnen vielleicht nicht.«

»Tun Sie das bitte.« Die Therapeutin musterte Dan stumm, was sie manchmal tat. Innerlich wand sich Dan. Äußerlich wirkte er nicht so, als fühle er sich unbehaglicher als sonst. Nach jahrelanger Einnahme von Antidepressiva war er übergewichtig, nicht fettleibig, aber auf dem Weg dorthin, doch er bewegte sich rasch und entschieden, Reste des mageren Jungen von früher. Fast immer hatte er eine gequälte Miene, was er vergebens mit Lächeln zu übertünchen suchte, und irgendwie sah er gleichzeitig gepflegt und schlampig aus, als wolle sein Hemd sich aus der Hose lösen, als lasse sich das schütter werdende schwarze Haar nur ungern kämmen.

»Bis alles wieder in Ordnung kommt, könnte so lange dauern, wie es dauerte, als es aus dem Lot geriet.«

Die Züge in Dans fülligem Gesicht drohten zu entgleisen. »Neun *Jahre*?«

Die Therapeutin lachte. »Ganz ruhig. Natürlich läuft das nicht nach einem strikten Zeitplan ab, doch wenn die Psyche einen Weg einschlägt, erfordert das in der Regel einen vergleichbar langen Weg in die Gegenrichtung.«

»Sie sagen also, ich werde einundvierzig sein, ehe ich mich wieder wie ein Mensch fühle?«

»Nein.« Die Therapeutin schüttelte lächelnd den Kopf. »Sie nehmen das zu wörtlich. Sie wollten einen Zeitrahmen haben, und ich sage Ihnen, es wird lange dauern. Sie haben einen langen Sturz hinter sich, daher folgt ein langer Aufstieg heraus aus der Grube, in der Sie sich befinden. Wir sind aber einer Meinung, dass Ihre vier Nächte im Gefängnis für Sie der Tiefpunkt waren, folglich ist es jetzt an der Zeit, mit dem Aufstieg zu beginnen.«

Dan verstand zwar, doch die neun Jahre ließen ihm keine Ruhe. Noch neun Jahre Depression. Noch neun Jahre Angstgefühle. Noch neun Jahre gieren nach Alkohol.

Doch nicht lange nach dieser Sitzung geschah etwas, das Dan glauben machte, seine Therapeutin wisse offenbar doch, wovon sie redete. Vielleicht brachte seine Psyche ja wirklich alles wieder in Ordnung, vielleicht war er wirklich wieder auf dem Weg nach oben, denn eine Woche später merkte Dan, dass er zum ersten Mal seit Ewigkeiten Freude an etwas fand. Dieser seltene Augenblick von Freude rührte daher, dass er eine wütende E-Mail verfasste und abschickte – die erste E-Mail seines Lebens.

Es waren zwei Jahre vergangen, seit Dan widerstrebend einen Job im Secondhand-Laden der Heilsarmee im Stadtzentrum angenommen hatte, gegenüber von dem Antikmarkt, wo er die Stücke sortierte und auch an der Kasse stand. Er hasste diese Arbeit, legte aber Wert darauf, diese Abneigung niemanden spüren zu lassen. Er behandelte jeden gut und war ausgesprochen höflich. Jeden Tag parkte er in der schlechtesten Parklücke, damit seine Kollegen nicht dort parken mussten. Als ihn seine Chefin einmal fragte, warum er so nett sei, antwortete er: »Manchmal habe ich das Gefühl, ich hätte nichts mehr zu geben, außer nett zu sein.«

Seinen Kunden begegnete er immer mit einem Lächeln. Nie zeigte er seine Enttäuschung über Menschen, die seine Freundlichkeit nicht erwiderten. Doch die meisten taten es; Moberly war eine freundliche Stadt. Wenn die Menschen ihn enttäuschten, dann gewöhnlich durch Kleinigkeiten, wenn sie kleine Einblicke in ihr Unvermögen gaben, das Richtige zu tun oder zu sagen. Wenn beispielsweise – was so häufig und so ärgerlich war, dass seine Nerven vor Verachtung regelrecht zitterten – ein Kunde erwähnte, was für einen schlimmen Tag er heute hatte und dass dieses oder jenes schieflief, sagte Dan unweigerlich: »Oh, das tut mir aber leid«, woraufhin der Kunde erwiderte: »Nun, es ist nicht Ihre Schuld.« Und manchmal sagte man das in einem frechen Tonfall, als wäre Dan ein Depp, weil er gesagt hatte, es tue ihm leid. Am liebsten hätte er geantwortet: »Ja, ich weiß, dass es nicht meine Schuld ist. Ich wollte nur freundlich sein. Das sollten Sie irgendwann auch mal probieren.« Doch er lächelte standhaft weiter.

Auch wenn sie es nie erfahren würden, Dan konnte seine Kollegen nicht leiden. Sie sagten Dinge wie: »Wir beißen nicht«, wenn sie merkten, dass er ein wenig reserviert war. Er fragte sie immer, wie ihr Tag so war, und interessierte sich für ihr Leben, doch wenn sie miteinander sprachen, beteiligte er sich meist nicht an den Gesprächen. Er fand einfach keine Gemeinsamkeiten mit ihnen. Er war Anfang dreißig, während sie alle Anfang zwanzig waren. (Ein paar sogar noch keine zwanzig.) Soweit er das mitbekam, mochten sie überwiegend Videospiele und Pizzabrötchen. Einige der – angeblich erwachsenen – jungen Männer unterhielten sich einmal angeregt darüber, mit welchen Schuhen sie am höchsten springen konnten. Die jungen Frauen redeten häufig über andere junge Frauen, die Spaß daran hatten, »unten am Fluss jemandem einen zu blasen«.

Dan konnte auch seine Chefin nicht leiden. Sie war fünf Jahre jünger als er. Sie war die Sorte Mensch, die ständig davon sprach, sie könne es kaum erwarten, dass ihre Kinder endlich aufs College gingen. Häufig erwähnte sie auch, wie gern sie offen ihre Meinung sagte. Darauf war sie ausgesprochen stolz. »Ich bin die Sorte Mensch, die kein Blatt vor den Mund nimmt, wenn sie etwas zu sagen hat«, prahlte sie oft, und Dan verband diese Einstellung mittlerweile mit Unterschichtverhalten, auch wenn die Frau keineswegs der Unterschicht angehörte. Dan war auch aufgefallen, dass sie regelmäßig in Gespräche die seltsame Bemerkung einflocht, dass sie ihr Steak halb durch mochte.

Dans Chefin war dafür verantwortlich, dass im Büroradio den ganzen Tag lang immer derselbe Sender lief. Sie bestand darauf, dass immer nur 107,5 WBCK gespielt wurde, der örtliche Popmusiksender. Alle anderen schienen WBCK zu mögen, doch wenn Dan diese Sorte Musik mit ihrer mechanischen Coolness, ihrer androiden Lust, ihrer kommerziellen Seichtheit hörte, kamen ihm irritierende Gedanken. Wenn er diese Art Musik hörte, die allen anderen zu gefallen schien, überkam ihn der Wunsch, mitten im Wal-Mart seine Notdurft zu verrichten, auf dem weißen Fußboden in der Mitte eines Ganges, und den Haufen dort liegen zu lassen, wo die ganze Stadt ihn sah.

Doch neben der Musik gab es da diesen DJ, der auch moderierte. Er nannte sich »Tug«. Die Stimme des Mannes weckte in Dan den Drang, durch die Lautsprecher zu kriechen und ihn zu würgen. Die Stimme war selbstsicher, glatt und hohl. Noch nie hatte Dan eine so große Kluft zwischen sich und einem anderen Menschen gefühlt wie bei Tug. Er konnte sich mit nichts von dem identifizieren, was dieser Mann sagte, weil der Mann das war, was die meisten Menschen »cool« nennen würden, und Dan war eindeutig nicht cool. Der Moderator nannte seine Freunde »Boys«. Einmal erzählte er eine halbe Ewigkeit davon, wie seine Boys im Hinterzimmer eines Friseursalons einen Fitnessraum aufbauten, nur damit er trainieren konnte, während er auf seinen Haarschnitt wartete. Dans Haare hingegen wurden von seiner Frau geschnitten. Das waren derzeit die intimsten Momente in ihrer Beziehung.

Dan merkte, dass Tug sich für wahnsinnig geistreich und pfiffig hielt. Mindestens drei Mal hatte er gehört, wie Tug über sich selbst sagte, er sei ein »work in progress«, und Dan hatte den Eindruck, Tug halte das für eine smarte, originelle Formulierung. Auch streute er die gerade aktuellen Slangbegriffe in seine Beiträge ein. Wenn er Frauen anziehend fand, wollte er »'ne Schnecke angraben«. Seine Boys, die ihm am wichtigsten waren, nannte er seine »Homies«. Dan irritierte, dass Tug so etwas völlig unbefangen und ohne jede Ironie sagen konnte.

Eines Tages im Januar beschloss Dan, Tug eine E-Mail zu schreiben. Auf diese Idee kam er, weil er seine Therapeutin gefragt hatte, was er tun könne, um seiner Psyche bei der beschleunigten Aufarbeitung seiner Probleme zu helfen. Die Therapeutin sagte, er solle »positiv bleiben« und sich in seinen Tag einbringen und ihm folgen, wohin er ihn führe. Nachdem ihm seine Therapeutin das gesagt hatte, erkannte Dan ein Muster: Den Morgen begann er in guter Verfassung, und er behielt seine positive Einstellung bis gegen zehn Uhr früh bei. Und um diese Uhrzeit begann Tug seine Live-Sendung.

Zwei Tage nachdem Dan dieses Muster erkannt hatte, nervte Tug ihn so, dass er beschloss, etwas zu unternehmen. Er hatte das Gefühl, dass der Tag ihn dorthin führte. An diesem Morgen begann Tug seine Sendung mit dem Thema, ob man die Brille abnehmen oder auflassen sollte, während man »einen wegsteckte«. Das ging zwanzig Minuten so weiter, in denen er die Hörer einlud, anzurufen und ihre Meinung zu äußern. Er fügte hinzu, WBCK mache inzwischen »dieses Website-Ding«, und wer ins Internet komme, solle doch mal einen Blick drauf werfen und ihm eine E-Mail schicken.

Die Idee, eine E-Mail zu schicken, kam Dan genau in dem Moment, als Tug mit einem Anrufer darüber sprach, dass Brillen mit »Nerds« in Verbindung gebracht werden, und sich selbst einen Nerd nannte. Als Dan das hörte, musste er so laut lachen, dass seine Kollegen ihn erstaunt ansahen. »Der Mann ist kein Nerd«, sagte Dan. »*Ich* bin ein Nerd.« Die Kollegen nickten ein wenig zu begeistert.

Während seiner Mittagspause loggte sich Dan an dem

Bürocomputer ins Internet ein. Der Laden hatte erst seit wenigen Monaten einen Internetzugang, und Dans Chefin benutzte ihn überwiegend, um nachzusehen, wie viel gewisse Sachspenden wert waren. Dan war kaum einmal im Internet gewesen, er sah nur gelegentlich nach, was es bei seinem Lieblingmusiker, Morrissey, Neues gab. Um Tug eine E-Mail schreiben zu können, musste er zuerst ein E-Mail-Konto einrichten. Nach der Eingabe von falschen Informationen hatte er bald seine erste E-Mail-Adresse: namenlosekrankheit@hotmail.com.

Als er auf die Website von WBCK kam, sah er Tug zum ersten Mal. Er hatte einen großen Kopf, sah austauschbar gut aus, hatte eine Sonnenbrille auf, trug seine Basecap mit dem Schirm nach hinten und wirkte wie jemand, der auf Felsen klettert. Dan klickte den Link zu Tugs E-Mail an und schrieb Folgendes, unter der Betreffzeile »Du widerst mich an«:

Lieber Tug,

ich möchte dir mitteilen, dass ich dich überhaupt nicht leiden kann. Ich bin gezwungen, tagtäglich auf der Arbeit dich und deine gottserbärmliche Musik zu hören. Diese E-Mail zu lesen wird dir hoffentlich ein paar unbehagliche Momente bereiten, wie du MIR in den letzten zwei Jahren jeden Morgen Unbehagen bereitet hast. Keine Ahnung, was schlimmer ist – dir und deinen hirnverbrannten Bemerkungen zu lauschen oder sich die hirnlose, seelenvernichtende »Hit«-Musik anzuhören.

Ganz ehrlich, du spielst richtige Scheißmusik. Nur Arschlöcher könnten möglicherweise deine Sorte Musik mögen. Während ich sie mir anhöre, taucht in meinem Kopf ständig dieselbe Frage auf: Wie kann das jemand wirklich, ehrlich MÖGEN? Und ständig frage ich mich: MÖGEN du und die anderen Moderatoren wirklich die Musik, die ihr auflegt, oder tut ihr das nur widerwillig? Ich habe mir überlegt, ob du deinen Job vielleicht genauso hasst, wie ich meinen hasse. Ich würde gern glauben, dass du die Musik, die du spielst, genauso sehr verabscheust, wie ich es tue, dass du aber die Rolle eines pflichtbewussten Popmusik-DJs spielen musst, um deine Kinder zu ernähren, die du wahrscheinlich in einem Whirlpool gezeugt hast.

Doch aufgrund deiner Persönlichkeit, wie ich sie aus dem Radio kenne, vermute ich, dass du die von dir gespielte Musik WIRKLICH magst. Immer wieder die Refrains von Leuten zu hören, die andere Körper berühren und ihren eigenen schütteln wollen, beschert dir vermutlich Semi-Erektionen, die du unter deinem Pult befingern kannst.

Gratulation. So viel hast du wahrscheinlich in deinem ganzen Leben noch nicht gelesen. Ich sollte mit dem Schreiben aufhören, weil du es zweifellos kaum erwarten kannst, zum siebzehnten Mal heute »No Diggity« zu spielen.

Mit freundlichen Grüßen,
dein ergebener Hörer

PS: Du besitzt nicht die nötige Moral, um ein Nerd zu sein.

Dan tippte das, so schnell es ging, weil er vermeiden wollte, dass ein Kollege oder seine Chefin ins Büro platzten und sahen, was er da machte. Beim Tippen raste sein Herz, und sein Atem beschleunigte sich. Als er zum ersten Mal auf »Senden« drückte, überkam ihn ein seltsames Gefühl, als kontrolliere er tatsächlich etwas. Als seine Pause vorbei war, spürte er, dass er sich kraftvoller fühlte, und jedes Mal, wenn seine Stimmung zu kippen drohte, musste er nur an diese E-Mail denken. Auch zu Hause dachte er immer noch daran und beschloss, seiner Frau nichts davon zu erzählen. Stattdessen fragte er sie, was sie davon halte, einen Internetanschluss zu bekommen.

Dans Therapeutin sagte ihm, er identifiziere sich übermäßig mit praktischen Dingen. Sie fuhr fort, Dan sei besessen von dem, was sein sollte, was sein müsste. Daraus folge eine chronisch negative Einstellung.

Dan widersprach dieser Einschätzung nicht. Es ließ ihm keine Ruhe, dass er eigentlich ein erfolgreicher Ernährer mit einer angesehenen Stellung sein sollte, stattdessen aber ein zweiunddreißigjähriger Mindestlohnempfänger war. Dan wies seine Therapeutin darauf hin, seiner Ansicht nach sei er zu Recht von dem besessen, was sein sollte und was sein müsste. Er war der Jahrgangsbeste seiner Highschool-Klasse gewesen; er hätte etwas Besonderes werden müssen. Er hatte einen Bachelor in Vertriebswesen und einen Master-Abschluss in Public Relations von der Vanderbilt University; er sollte eigentlich einen Job haben, bei dem er nicht neben Teenagern arbeiten müsste. Und doch war der Job in dem Secondhand-Laden der beste, den er finden konnte. (Davor hatte er für eine Reinigungsfirma gearbeitet.) In den letzten neun Jahren hatte er nicht nur in Moberly Arbeit gesucht, sondern auch in größeren Städten wie in seiner Heimatstadt Nashville. Doch aus irgendeinem Grund schien niemand in Amerika diesen Dan Whitaker zu einem Bewerbungsgespräch einladen zu wollen. Seine Frau befand sich in einer ähnlichen Lage, doch mit ihrem Master-Abschluss in Englisch waren ihre Aussichten auf eine feste Stelle sogar noch trostloser.

Dan fand, er habe alles getan, was ein Mensch tun musste, und doch hatte die Welt sich nicht revanchiert. Er lachte, als er das seiner Therapeutin erzählte: »Ich dachte immer, es gäbe eine Art stillschweigende Übereinkunft zwischen einem Menschen und der Welt – zumindest in Amerika. Und die Übereinkunft lautet, wenn man fleißig studiert und schwer arbeitet und die Leute gut behandelt und das Richtige tut, erhält man im Gegenzug so etwas wie Erfolg und Zufriedenheit. Doch das habe ich nie erlebt. Nicht bei der Arbeit. Nicht in der Ehe. In keinem Bereich meines Lebens. Ich war ein Trottel, das zu glauben.«

»Herrje. Sagen Sie das nicht, Dan. Sie haben *recht*. Es sollte *wirklich* eine … Abmachung geben. Und Ihnen steht es zu, darüber wütend zu sein, dass in Ihrem Fall aus dieser Abmachung offenbar eine Art *Abmahnung* wurde.«

Dan musste lächeln. Allmählich gefiel ihm diese Therapeutin – bei jeder Sitzung besser.

»Ich weiß, dass das Leben Ihnen ungerecht vorkommen muss«, fuhr die Therapeutin fort. »Und ich weiß, wenn wir an das Universum oder an den Kosmos oder an Gott oder wie auch immer man das nennen will, denken, glauben wir gerne daran, dass sich ein Gleichgewicht herstellen wird und wir irgendwann dafür belohnt werden, das *Richtige* getan zu haben.« Als sie »das Richtige« sagte, malte sie mit den Fingern Anführungszeichen in die Luft. »Doch in Wahrheit ist Gott vielleicht gar nicht der große Schiedsrichter im Himmel. Vielleicht ist es nicht seine Aufgabe, dafür zu sorgen, dass die Punkte an die richtigen Leute gehen.«

»Genau«, sagte Dan. »Manchmal würde ich Gott am liebsten anschreien: ›Ich dachte, wir hätten eine Vereinbarung.‹«

»Dann schreien Sie doch.«

»Meinen Sie jetzt?«

»Ja. So laut Sie können.«

Dan rutschte auf der Couch hin und her. »Das ist ja wie im Film.«

»Schauen Sie nach oben, und schreien Sie es heraus.«

Dan strich sich die ölig-schwarzen Haare aus der Stirn, rückte seine Brille gerade, schaute zur Decke und schrie: »Ich dachte, wir hätten eine *Vereinbarung*!«

Die Therapeutin ließ das Dan noch zweimal schreien und fragte dann, ob er sich jetzt besser fühle. Und auch wenn Dan sich bescheuert vorkam, gab er zu, dass er sich tatsächlich besser fühlte. Ja, er mochte diese Frau.

Dann sagte die Therapeutin, sie müsse ihm auch eine Neuigkeit mitteilen.

»Lassen Sie mich raten. Sie hören auf.«

»Woher wussten Sie das?«

»Sie sind mein dritter Therapeut, der sich entweder in den Ruhestand verabschiedet oder den Dienst quittiert. Allmählich nehme ich es persönlich.«

Sie erklärte, kürzlich sei bei ihr schwarzer Hautkrebs diagnostiziert worden, und wahrscheinlich werde sie eines Tages wieder praktizieren, aber jetzt gehe ihre Gesundheit vor.

Daraufhin betonte Dan, wie leid es ihm tue, und sie bedankte sich. Zum Abschied bat er seine Therapeutin um einen Rat, und sie sagte ihm, eines der wichtigen Dauerthemen sei für die meisten Erwachsenen Wunsch gegen Pflicht und in Dans Fall habe, wenn man von den gelegentlichen Alkoholexzessen absah, immer das Pflichtgefühl gewonnen. Beispielsweise erinnerte sich die Therapeutin, wie Dan ihr erzählt hatte, als Jugendlicher habe er davon geträumt, Comedian zu werden. Für Public Relations habe er sich nur entschieden, weil es so praxisorientiert war.

»Was wollen Sie mir damit sagen? Dass ich als Stand-up-Comedian auftreten soll?«

»Ich sage, machen Sie doch gelegentlich etwas, was Sie wirklich tun *wollen.*«

In dem Moment beschloss Dan, dem Moderator eine zweite E-Mail zu schreiben. Er hatte seine E-Mails zweimal täglich nach einer Antwort durchgesehen, doch auch nach einer Woche keine erhalten. Trotzdem wollte er eine zweite schicken. Und das tat er.

Lieber Tug,

ich finde es erstaunlich, dass du es jeden Morgen zur Arbeit schaffst. Du bist eine Chlamydienschleuder. Im Inneren musst du dermaßen hohl sein. Die Musik, die du spielst, ist hohl, genau wie alles, was du sagst. (Kein Wunder, dass die Leute dich zu mögen scheinen!) Stelle ich mir deine Gedanken vor, sehe ich kleine Rindfleischbrocken vor mir, die durch deinen Kopf schweben und gelegentlich kollidieren. Wenn sie kollidieren, machen sie Furzgeräusche. Dein Kopf ist hohl. Falls dein Kopf überhaupt für etwas gut ist, dann vielleicht dafür, dass eines Tages ein paar Läuse einen netten, warmen Ablageplatz für ihre Eier brauchen. Auf diese Weise könntest du dich nützlich machen.

Alle Songs, die du spielst, handeln von Liebe, doch ihre Sänger scheinen nicht liebesfähig zu sein. Wenn ich dich reden höre, glaube ich auch nicht, dass du liebesfähig bist. Mir kommst du vor wie jemand, der an irgendeinen verseuchten Strand gehört, wo er seine Lenden in der Sonne schmoren lässt. Wenn ich nach deinen positiven Eigenschaften suche, muss ich passen. Und doch wirst du für deine Beiträge zu dieser Wüstenei wahrscheinlich gut bezahlt.

Und so ging es weiter.

Wie schon in der Vorwoche verfolgte Dan das Radio genau, weil er hoffte, dass Tug irgendwelche ungewöhnlichen E-Mails erwähnte, doch der machte weiter wie bisher. An einem Tag redete Tug ständig davon, dass er als Punktrichter an einem Schönheitswettbewerb in einer Bar in Salton teilnehmen solle. Dann wieder war Tugs Geburtstag, und diverse Promis der Region, so auch Olivia Abbott vom Fernsehsender Channel Seven, hatten Geburtstagsglückwünsche für ihn auf Band gesprochen.

Eines Tages, zweieinhalb Wochen nach seiner ersten E-Mail, bekam Dan schließlich eine Antwort.

Danke für deine Worte. Wirklich schade, dass du mir nichts davon ins Gesicht sagst, Bitch. E-Mails sind für Memmen echt praktisch. Falls du mal ein Mann sein und mir irgendwas davon ins Gesicht sagen willst, weißt du ja, wo du mich findest, Arschloch.

Du bist mir gegenüber im Vorteil, weil du weißt, wer ich bin, aber ich nicht weiß, wer du bist. Und doch kenne ich dich besser, als du vielleicht glaubst. Ich weiß, dass du jämmerlich bist. Ganz offensichtlich hasst du dein Leben und bist neidisch, dass ich meins mag. Ganz ehrlich, Alter, du tust mir leid. Will sagen, echt jetzt, hast du je gedacht, dass es so weit kommen würde? Wie lange hast du dagesessen und diesen Mist getippt? Willst du so deine Zeit verbringen? Auf einen Schirm glotzen, Mails an einen Fremden tippen?

Du quatschst über Nerds, als wärst du der Experte. Die meisten Nerds, die ich kenne, sind cooler als du. Sie hassen ihren Job nicht. Sie sind reich. Ich hab das Gefühl, dass du nicht besonders reich bist.

Was unsere Musik angeht ... Einige der Songs gefallen mir, andere nicht. Genug gesagt. Warum? Was für künstlerisch wertvolle Scheißmusik hörst du denn?

Und was macht DEIN Liebesleben? Du scheinst so viel über Liebe zu wissen und verwendest offenbar einen großen Teil deiner Freizeit, um den Menschen, die dir wichtig sind, Liebe zu zeigen. Ha.

Echt jetzt, Alter. Du brauchst Hilfe.

Dan druckte die E-Mail aus. Er faltete den Ausdruck und steckte ihn in die vordere Tasche seiner Khakihose, und wann immer sich ihm an diesem Tag bei der Arbeit eine Gelegenheit bot, las er sie. Nachdem Stephanie am Abend eingeschlafen war, stand Dan auf, ging mit einem Spiralblock in die Küche und sammelte Ideen für seine Antwort. Sobald er in den nächsten Tagen auf der Arbeit oder zu Hause Zeit fand, um allein zu sein, entwarf er seine bisher längste E-Mail, in der er auf jede einzelne Aussage Tugs Bezug nahm. Das tat er mit derselben intellektuellen Sorgfalt, die er früher bei seinen Semesterarbeiten auf dem College verwendet hatte.

In den nächsten zwei Wochen wurde der Austausch von E-Mails zwischen Dan und Tug zu einem täglichen Ritual. Würde man diese E-Mails lesen, aber keinen der Männer kennen, käme man zu dem Schluss, jeder der beiden habe die Absicht, aus zutiefst persönlichen Gründen den anderen zu verletzen. Dan hielt das alles weiterhin geheim. Seine Frau erwähnte, er scheine in letzter Zeit bessere Laune zu haben. Er pflichtete ihr bei und bemühte sich inzwischen bewusst, sie zum Lachen zu bringen. Als sie eines Abends zu Hause chinesisches Essen von einem Lieferdienst aßen, sagte er ihr, er wisse, was einmal auf seinem Grabstein stehen solle: »Seufz!« Sie lachte und verriet ihm ihre Grabinschrift: »Sie hat sich bemüht!«

Und sie bemühte sich wirklich. Obwohl es mit ihrer Ehe zweifellos bergabging, brachte Stephanie Dan dennoch dazu, dass er die Welt nicht mehr so sehr hassen wollte. Ehe er sie kennenlernte, wusste er nicht, dass es so engagierte Menschen wie Stephanie gab. Wenn sie beispielsweise die Aufsätze ihrer Schüler benotete (und obwohl ihre Bezahlung als Aushilfsdozentin erbärmlich war und sie keine

Chance hatte, am Community College eine feste Anstellung zu bekommen), schrieb sie auf der letzten Seite der Aufsätze immer besonders lange Beurteilungen voller Lob und Vorschläge. Dan zog sie deswegen auf und sagte, sie strenge sich bei ihrer Bewertung viel mehr an als die Schüler bei ihren Aufgaben.

Er dachte daran, ihr von den E-Mails zu erzählen. Wenn die E-Mails eine Schlacht waren, war Dan auf der Siegerstraße. Nach dieser ersten Antwort wurden Tugs Nachrichten kürzer und fahriger, während Dan seinen Opponenten weiterhin mit einer Schärfe und Präzision zerlegte, die all die Jahre, in denen er niedere Tätigkeiten leistete, brachgelegen hatte. Er bekam allmählich ein besseres Selbstwertgefühl, und weil er zu Hause immer noch kein Internet besaß, hatte er an manchen Tagen gar nichts dagegen, zur Arbeit zu gehen.

Doch eines Tages zitierte ihn seine Chefin in ihr Büro. Das war eine Premiere.

»Dan, Sie sind mein bester Mitarbeiter, darum wollte ich eigentlich nichts sagen, aber jetzt ist der Punkt gekommen, wo ich nicht anders kann. Warum schleichen Sie sich ständig zum Computer?«

Weil Dan einen guten Teil seines Lebens damit verbrachte, sich auf unangenehme Ereignisse einzustellen, die eintreten könnten, hatte er eine Antwort parat. »Ich habe meiner Mom gemailt.«

»Aha.«

»Ja. Sie hat erst kürzlich E-Mails entdeckt und schreibt mir immerzu. Wenn ich nicht sofort antworte, macht sie sich Sorgen. Es tut mir leid.«

»Nein, nein. Ich war nur neugierig. Das passt nur nicht zu Ihnen.«

Dan war sauer, dass seine Chefin so etwas überhaupt ansprach. Die anderen Mitarbeiter vernachlässigten dauernd ihre Pflichten, gingen zu Rauchpausen ins Freie, liefen zum Parkplatz, wenn ihre Freunde oder Freundinnen auftauchten. Und jetzt wurde er zur Rede gestellt, weil er gelegentlich mal den Computer benutzte? Der Stress, den dieses Gespräch mit seiner Chefin verursachte, sorgte letztlich dafür, dass er noch eine E-Mail schicken wollte.

Dan suchte sich keinen neuen Therapeuten. Er war nicht nur enttäuscht von der Hilfe Fremder, vor denen er Seelenstriptease beging, nur damit sie ihn anschließend im Stich ließen, sondern hatte auch die Nase voll vom traurigen Zustand der psychiatrischen Versorgung in Moberly. Das Krankenhaus expandierte zwar ständig mit neuen Bauprojekten, hatte aber vor ein paar Jahren aus Kostengründen seine Abteilungen für Therapie und Substanzmissbrauch geschlossen. Und um bei dem einzigen neuen Therapeuten im Ort anzufangen, käme Dan ein halbes Jahr lang auf die Warteliste. Trotz Stephanies Protesten verzichtete er darauf, sich auf die Liste setzen zu lassen. Außerdem ging es ihm besser.

In den Tagen nachdem seine siebenundzwanzigjährige Chefin seine Computernutzung zur Sprache gebracht hatte, nutzte Dan den Bürocomputer nur einmal täglich während der Mittagspause. Doch dann sagte Tug eines Morgens etwas, das bei Dan den starken Drang auslöste, ihm noch eine E-Mail zu schicken. Seltsamerweise geschah dies kurz nachdem Tug einige Dinge gesagt hatte, die Dan zum ersten Mal Mitgefühl für ihn empfinden ließen. Ausnahmsweise lag in der Stimme des Moderators nicht diese nassforsche Selbstsicherheit. Ausnahmsweise redete er nicht über Sachen, die Spaß machten. Stattdessen erzählte er von dem Tod eines geliebten Menschen. Zuerst sagte er nicht, wer es war, verriet aber schließlich, dass es um seinen Urgroßvater ging. Nachdem er davon gesprochen hatte, wie »angefressen« er sei, erwähnte er am Ende des Beitrags, dass er diesem Urgroßvater, um den er so intensiv trauerte, gar nie persönlich begegnet war.

Das ärgerte Dan ziemlich – so stellte sich ein Sonnyboy eine Tragödie vor –, doch im nächsten Beitrag traute Dan seinen Ohren nicht, als Tug etwas ganz Bestimmtes sagte. Er hatte einen Gast in der Leitung, jemanden, der Werbung für Blockbuster Video machte. Als Tug erwähnte, es gehe ihm an diesem Tag nicht so gut, sagte sein Gast, es täte ihm leid, das zu hören.

»Sie können ja nichts dafür«, sagte Tug.

Es waren keine Kunden im Laden. Eine von Dans Kolleginnen hängte gerade Hemden auf. Ohne ein Wort verschwand Dan vom Tresen und tippte im Büro Folgendes:

Lieber Tug,

kaum dachte ich, du könntest wohl kaum eine noch beschissenere, hirnlosere Warze von einem Mann sein, übertriffst du dich selbst. Es war unerträglich zu hören, wie dein Nuttenmund den Versuch machte, es mal mit menschlichen Gefühlen zu probieren. Netter Versuch, übrigens.

Hör genau zu. Wenn jemand zu dir sagt, etwas tue ihm leid, dann verrate ich dir jetzt ein für alle Mal, wie die angemessene Reaktion lautet.

DANKE SEHR.

Es tut mir leid. – Danke sehr. – Es tut mir leid. – Danke sehr.

Jetzt weißt du's.

Für mich bist du nichts als ein Zellklumpen. Du bist der One-Night-Stand der amerikanischen Kultur. Vielleicht könntest du uns allen einen Gefallen tun und an deinem nächsten McRib-Sandwich ersticken.

Du weißt gar nichts über das Leben, und doch hat man dir diese Plattform gegeben. Warum schenkt man ausgerechnet deiner Stimme Gehör? Du weißt nichts über Kummer. Das mit deinem Urgroßvater, dem du nicht einmal begegnet bist, tut mir sehr leid. Du bist so ein –

Dan brach ab, als er Schritte in seine Richtung kommen hörte. Es war seine Chefin. Rasch klickte er auf »Senden«.

»Da draußen wartet eine Kundin auf Sie, die bezahlen will! Was tun Sie da?!«

Fast hätte er entgegnet: »Warum haben Sie nicht selbst einkassiert?« Stattdessen entschuldigte er sich und eilte mit seinem fülligen, ungelenken Körper in den Verkaufsraum. Nachdem er sich um die Kundin gekümmert hatte, teilte ihm seine Chefin mit, er dürfe den Computer nicht mehr benutzen und falls sie ihn noch mal dort erwische, müsse sie ihn entlassen. Dan nickte, sagte, das sehe er ein, und wurde so aufgebracht, dass seine Pausbacken rot anliefen und die Brillengläser beschlugen. Er nahm die Brille ab, um sie zu putzen. Ohne sie war er halb blind.

An diesem Abend stritten sich Dan und Stephanie. Es fing damit an, dass Stephanie erwähnte, wie missmutig Dan war, und dieser sich weigerte, ihr den Grund dafür zu nennen. Normalerweise regte er sich auf, wenn er die Serie *Susan* sah, weil die so gar nicht lustig sei, aber an diesem Abend sagte er kein Wort. Sie fragte, was los sei, und er behauptete – was Ehepartner gerne sagen, wenn sie nicht mit der Sprache herausrücken wollen –, einfach nur müde zu sein. In Wahrheit schämte er sich für das, was auf der Arbeit passiert war, wollte ihr aber dennoch nichts von den vielen E-Mails erzählen, weil er wusste, dass das ein fragwürdiger Zeitvertreib war. Stephanie sagte, sie wisse, dass es bei Dan nicht nur um Müdigkeit gehe, und warf ihm vor, nie mit ihr zu kommunizieren. Ihr Streit führte schließlich dazu, dass sie erwähnte, es sei Monate her, dass sie sich auch nur geküsst hätten, und gipfelte in Stephanies Ausruf: »Weißt du, es *gibt* Menschen da draußen, die mich begehrenswert finden.«

Während ihr Labrador ganz aufgeregt wurde, weil sie die Stimmen erhoben, und im Kreis durchs Zimmer lief, erklärte Dan, er finde Stephanie zwar begehrenswert, doch etwas stimme nicht mit ihm und er fühle überhaupt nichts mehr. »Ich bin so müde. Und ich komme mir vor wie in einem Nebel. Vielleicht liegt's an den Antidepressiva. Vielleicht liegt's an der namenlosen Krankheit. Vielleicht liegt's – Moment mal. Von wem sprichst du, wer findet dich begehrenswert? Meinst du eine bestimmte Person?«

Daraufhin erzählte Stephanie Dan, als er im Gefängnis

gewesen sei, habe sie allen ihren Schülern angeboten, sie in ihrem Wagen mitzunehmen, damit sie nicht den gleichen Fehler wie Dan begingen, und ein junger Mann habe ihr Angebot angenommen. Der junge Mann habe sie haben wollen, sagte Stephanie, sie hätten sich aber nur zum Abschied umarmt.

»Vielleicht könnte ich auch eine Umarmung gebrauchen!«, schrie Dan. »Hast du dir das mal überlegt?«

»Du nimmst mich auch nicht in den Arm«, sagte sie. Doch dann ging sie mit erhobenen Armen durch das Zimmer auf ihn zu, vorbei am Fernseher. Als sie ihre mageren Arme um ihn schlingen wollte, machte Dan kehrt und eilte aus der Tür, verfolgt von ihrem Weinen und dem Bellen des Hundes. Er raste zur Bibliothek, einem der wenigen Orte in der Stadt mit einem öffentlichen Internetzugang. Es war 19 Uhr 30, und es herrschte kaum Betrieb. Die wenigen Anwesenden stöberten in den Filmen auf VHS. Im Computerraum war nur die Aufsicht, eine Frau von über sechzig. Dan trug sich an ihrem Schreibtisch ein, loggte sich dann an einem Computer ein und fand folgende Nachricht von Tug:

> Es reicht.
>
> Ich fordere dich auf, mir keine E-Mails mehr zu schicken.
>
> Wenn du mir weiter schreibst, werde ich nicht mehr antworten.

Dan las diese drei Zeilen mehrmals durch und überlegte seine Antwort sorgfältig. Er tippte, löschte und tippte seine Antwort neu, und das Klacken seiner Finger auf der Tastatur war das einzige Geräusch in der Bibliothek. Er verbrachte so viel Zeit mit dem Verfassen seiner E-Mail, dass er sie schließlich so lassen und abschicken musste, wie sie war, weil die Bibliothek schließen wollte.

Lieber Tug,

bitte verzeih all die hasserfüllten Dinge, die ich geschrieben habe. Ich bin das, was man einen gestörten Menschen nennen könnte. Gott weiß, dass ich nicht so sein will. Ich fühle mich, als führte mein Hirn Krieg gegen sich selbst. Ich bin schon so lange wütend auf die Welt, weil die Welt mich nicht haben will. Was aber nicht deine Schuld ist. Ich werde dir keine E-Mails mehr schreiben.

Doch lass mich dir bitte noch etwas berichten. Mein Vater hat mich nicht gewollt. Dauernd hat er sich betrunken, und wenn ich mir meine Kindheit vorstelle, sehe ich vor mir, wie er sich auf dem Küchenlinoleum übergeben und mich gezwungen hat, anschließend sauberzumachen. Er schlug mich, und Gott sei Dank war meine Mom vernünftig genug, ihn zu verlassen. Und doch musste ich an den Wochenenden bei ihm sein. Er heiratete wieder und hatte noch mehr Kinder. An den Wochenenden, wenn ich bei ihm war, gingen er und seine zweite Frau in Bars und ließen mich ihre Kinder hüten. Ich musste sogar die Windeln wechseln. Damals war ich zwischen neun und zwölf Jahre alt. Im Sommer musste ich ihn sogar noch häufiger besuchen. Als ich klein war, kamen mir die Sommer schier endlos vor. Ich konnte es nicht erwarten, wieder zur Schule zu gehen. Es gefiel mir, in der Schule erfolgreich zu sein und die Lehrer zufriedenzustellen, weil zu Hause offenbar niemand mit mir zufrieden war. Das macht ein echter Nerd. Er ist in der Schule erfolgreich, weil er den Lehrer zufriedenstellen will. Meine Lehrer haben mich geliebt. Keiner liebte mich so sehr wie meine Lehrer.

Doch eins möchte ich zum Schluss noch loswerden. Vor langer Zeit kam mir eine Idee, die ich noch nie jemandem erzählt habe. Als ich über meine Kindheit nachdachte, fiel mir meine Idee wieder ein. Eigentlich ist es eine Theorie, und je älter ich werde, desto klarer wird mir, dass sie zutreffen könnte. Meine Theorie ist folgende: Es gibt keine Erwachsenen. Wir sind alle nur Kinder. Wir werden größer, wir werden schwerer, wir suchen uns Arbeit, doch in Wirklichkeit sind wir nichts weiter als übergroße Kinder. »Erwachsen« ist nur ein Wort, das jemand vor langer Zeit großgewachsenen Kindern verpasst hat. »Erwachsenenalter« ist der Name der namenlosen Krankheit. Wir verwenden Wörter wie »Weisheit« und »Erfahrung«, wissen aber rein gar nichts. Wenn ich an diese Idee denke, ergibt die Welt für mich mehr Sinn, weil mir klarwird, dass keiner von uns weiß, was er tut. Selbst der bedeutendste Arzt gibt sich nur Spekulationen hin. Es ist erstaunlich, dass wir es lebendig durch den Tag schaffen. Wir sind alle so hilflos.

Wenn du mich das nächste Mal im Radio aufregst, werde ich mir uns beide auf einem Spielplatz vorstellen, Seite an Seite auf den Schaukeln, wie wir die Beine in den Himmel schwingen. So sind wir ganz erträglich.

Adieu, DJW

Stephanie war außer sich vor Wut, als Dan nach Hause kam. Dass Dan einfach so das Haus verließ, sah ihm gar nicht ähnlich; sie hatte Todesängste ausgestanden, er könnte wieder zu einer Sauftour aufgebrochen sein. Er sagte, er sei in der Bibliothek gewesen, um sich online nach einer neuen Arbeit umzusehen. Wenn er einen neuen Job finden und mehr Geld verdienen könnte, würde es zwischen ihnen beiden besser laufen und sie würde nicht mehr das Bedürfnis verspüren, junge Männer im Auto mitzunehmen.

»Normalerweise bist du so zuverlässig. Wenn du so etwas machst, ist es echt beunruhigend.«

»Du willst damit sagen, zuverlässig zu sein spricht gegen mich?«

»Nein. Aber warum solltest du mich so etwas durchmachen lassen? Ich fühlte mich in den Abend damals zurückversetzt. Es tut mir leid, dass ich meinen Schüler im Auto mitgenommen habe, aber habe ich *das* wirklich verdient? Ich habe hier gehockt und mich gefragt, ob du *tot* bist.«

»Ich war in der Bibliothek. Ich war wütend und bin in die Bibliothek gefahren.«

»Wenn du so etwas häufiger machst, wird es Zeit, dass du dir ein Handy zulegst.«

»Ich werde mir nie ein Handy zulegen. Wenn wir das Haus verlassen, wollen wir unsere Ruhe haben, *nicht* telefonieren.«

Ihr Labrador war immer noch unruhig. Er hielt den Kopf dicht vor Dans Gesicht und hechelte.

»Wenn du dich noch mal so aus dem Staub machst, ohne mir Bescheid zu sagen, verlasse ich dich. Ich lasse mir das nicht bieten.«

»Dann verlass mich halt. Besser wird's mit mir nie werden. Besser kann ich nicht. Wenn das also nicht gut genug ist, darfst du mich gerne verlassen.«

Stephanie fing wieder an zu weinen. Doch in dieser Phase ihrer Ehe weinte sie so viel, dass die Tränen Dan nicht mehr so bedeutsam vorkamen. Er streckte den Arm aus, quer über das Sofa, vorbei an dem Hund, und tätschelte seiner Frau den Rücken. Er dachte an das, was er gerade einem Mann gemailt hatte, dem er nie begegnet war, dass nämlich jeder nur ein hilfloses Kind war, das allein schon deshalb Mitgefühl verdiente, doch etwas hinderte ihn daran, das Stephanie zu sagen. Er versuchte, sich samt Stephanie Seite an Seite auf Schaukeln vorzustellen, doch das klappte nicht; ihm ging nicht mehr aus dem Kopf, wie lächerlich es für Kinder war, verheiratet zu sein. Er sah auf die Digitaluhr am Videorecorder und wünschte, sie würde bis zur Schlafenszeit auf schnellen Vorlauf schalten. Er sah auf den Couchtisch, wo ihr erster Stapel mit Essays dieses Semesters lag. Zu dem ganz oben gehörte ein Brief an einen Schüler, der eine ganze Seite lang war, dabei musste Dan an die handgeschriebenen Briefe denken, die er und Stephanie sich früher mit der Post geschickt hatten.

*

Tug,

gute Neuigkeiten. Meine Frau und ich haben beschlossen, uns nicht scheiden zu lassen. Stattdessen werden wir uns ans Internet anschließen lassen. Ich habe bei Radio Shack ein Telefonmodem gekauft. Wir können uns unseren Internetanschluss kaum leisten, doch es lohnt sich. Wir können uns beim Internet abwechseln, was uns hilft, dass wir einander nicht in die Quere kommen. Inzwischen streiten wir uns kaum noch.

Ich merke jetzt, dass es dir ernst war, von wegen du würdest nicht antworten. Ich gebe es aber noch nicht auf. Tut mir leid, falls ich dich behelligt habe, aber dir diese Nachrichten zu schreiben hilft mir dabei, meine Gedanken zu ordnen.

Es macht mich stolz, berichten zu können, dass ich 265 Tage lang nichts getrunken habe. Bestimmt findest du es lustig, dass ein selbsternannter Nerd so gesoffen hat. Nun, um eins klarzustellen, und ich zitiere hier eine Band, die ich mal mochte: *I don't know how to party* – Ich hab keine Ahnung, wie man feiert. Das sage ich, weil ich allein trank, wenn ich trank, ohne dass es jemand wusste, und uns beiden ist klar, dass so was uncool ist.

Erinnerst du dich, dass Clark Kent eine Brille trug und ein wenig nerdig war, dann aber in die Telefonzelle ging und als Superman wieder rauskam? So war's bei mir mit dem Alkohol. Ich ging in meine Telefonzelle, ohne dass es meine Frau oder sonst wer wusste, und meine Telefonzelle war das Badezimmer oder der Keller. Und da nahm ich meinen Zaubertrank zu mir, kam dann wieder heraus und war auf einmal MEHR. Nachdem sich bisher alles so schwer angefühlt hatte, konnte ich plötzlich alles stemmen.

Doch eines Tages bei der Arbeit, wo ich mit Menschen zu tun hatte und dich und deine schauderhafte Musik hörte, genehmigte ich mir heimlich ein paar Wodka – ein Haufen Drinks während eines ganzen Arbeitstages. Und dann hab ich mich ans Steuer gesetzt. Ich bekam mein zweites Verfahren binnen sechzehn Monaten wegen Trunkenheit am Steuer. Ich fragte mich, warum meinen Kollegen nichts Ungewöhnliches an mir auffiel, aber das gehört vermutlich zu meinem Nerd-Status. Oft genug nehmen die Leute einen gar nicht wahr, wenn man ein Nerd ist.

Hochachtungsvoll mein Leben vergeudend,

Anonym

Tug,

vor neun Jahren machte ich meinen Master und glaubte, mir stünden nun im Land der Erwachsenen irgendwelche Türen offen. Seitdem hatte ich eine Reihe Jobs im Einzelhandel und im Dienstleistungssektor. Ich habe mich auf bessere Stellen beworben, doch es hieß immer, sie hätten beschlossen, »eine andere Richtung einzuschlagen«. Ich kenne den Grund nicht. Vielleicht finden die Leute mich abstoßend, dabei lächle und lache ich immer an den passenden Stellen.

Wenn eine Durststrecke fast zehn Jahre andauert, wird man depressiv. Mit am traurigsten an meiner Depression stimmt mich, wie sehr sie meine Fähigkeit beeinträchtigt hat, Musik zu genießen. Musik war einmal von zentraler Bedeutung für meine Existenz. Auf der Highschool sorgte sie dafür, dass ich mich selbst leiden konnte. Damals dachte ich: Ihr Szeneleute haltet euch vielleicht für cool, ihr wisst aber nichts über die Gang of Four oder die

Replacements. Sie sind mein Geheimnis. Musik machte mich glücklich, als nichts anderes das geschafft hat. Meine Frau und ich, wir haben uns ausgerechnet auf einem Morrissey-Konzert kennengelernt.

In den letzten paar Jahren geht Musik in ein Ohr rein, aus dem anderen wieder raus, und ich fühle nichts. Es ist wirklich traurig. In letzter Zeit höre ich mir nicht mal mehr im Auto meine Kassetten an. Ich lasse das Radio auf 107,5, weil ein Teil von mir wissen will, wie schlimm es werden kann.

Hoffnungslos ergeben,

Ich

Tug,

Ich frage mich, ob du diese Mails ungelesen löschst. Manchmal höre ich Radio, um herauszufinden, ob du mir irgendein Zeichen gibst, dass du sie tatsächlich liest. Hier gibt's nichts Neues. Ein Tag stapelt sich einfach auf den anderen. Ich hasse meine Arbeit noch immer.

Ja, mir ist durchaus bewusst, wie seltsam das ist, aber da ist mein bescheidener Wunsch am Werk. Briefe entwerfen und sie in die große, obszöne Welt schicken. Ich habe mal eine Junggesellenabschiedsparty verdorben, weil ich permanent über Selbstmord geredet habe, sogar mit den Stripperinnen. Doch wie ich immer sage – ich will mich nicht umbringen; ich hänge nur nicht besonders am Leben.

Heute überkommt mich der seltsame Drang, meinen Kopf gegen die Rückenlehne einer Kirchenbank zu knallen. Ob das ein guter Grund ist, um mal wieder in die Kirche zu gehen?

Wieso glauben die Leute, es sei so sexy, keine Unterwäsche zu tragen? Ganz ehrlich, in jedem Film, den ich mir ansehe, sagt die scharfe Frau: »Oh, aber ich hab kein Höschen an.« Und der Typ beißt sich auf die Fingerknöchel, während er vermutlich in seine Jeans ejakuliert. Ich finde aber, sie hat einfach nur ein Hygieneproblem. Besorgt dem armen Mädchen einen Slip.

He. Noch so ein mieser Tag. Diese Stadt zieht mich runter. Ist dir schon mal aufgefallen, dass eine bestimmte Sorte Mann, die hier in der Mehrheit ist, einen immer »Kumpel« nennt? Ich habe keine Kumpels. Ich muss immer noch zu Fuß zur Arbeit. Ich habe einen Mann aus einem Drei-Liter-Behälter Tee trinken sehen, während er seinen Pick-up fuhr. Als ich heute ans Telefon ging, legte jemand auf, obwohl ich gerade mitten im Satz war. Das passiert ziemlich häufig. Ich finde das kränkend. Auf dem Rückweg nach Hause sah ich zwei Teenager im Central Park auf einer dieser Spezialschaukeln. Sie hatte die Beine um ihn geschlungen. Mir kamen ein bisschen die Tränen, da ich nichts habe, woran ich mich festhalten kann. Meine Frau versteht mich nicht.

Die Lampe im Bad habe ich nie repariert. Darauf hat sie mich immer wieder hingewiesen. Keiner von uns hat es gemacht. Wir haben nie einen Elektriker kommen lassen. Es wäre so einfach gewesen, den Telefonhörer abzunehmen, einen Elektriker anzurufen und zu sagen, unsere Lampe müsse repariert werden, aber ich konnte einfach nicht zum Telefon greifen. Zu schwer. Sie konnte es auch nicht. Vielleicht machen wir es eines Tages. Sie ist jetzt mehr am Computer zugange als ich. Beantwortet E-Mails.

Du musst mich nicht bedauern. Ich weiß, irgendwann werde ich es erleben. Ich werde eines Tages aufwachen und nicht erschöpft sein. Ich werde das Geld bekommen. Ich werde mir etwas überlegen, wie ich zu Geld komme. Ich frage mich allerdings, ob du irgendwas davon liest. Würde es dich umbringen zu antworten, als Bestätigung für mich, dass ich existiere? Denn allmählich kommen mir Zweifel.

6
Eine Nacht im Ramada Inn

Die Straßen waren mittlerweile so vereist, dass Matt in einem Hotel würde übernachten müssen. Schon sein ganzes Erwachsenenleben lang hatte er irgendwann irgendeine Nacht in irgendeinem Hotel verbringen wollen. Wo alle anonym blieben und Handlungen nicht so ernste Konsequenzen nach sich zogen, weil er den Leuten im Hotel nie wieder über den Weg laufen würde, ganz anders als bei allen anderen, die wie er in dieser verdammten Stadt lebten. Und jetzt hatte er einen Vorwand. Er wohnte draußen auf dem Land, wo die Straßen nicht einmal gestreut wurden. In den acht Stunden seit Beginn seiner Schicht im Videoladen Blockbuster hatte sich der Straßenzustand von frei zu komplett vereist verändert. Zum ersten Mal in seinem Leben würde er nicht nach Hause fahren.

Es war zehn, als Matt die Arbeit verließ, ein Freitagabend Anfang Februar. Bevor er zum Hotel fuhr, hielt er am Circle K, um sich ein Zwölferpack Flaschenbier (Coors Light) zu holen. Als er bei dem korpulenten Kassierer bezahlte, konnte er ein Lächeln nicht unterdrücken, da er an die Möglichkeiten dachte, die er mit dem Bier im Hotel haben würde. Er wusste nicht, was ihn im Hotel erwartete, doch dieses eine Mal würde etwas geschehen. Da war er sich sicher, und das Bier würde ihm helfen, dieses Ziel zu erreichen.

Matt entschied sich für das Ramada Inn am Highway 71, weil dort die meisten auswärtigen Gäste abstiegen und weil alle Zimmer Blick auf den Innenpool hatten. Er nahm an, am Pool würde wenigstens etwas los sein, denn auch wenn es allmählich spät wurde, war schließlich Freitagabend. Da er keine Parklücke in der Nähe des Hoteleingangs fand, musste er äußerst vorsichtig über die Eisdecke auf dem Parkplatz gehen. Mit dem Zwölferpack in den Händen wurde es sogar noch schwieriger, die Balance zu halten. Er kam sich albern vor, weil er das Bier wie ein Neugeborenes in den Armen hielt.

Über der Lobby hing ein schlichter Kronleuchter. Matt verspürte das Bedürfnis, dem Mann am Empfang zu erklären, warum er hier übernachtete, doch der Mann – ein großgewachsener Typ mit schicker Frisur und einer abweisenden Art, während er sich über den Computerschirm beugte – schien zu sehr mit dem Bezahlvorgang befasst zu sein, um sich dafür zu interessieren. Er würdigte Matt kaum eines Blickes.

Sobald Matt seine Schlüsselkarte hatte, betrat er den von den Zimmern umgebenen zentralen Hotelbereich. Er roch Chlor und hörte das ständige Wirbeln des Whirlpools. Er ging am Pool vorbei und war enttäuscht, dort niemanden zu sehen.

Als er zu seinem Zimmer im zweiten Stock kam, betrachtete er das breite Doppelbett und fragte sich, was bis zum Ende der Nacht dort wohl passieren würde. Im Fernseher schaltete er auf HBO, da er zu Hause dafür kein Abo hatte. Es lief ein Film namens *Mad Love – Volle Leidenschaft*. Matt ließ ihn laufen, weil er Drew Barrymore sehen wollte. Dann kam das Ereignis, auf das er sich von dem Augenblick an gefreut hatte, als er wusste, dass er in einem Hotel übernachten würde.

Es wurde Zeit, den Eiskübel zu füllen.

Seit er als Kind auf Familienurlauben in Florida gewesen war, und bis hinein ins Erwachsenenleben, hatte Matt immer wahnsinnig gern den Eiskübel gefüllt: die Plastiktüte genau richtig platzieren, auf Socken durch den Flur gehen, auf den Knopf drücken, während er im Schein des Cola-Automaten stand – es bedeutete, dass man wirklich im Urlaub war, dass man endlich frei war, dass man zumindest vorübergehend nicht ganz man selbst war, weil dieser Ort einen nicht kannte. Zuletzt hatte er die Eiskübelzeremonie während des einen und einzigen Urlaubs durchgeführt, den seine eigene kleine Familie je gemacht hatte.

Als sie nach Vero Beach fuhren, war Alex knapp zwei. Drei Jahre später konnte Matt nicht gerade behaupten, dass seine Frau ihm fehlte, aber er war traurig, dass sie drei nie wieder einen gemeinsamen Familienurlaub haben würden. Doch dafür hatten seine Frau und er sich für eine einvernehmliche Trennung entschieden, da sie nicht mehr gemeinsam unter einem Dach leben konnten. (»Unheilbar zerrüttet« stand in ihrem Scheidungsurteil.) Das Problem lag darin, dass Matt sich nicht über die Konsequenzen im Klaren war, dass er nämlich seinen Sohn viel seltener sehen würde, als er ursprünglich angenommen hatte. Ursprünglich hatte er gedacht, eine bessere Regelung zu bekommen als die übliche Variante, die Väter kriegen – jedes zweite Wochenende und Mittwochabend –, aber er hatte sich letztlich getäuscht.

Matt kippte das Eis in das Waschbecken im Bad, holte einen zweiten vollen Kübel, versenkte dann drei bereits kalte Flaschen im Becken. Da das Bier untergebracht war, beschloss er nachzusehen, was in der Hotelbar los war.

Seit seiner Scheidung vor anderthalb Jahren war er erst ein Mal in einer Bar gewesen, und zwar ein paar Wochen nachdem seine Ex und sein Sohn in die Stadt gezogen waren. An jenem Abend unterhielten sich er und die Barkeeperin viel, vorwiegend über Filme (sein Lieblingsfilm unter den damaligen Neuerscheinungen war *Tommy Boy – Durch dick und dünn*). Als Matt merkte, wie sie ihn einladend anlächelte, während sie gerade einen anderen Gast bediente, fühlte er sich schmutzig und ging. Am nächsten Morgen versuchte er zu analysieren, wie es dazu gekommen war, dass er sich in ihrer Gegenwart schmutzig fühlte, und befand, es liege daran, dass er sich durch sie noch mehr von seinem kleinen Sohn getrennt fühlte.

Doch das war schon eine Weile her. Jetzt war er bereit. Es war an der Zeit, zu leben, wenn auch nur für eine Nacht. Er musterte sich im Spiegel. Toll sah er nicht aus. Er müsste sich mal rasieren, und seine Augenlider hingen schlaff runter – sein ganzes Gesicht hing schlaff runter. Er war müde von der Arbeit, wo eine Menge los gewesen war, weil alle Filme ausgeliehen hatten, falls sie übers Wochenende zu Hause festsaßen, was für sie und ihre Angehörigen echt anheimelnd wäre. Er versuchte vergebens, seine struppigen Haare zu bändigen. Er würde halt aussehen, wie er nun mal war, auch wenn er beim Anblick seines ganzen Körpers im Schrankspiegel fand, er sehe aus wie ein Sandsack.

Kaum nahm er den Aufzug ins Erdgeschoss, fing er an zu

schwitzen. Sobald er die kleine Bar mit Kentucky-Wildcats-Krimskrams an den Wänden betrat, sah er, dass die wenigen Frauen dort ausnahmslos in Gesellschaft waren. Die Barfrau hier war eine kräftige Mittfünfzigerin, also mindestens zwanzig Jahre älter als Matt, und sie wirkte so gereizt, dass Matt sich vorstellte, sie säße zum Zeitvertreib auf Leuten, bis diese Atemprobleme bekämen. Aber vielleicht kam ja noch ein weiblicher Gast auf einen Drink vorbei. Matt nahm am Tresen Platz.

»Trinken Sie besser rasch aus«, sagte der einzige andere Gast, der allein war, ein schnurrbärtiger Mann mittleren Alters, der eine Basecap in Tarnfarben trug. »Sie hat vor zehn Minuten die letzte Runde ausgerufen.«

»Oh. Danke«, sagte Matt. Er sah auf seine Uhr. Es war erst Viertel vor elf. Fast hätte er gesagt: ›Macht nichts. Ich habe Bier auf meinem Zimmer‹, befürchtete aber, der Mann würde etwas abhaben wollen. Also rutschte er nur vom Barhocker und ging, ehe die Barfrau näher kam. Er kam wieder am Pool vorbei. Wieder war niemand da.

Matt begann sein Bier zu trinken. Er trank nicht sehr oft, nur ab und zu ein Sechserpack. Er saß draußen auf dem Balkon über dem Swimmingpool. Er schaute über den riesigen überdachten Innenraum auf die vielen Geländer, um zu sehen, was bei den anderen Gästen los war, doch es herrschte tote Hose. Außer ihm war keiner auf einem Balkon. Es brannten noch etliche Lichter, doch fast alle Gäste hatten die Vorhänge zugezogen. Dass in so einem großen Gebäude nichts passierte, ließ es kalt und abweisend erscheinen. Besonders einsam wirkte der Whirlpool.

Matt fiel ein, dass er in seinem Leben noch nie in einem Whirlpool gewesen war. Das hielt er zwar für erbärmlich, doch tatsächlich war er einfach kein Whirlpool-Typ. In Filmen amüsierten sich die Leute immer großartig in Whirlpools, küssten und liebten einander. Matt hingegen hatte Schwierigkeiten, sich überhaupt zu amüsieren, egal, wo. Er konnte sich nicht entspannen, und so war er seit seiner Jugend immer gewesen.

Während er auf dem Balkon sein zweites Bier trank, hörte er unten aufgeregte Stimmen. Eine Familie betrat den Poolbereich. Mom und Dad, beide sportliche Typen, trugen Badetücher und schrien auf den kleinen Jungen und das kleine Mädchen ein: »Ich hab euch *gesagt*, ihr sollt nicht laufen.« Der Junge sah aus, als wäre er ein, zwei Jahre älter als Alex, vielleicht sieben. Bei solchen Gelegenheiten vermisste Matt seinen Sohn am meisten – wenn er einen kleinen Jungen sah, der mit seinen Eltern unterwegs war. Entschlossen kippte Matt sein Bier hinunter. Er ging ins Zimmer und holte sich noch eins, kehrte dann auf den Balkon zurück und versuchte, sich nicht anmerken zu lassen, dass er die Familie beobachtete.

Der kleine Junge ließ ihn immer wieder an seinen kleinen Jungen denken. Und schon bekam er die ersten Schuldgefühle, denn seit etwa neun Uhr abends, als ihm klarwurde, dass er in einem Hotel übernachten würde, hatte er kaum noch an Alex gedacht. Das war Matts normales Verhaltensmuster. Weil er wusste, dass es nichts brachte, ständig an seinen Sohn zu denken, versuchte er, an andere Dinge zu denken. Er dachte auch an andere Dinge, bekam dann aber Schuldgefühle, weil er nicht genug an seinen Sohn dachte.

Er redete sich ein, dass er sich an diesem einen Abend ablenken lassen durfte. Er konzentrierte sich auf die Mom unten am Pool, die er attraktiv fand. Sie trug ein übergroßes Andre-Agassi-T-Shirt und Shorts, und Matt hoffte, sie würde beides ausziehen und sich zu den Kindern im Schwimmbecken gesellen. Er wusste, dass dies ein unsinniges Verlangen war; schließlich konnte er nicht da runtergehen und die Mom anbaggern. Doch allein schon ein wenig Haut zu sehen, allein schon in die Nähe von ein wenig Haut zu kommen – das wäre mal was.

Doch die Mom ließ sich auf einer Liege neben dem Dad nieder; das T-Shirt würde sie nicht ausziehen. Mom und Dad beachteten die Kinder kaum.

Schließlich sah die Mom zu Matt hoch, dann sagte sie etwas zu ihrem Mann, der auch hochschaute. Matt wartete eine Minute und ging dann rein.

Er legte sich auf das Bett und staunte, wie sauber das Zimmer war. Sein eigenes Haus war ein Saustall, aber nur weil er nichts dagegen unternahm. Er musste damit leben, seinen Sohn an jedem zweiten Wochenende zu sehen, was zu kurzen, hektischen Wochenenden mit dem Sohn führte, an denen sie immer schnell irgendwohin aufbrechen mussten, und nachdem sein Sohn wieder gegangen war, hob Matt ungern seine Spielsachen auf, die kreativ überall im Haus verteilt worden waren. Er ließ sie genau da liegen, wo Alex zuletzt damit gespielt hatte. Dadurch hatte er das Gefühl, in einem kleinen Museum zu wohnen, wo versucht wurde, ihre gemeinsame, viel zu kurze Zeit zu konservieren. Die Spielsachen genau dort auf dem Boden liegen zu sehen, wo Alex sie zurückgelassen hatte, war zwar ein trauriger Anblick, doch wenn Matt sie aufheben wollte, brachte er es nie über sich. Und das war nur das Spielzeug. Am schlimmsten war es, die kleinen Schuhe seines Sohnes auf dem Boden zu sehen.

Er sah sich abwechselnd im Fernsehen *Taxicab Confessions* an und sah nach, was die Familie so trieb. Als er wieder einmal nachsah, bemerkte er zu seiner Begeisterung, wie zwei junge Frauen ins Wasser stiegen.

Darauf hatte er gewartet. Er nahm sich noch ein Bier und ging auf den Balkon. Beide Frauen trugen Bikinis. Die eine hatte lange schwarze, die andere kurze blonde Haare. Die Schwarzhaarige hatte einen vorstehenden Bauch und große Brüste, wohingegen der Körperbau der Blonden ein wenig maskulin, aber schlank war. Matt fragte sich, ob sie besser aussahen als er, und die Antwort lautete: ja. Alle beide. Und jünger waren sie auch. Matt war vierunddreißig, erreichte allmählich ein Alter, wo er die Dinge sofort erledigen musste, weil er sie sonst wieder vergaß, und er erreichte auch ein Alter, wo alle Bands, die er als Jugendlicher gern gehört hatte, allmählich Mist wurden.

Die Familie verließ den Poolbereich. Die jungen Frauen blieben. Matt schlürfte sein Bier. Er hatte nichts zu Abend gegessen, daher war er schon ziemlich beschwipst, aber dafür weniger besorgt. Er trank weiter, während er überlegte, wie er sich den beiden am besten nähern sollte. Da er keine Badehose dabeihatte, konnte er Schwimmen nicht als Ausrede benutzen, um in ihrer Nähe zu sein. Und selbst wenn er eine Badehose dabeigehabt hätte, er war außer Form und wollte nicht, dass sie seinen Körper sahen. Sein Bauch wölbte sich noch mehr vor als der Bauch der Schwarzhaarigen.

Und wenn er sich mit seinem Bier an den Pool setzen würde, würde das gruselig wirken. Ihm war aufgefallen, dass Frauen immer schnell bei der Hand waren, Männer als »gruselig« abzustempeln. Wenn im Videoladen ein Mann auch nur das geringste Interesse an ihnen zeigte, verwendeten Frauen dieses Wort sofort, sobald er außer Hörweite war. Er hatte gemerkt, dass sie manchmal sogar seine Freundlichkeit irrtümlich für gruseliges Verhalten hielten. Nur weil er beispielsweise die Gabe hatte, sich zu erinnern, welche Filme sie früher mal ausgeliehen hatten (»Oh, Sie müssen ein Al-Pacino-Fan sein«), schienen sie das eher abstoßend als liebenswürdig zu finden.

Ihm fiel nichts anderes ein, als vielleicht mit Bier ihre Aufmerksamkeit zu gewinnen. Zuerst würde er beiläufig im Poolbereich herumschlendern und so tun, als suche er etwas, wobei er sein Bier in der Hand hielt. Wenn sie ihn bemerkten, würde er anbieten, ihnen ein Bier aus seinem Zimmer zu holen oder, falls ihnen das lieber wäre, mit ihm dort oben eins zu trinken.

Er nahm den Aufzug nach unten, angeheitert genug, um ein seltenes Gefühl von Selbstvertrauen zu spüren. Er ging dicht am Beckenrand, warf ihnen wirklich nur einen kurzen Blick zu, während er die Flasche so hielt, dass die zwei sie auch ja sahen. Er schaute zu den vielen Balkonen hoch, tat dann so, als müsse er ins Foyer gehen. Der großgewachsene Mann mit der schicken Frisur am Empfang schien Matt nicht zu bemerken, während er geistesabwesend den großen Ständer mit Broschüren über sämtliche Sehenswürdigkeiten der Gegend musterte (Höhlen, Wasserparks, Orte, wo sich Abraham Lincoln aufgehalten hatte).

Matt ging wieder zurück Richtung Pool. Die beiden Frauen beachteten weder ihn noch sein Bier. Er spürte schon, dass die Sache aussichtslos war, fühlte sich aber verpflichtet, seinen Plan durchzuziehen. Daher stellte er sich an den Eingang zum Poolbereich und sagte: »Verzeihung, Ladys.« In diesem Moment spritzte die Schwarzhaarige mit Wasser herum, daher hörte ihn keine der beiden. Entweder das, oder sie ignorierten ihn. Er nutzte diesen Moment, um ihre nasse Haut zu betrachten.

»Verzeihung, Ladys.« Diesmal drehten sie sich zu ihm um. »Möchten Sie beide etwas trinken?« Er wies aufs sein Bier.

»Arbeiten Sie hier?«, fragte die Schwarzhaarige.

»Nein«, sagte Matt lachend. »Ich meine damit, ich habe mehr Bier. Ich hab mich nur gefragt, ob Sie etwas abhaben möchten.«

»Nein, danke«, sagte die Schwarzhaarige.

Einen Moment lang erwog Matt, sie zu fragen, woher sie kamen, doch er war noch nicht betrunken genug, um nicht zu merken, dass er hier nicht weiterkam.

»Na schön. Eine gute Nacht allerseits.«

»Ihnen auch«, sagten beide.

Auf dem Rückweg zum Aufzug wartete er auf das unvermeidliche Gelächter, das auch umgehend kam.

Matt schritt um das Bett und schimpfte mit sich, weil er in einem Hotel mit Fremden herumgealbert hatte, statt seine Energie lieber auf seinen Sohn zu konzentrieren. Doch er wusste, dass er nichts tun konnte, um Alex häufiger zu sehen. Der Anwalt hatte ihm versichert, mehr als jedes zweite

Wochenende und mittwochs sei nicht drin – zwei Anwälte sogar. Matt befürchtete, irgendeine Lösung zu übersehen, die ihm mehr Zeit mit seinem Sohn verschaffen würde – dass die Lösung da war und auf ihre Entdeckung wartete. Und da schlenderte er mit einem Bier in der Hand um einen Swimmingpool herum wie ein notgeiler Schmierlappen.

Matt wollte nichts außer Alex. Angesichts der ganzen Lage hätte er am liebsten laut geschrien. Er nahm sich noch ein Bier aus dem Waschbecken und schüttete es in sich hinein. Er wäre gern auf den Balkon getreten und hätte sein gequältes Inneres herausgebrüllt und anschließend zugesehen, wie die anderen Gäste einer nach dem anderen auf ihre Balkone kamen, um nachzusehen, woher dieser Lärm stammte. Dann käme vielleicht eine liebevolle, tief beunruhigte Seele in sein Zimmer, und sie könnten reden – ernsthaft über alles *reden,* ernsthaft über ein Leben ohne Lösungen reden. Doch Matt wusste, dass es solche Gespräche nicht geben würde. Mittlerweile war ihm klar, dass niemand wusste, wie man gegenüber einem alleinstehenden Vater die richtigen Worte fand. Er machte das keinem zum Vorwurf. Er würde auch nicht wissen, was er sagen sollte. Als Alex beispielsweise eines Abends zu Matt sagte: »Wenn wir alle sterben, sind Mom und du vielleicht im Himmel wieder zusammen, und wir können endlich eine Familie sein.« Was soll man sagen, wenn man so etwas gehört hat?

Er unterbrach seine kurzen Besuche auf dem Balkon, weil er nicht wollte, dass die beiden jungen Frauen ihn sahen. Er widerstand dem Drang, sie heimlich zu beobachten. Als er auf dem Bett lag und fernsah, trank er, als wäre er auf das Getränk wütend, und das Bier strömte nun immer schneller seinen Schlund hinab. Ein weiterer Ausflug zur Eismaschine stellte sicher, dass die nächsten Flaschen möglichst tief begraben wurden.

Auf HBO sah er sich einen blöden Actionfilm an, in dem Charlie Sheen einen Fallschirmspringer spielte, der in kriminelle Machenschaften verwickelt wurde. Dem fünfjährigen Alex wären bessere Ideen eingefallen. Ja, weil sein Daddy in einem Videoladen arbeitete, hatte Alex Interesse an Filmen gezeigt und sogar davon gesprochen, ein Drehbuch zu schreiben. Er dachte sich sogar Titel aus wie *QRS* und *Ermordet und tot*. Matt bemerkte voller Bewunderung, wie der Verstand seines Sohnes arbeitete, und wünschte, sein eigener Verstand wäre so frei.

Der Film war eine Viertelstunde alt, als Matt seine Neugier nicht mehr zügeln konnte und nachsah, ob die beiden Frauen noch da waren. Sie waren verschwunden. Von Unruhe gepackt, beschloss Matt, im Hotel herumzuschlendern. In jeder der vier Etagen ging er die Flure rauf und runter. Es war nach ein Uhr. Er begegnete keiner Menschenseele. Nur so zum Spaß spähte er in die beiden Festsäle. Er und seine Exfrau waren von Hotels begeistert gewesen. Für ein junges Paar hatten sie etwas Aufregendes. Wenn man diese langen Flure auf und ab ging, hatte man das Gefühl, das Leben halte womöglich noch etwas Gutes für einen bereit.

Als sie von der Scheidung hörten, fragten die Leute in Moberly häufig: »Was ist passiert?« Das ärgerte ihn sehr, zum einen, dass sie ihn das überhaupt fragten, zum anderen, dass sie anscheinend von ihm erwarteten, die Gründe für das Scheitern seiner Ehe in einem Satz oder in zwei Sätzen zusammenzufassen, während er im Supermarkt vor dem Chipsregal stand. In Wahrheit wusste er gar nicht, was geschehen war. Es gab keinen brisanten Zwischenfall, der alles geändert hatte, keine außerehelichen Affären, keine besonders erwähnenswerte Verfehlung. *Passiert* waren tausend Kleinigkeiten, von denen Matt viele bereits vergessen hatte.

Würde man Matt drängen, die Gründe für seine Scheidung preiszugeben, würde er so etwas sagen wie: »Nun, alles wird irgendwann krank und stirbt. Sogar die Liebe.«

Er ging zur Eingangshalle, wo der Mann an der Rezeption wieder mal beschäftigt zu sein schien.

»Was ist draußen so los?«, fragte Matt und schaute aus dem Fenster Richtung Highway.

»Keine Ahnung.«

Matt ging durch die Automatiktüren. Alles war von Eis überzogen, zu Kristall verwandelt worden. Es war märchenhaft. Die kahlen Bäume waren besonders schön, wenn sie den Mondschein auffingen.

»Es vereist nicht mehr«, sagte Matt auf dem Weg zurück. »Es ist wunderschön da draußen.«

»Ach ja?«

»Ja.«

Matt wollte mit dem Mann reden, doch dieser Wunsch beruhte offensichtlich nicht auf Gegenseitigkeit. Bei dem Mann hinter dem Tresen spürte er eine große Trägheit. Matt ging zurück Richtung Aufzug und machte unterwegs am Pool halt. Er betrachtete den Whirlpool. Vielleicht würde er noch vor Ende der Nacht hineinsteigen. Vielleicht könnte er so einen ansonsten eintönigen Abend retten. Vielleicht würde, sobald er sich dem heißen Wasser hingab, eine einsame Frau auf ihrem Balkon erscheinen, ihn dort unten sehen, sich zu ihm gesellen und ihm eine Lösung aufzeigen.

Als Matt sein neuntes Bier trank, wurde ihm klar, dass er betrunken war. Wenn man allein trinkt, lässt sich nur schwer sagen, ob man betrunken ist, aber Matt hatte damals auf dem College, ehe er sein Studium abgebrochen hatte, einen Trick gelernt. Er sah auf die Ziffern einer Digitaluhr, und falls die Ziffern mehrmals zu rollen schienen, wusste er, dass er betrunken war.

Die Ziffern rollten weiter: 1:47, runter, dann wieder rauf, runter, rauf.

Es stimmte ihn nicht mal froh, besoffen zu sein. »Ha!«, rief er laut. »Ich kann mich nicht mal richtig betrinken.«

Aber wenigstens war er nicht zu Hause. Sein Haus deprimierte ihn, wenn Alex nicht da war. Wenn Alex da war, war das Haus so viel lebendiger. Alle Lampen brannten. Die Waschmaschine lief. Musik spielte (Green Day war Alex' aktuelle Lieblingsband). Wenn Alex weg war, war das Haus dunkel, still und trostlos, wie eine Spielhalle, in der sämtliche Spiele ausgeschaltet waren.

Matt unternahm noch zwei Ausflüge zur Eismaschine. Er war wild entschlossen, die letzten drei Flaschen kalt zu machen. Als das Waschbecken von frischem Eis überquoll, ging er zurück auf den Balkon und richtete seine Aufmerksamkeit wieder auf den Whirlpool. Von diesem einen blubbernden Wasserkreis abgesehen, war das gesamte Hotel absolut still und stumm. In seinem betrunkenen Hirn brachte Matt das Wasser mit dem Beginn des Lebens auf Erden in

Verbindung. Dadurch dachte er an ein Buch, das er Alex einmal vorgelesen hatte. An den Wochenenden, die Alex bei ihm verbrachte, las Matt ihm jeweils bis zu vier Kinderbücher pro Abend vor. In einem dieser Bücher über den Weltraum stand, Wissenschaftler hätten herausgefunden, dass das Universum vor 13,7 Milliarden Jahren entstanden sei. Matt fand beunruhigend, dass man so etwas wissen konnte. Und wenn das Universum geboren wurde, was war dann vor diesem Zeitpunkt von 13,7 Milliarden Jahren? Gar nichts? Das allein schon war eine beunruhigende Vorstellung: dass die Wissenschaftler offenbar ermittelt hatten, es sei einmal gar nichts da gewesen. Während Matt darüber nachsann, kam er zu einer Schlussfolgerung: Diese Welt ist billig. Dieses Leben ist billig. Wie sich herausstellt, ist die gesamte Existenz billig und simpel. In einem Moment war da gar nichts, im nächsten –

Matt traute seinen Augen nicht, als er eine Rothaarige im Bikini Richtung Whirlpool gehen sah. Sie war schlank, mit blauen Flecken an den Beinen, vermutlich Mitte fünfzig, doch in seinem jetzigen Zustand sah sie rundum akzeptabel aus.

Er zog sich komplett aus, von seiner Boxershorts abgesehen, die als Badehose durchgehen mochte. Sie war mit dem Logo der Kentucky Wildcats bedruckt. Er packte das Bier, das er sich aufgehoben hatte, das besonders kalte am Boden des Waschbeckens, und brach zum Whirlpool auf, ein Badetuch über die Schulter gelegt. Wegen seiner Trunkenheit war er sich auf dem ganzen Weg nach unten bewusst, wie er ging. Er blieb vor dem Whirlpool stehen und sah, dass die Frau kaum die Augen offen halten konnte.

»Was dagegen, wenn ich mich zu Ihnen setze?«

»Was?«

»Was dagegen, wenn ich mich zu Ihnen setze?«

»Kommen Sie rein«, sagte sie mit schwerer Zunge. Aus der Nähe betrachtet, sah sie gar nicht übel aus. Sie sah zwar auch nicht gut aus, doch als er so über ihrer nassen Haut stand und sah, wie Wassertropfen aus ihrem nassen Haar fielen, konnte Matt nicht mehr zurück. Er nahm einen großen Schluck Bier und stieg in den Whirlpool. Es war heißer als erwartet, und als er sich an die starke Hitze anzupassen versuchte, packte er, ohne es zu merken, seine Bierflasche besonders fest. Als er sich bequem hinsetzen wollte, tauchte er die Flasche in das Wasser und bemerkte erschrocken, dass sie platzte – und der Riss im Glas war groß genug, dass das ganze Bier ins Wasser floss.

»Was soll der Scheiß?!«, schrie die Frau. Ihre Zähne waren in keinem sehr guten Zustand.

»Herr im Schimmel!«, rief er. Das sagte sein Sohn statt »Herr im Himmel«, und Matt hatte sich das auch angewöhnt.

Auf seiner Handfläche erschien ein langer, schmaler Schnitt, und ein ständiges Rinnsal aus Blut mischte sich mit dem Wasser. Sofort sprang die Frau aus dem Whirlpool und beschimpfte Matt nur, als der sich ausgiebig entschuldigte. Sie lief zum Aufzug. Als Matt aus dem Whirlpool stieg, zerbrach die Flasche und fiel ins Wasser, so dass er nur noch deren Hals in der Hand hielt. Er griff sich sein Badetuch und wickelte es um die Hand, fischte dann die Glasscherben von der Wasseroberfläche, warf sie in den nächsten Mülleimer und eilte zurück auf sein Zimmer.

Er goss sich kaltes Wasser aus dem Waschbecken über die Hand, steckte sie dann in das eisgefüllte Becken. Schließlich war die Blutung gestillt, und Matt glaubte nicht, dass die Wunde genäht werden musste, doch wahrscheinlich würde er bis zum Morgen warten und dann weitersehen. Der Schnitt war schlimm genug, dass Alex sehen würde, dass etwas geschehen war. Kleinen Kindern fiel immer auch der winzigste Kratzer oder die kleinste Prellung auf, und sie fragten immer, was passiert sei (»Woher hast du das Aua?«).

Als er an Alex dachte, erinnerte ihn das wie immer daran, das Richtige zu tun.

Er warf sich ein paar Klamotten über, wickelte dann einen Waschlappen um seine Hand und begab sich wieder nach unten.

Der Mann an der Rezeption bemerkte ihn kaum, als er ins Foyer kam.

»Verzeihen Sie. Ich hatte im Whirlpool einen kleinen Unfall.«

»Sind Sie wohlauf?«, fragte der Mann. Er sah so müde aus.

»Ja. Ich hatte eine Bierflasche dabei, und als die Hitze und die Kälte zusammenkamen, ist wohl – kann das Glas zum Platzen bringen?«

»Keine Ahnung«, sagte der Mann. »Klingt plausibel.«

»Ich glaube, ich habe das Glas rausgeholt, bin mir aber nicht sicher. Das Bier ist auch im Wasser.«

»Das macht nichts.«

»Außerdem habe ich ein wenig in den Whirlpool geblutet.«

»Nur keine Sorge deswegen.«

»Kümmert Sie das nicht?«

»Doch, aber Sie müssen sich deswegen keine Sorgen machen. Ich spreche Sie von Ihrer Schuld frei.«

»Aber was ist mit dem Glas und dem Blut?«

»Darum kümmere ich mich.«

»Ich wollte nur jemandem Bescheid sagen. Ich wollte nicht, dass sich jemand meinetwegen verletzt.«

»Ich stelle den Whirlpool ab und lasse den Wartungsleuten eine Notiz da, um sicherzustellen, dass er am Morgen gereinigt wird.«

»Danke sehr. Das alles tut mir leid.«

»Schon in Ordnung. Sie müssen sich nicht bei mir entschuldigen.«

»Ich – wissen Sie, was komisch ist? Ich war in meinem ganzen Leben noch nie in einem Whirlpool. Ich hatte mir in den Kopf gesetzt, ich würde mich besser fühlen, wenn ich in diesem Whirlpool sitze, besonders als ich sah, dass eine Frau hineinging. Oder ich würde mich ändern oder so was. Ich dachte, ich hätte eine Lösung gefunden. Doch dann passierte das. Ich hielt bloß ein Bier in der Hand und dann, *kracks*! Es war unheimlich. Gott sagte: ›Nö. Nicht für dich.‹ Ich werde wohl nie ein Whirlpool-Typ. Ich hätte heute Abend nach Hause fahren sollen.«

»Ja.«

»Ach ja – Sie können mir eine Gebühr auf meine Rechnung setzen. Weil ich den Whirlpool versaut habe.«

»Nein. Ist keine große Sache. Vergessen wir's einfach. Wir sind quitt.«

»Wieso sind wir quitt?«

»Keine Ahnung.«

»He – möchten Sie ein Bier mit mir trinken?«

»Ich trinke nicht.«

»Ach. Ich wollte nur – das vergangene Jahr war für mich echt schwer. Ich habe so wenig Freundlichkeit erlebt. Und wenn ich jetzt tatsächlich Freundlichkeit begegne, weiß ich kaum, was ich tun soll. He, hören Sie, ich arbeite im Blockbuster. Wann immer Sie vorbeikommen wollen, lasse ich Sie gratis Filme ausleihen. So viele Sie wollen.«

»Danke sehr.«

»Ist hier immer so tote Hose?«

»So – oder so ähnlich.«

»Wie lange arbeiten Sie schon hier?«

»Acht Jahre. Aber letztes Jahr musste ich mir freinehmen. Ich habe hier am ersten Januar wieder angefangen.«

Matt verspürte den Drang, den Mann vollzuquatschen, ihm alles darüber zu erzählen, dass sein Sohn ihm fehlte, dass es eine Zeit gegeben hatte, als seine Frau ihn den »Glücklichmacher« nannte, dass trotz all seiner Bedenken die Scheidung wahrscheinlich für Alex doch das Richtige war, denn Matt hatte einen Bruder, der sich entschied, in einer schlechten Ehe zu bleiben, und als Matts süße kleine Nichte in die Junior High kam, war sie nicht mehr niedlich, sondern gemein. Doch er spürte wieder, dass der Mann wohl gar nicht wissen würde, was er sagen sollte, sobald Matt von Scheidung sprach. Matt bedankte sich noch einmal und wünschte eine gute Nacht.

»He«, sagte der Mann, als Matt das Foyer verließ. Matt drehte sich um. »Die meisten Menschen hätten mir die Whirlpool-Sache verschwiegen.«

»Echt?«

»Echt. Es gab schon Leute, die in unseren Pool geschissen und es dann einfach drin gelassen haben, bis wir es fanden. Sie haben nur ein bisschen Bier verschüttet. Danke, dass Sie's mir gesagt haben.«

»Keine Ursache.«

Als Matt den Aufzug betrat, dachte er an all die Leute, die den Rezeptionisten nichts sagten, die keine Angst vor ihrer eigenen Verrohung hatten, sondern vor den Konsequenzen. Er war froh, dass er es gebeichtet hatte, und bedauerte nun, dass seine einzige Unterhose pitschnass war.

Mit seinem letzten Bier ging Matt auf den Balkon. Der Whirlpool war jetzt abgeschaltet, und ohne dessen ständiges Wirbeln war das Hotel unheimlich still. Er stellte sich vor, dass der Whirlpool mit seinem Blut gefüllt war, gluckerte und Stückchen von ihm ausspie. Er drehte sich um und schaute auf die Digitaluhr in seinem Zimmer. 3:13 rollte hoch, dann runter, dann wieder rauf. Er dachte, dass es jetzt morgen war. Ihm fiel ein kleines Gedicht ein, das Alex eines Tages bei Sonnenuntergang geschrieben hatte. »Es wird gestern. Es wird morgen. Es wird sonn-tot.« Mein Gott, dachte Matt. Der Verstand dieses Kindes. So furchtbar diese Welt auch war, es gab immer noch den Verstand dieses Kindes.

Nur in einem Zimmer schien noch etwas los zu sein, am gegenüberliegenden Ende des Hotels. Die Vorhänge dieses Zimmers standen offen, und der Fernseher lief bei ausgeschaltetem Licht – genau wie in Matts Zimmer –, aber Matt sah in dem Zimmer niemanden.

Matt fuhr sich mit der Fingerspitze über die Schnittwunde. Hoffentlich blieb keine Narbe, die ihn immer daran erinnerte, wie jämmerlich diese Nacht verlaufen war. Er dachte daran, dass er immer noch einen jämmerlichen Eindruck machte, wie er um drei Uhr morgens mit seiner letzten Flasche Bier auf dem Balkon saß und hoffte, irgendetwas zu erleben. Wenn es anders verlaufen wäre, wenn die heißen Moleküle des Universums in eine andere Richtung gewirbelt wären, säße er vielleicht auf einem Balkon mit Blick auf einen perfekten Strand, seine kleine Familie bei ihm auf dem Balkon. Stattdessen schaute er auf dunkle Zimmer, einen leeren Swimmingpool und einen abgeschalteten Whirlpool.

Gegen 3 Uhr 30 sah er Bewegung in dem Zimmer, wo der Fernseher lief. Ein übergewichtiger alter Mann in Boxershorts und sonst nichts erschien mit einer Tasse in der Hand auf dem Balkon. Matt winkte ihm zu. Der Mann winkte zurück. Das Winken ließ Matt an seinen Sohn denken, denn wenn er an seinen Sohn dachte, sah er häufig das Bild von Alex' kleiner Hand vor sich, die aus einem Spalt im Rückfenster des Wagens seiner Mom winkte. An jedem zweiten Wochenende und an jedem Donnerstagmorgen. Matt stand vor seiner Haustür, bis der Wagen seiner Exfrau wegfuhr, und er wartete, bis das Händchen auftauchte.

Der alte Mann am anderen Ende des Hotels ging wieder rein und zog den Vorhang zu. Es war Zeit, ins Bett zu gehen.

7
Antikmarktmädchen

1

An Schultagen betrat Carly Birkhall nachmittags gegen halb vier den Trödelmarkt. Zuerst begab sie sich immer direkt nach hinten ins Büro, wo die Toilette war, weil sie zu nervös war, um das Schulklo zu benutzen. Nachdem sie gepinkelt und sich die Hände gewaschen hatte, vollzog sie jedes Mal ein Ritual, bei dem sie ihre Stirn gegen die Toilettentür presste und leise sagte: »Dir geht's jetzt gut. Dir geht's jetzt gut.« Mit der Kleinkariertheit und den Vorurteilen der jungen Leute war es für diesen Tag vorbei, und sie konnte jetzt unter älteren Leuten und älteren Dingen sie selbst sein.

An manchen Tagen gelang Carly dank dieses Rituals nachmittags ein Neustart. An anderen Tagen beschäftigte sie sich immer noch mit irgendeinem Zwischenfall aus der Schule – häufig war es das Tuscheln –, und dann setzte sie sich, nachdem sie vom Klo kam, an den Schreibtisch im Büro und tat das, was sie »die Dinge einordnen« nannte. Die Dinge einordnen hieß, dass Carly nahm, was ihr Sorgen bereitete, und dann ihre Gefühle so umbaute, dass sie doch nicht so gekränkt war, wie sie ursprünglich gedacht hatte. (»Na also, Carly, wahrscheinlich haben sie es gar nicht so gemeint.«) Und sobald dieser Zwischenfall eingeordnet war, konnte er verpackt, verschlossen und beiseitegeräumt werden, womit der restliche Nachmittag und der Abend gerettet waren.

Eines Nachmittags fiel es Carly besonders schwer, die Dinge einzuordnen, was sich auf eine Bemerkung bezog, die Emily Liddell gemacht hatte. Emily war die einzige Schülerin der siebten Klasse, die Carlys schulische Leistungen erreichte, und sie gehörte zu den beliebten Mädchen. Carly hatte keine Ahnung, wie so etwas möglich war; die Faustregel lautete eigentlich, je weniger Leute einen mochten, desto intelligenter war man.

Die Bemerkung fiel bei der Gruppenarbeit, die ihre Lehrer immer für eine phantastische Idee hielten. In der sechsten Stunde an diesem Tag steckte ihre Lehrerin in Weltkulturen Carly in eine Gruppe mit Emily und drei Jungs, und als Carly eine Antwort zu ihrem Arbeitsblatt über Siddharta Gautama gab, sagte Emily so hasserfüllt, dass sie genauso gut hätte zischen können: *»Du musst nicht so leise reden.«*

Carlys Reaktion war: »Ich weiß.« Etwas Besseres fiel ihr nicht ein. Carly musste diese Szene in Gedanken immer wieder durchspielen – die Hitze, die ihr in die sommersprossigen Wangen stieg, die betretenen Mienen der Jungs –, als sie an dem Schreibtisch im Büro saß. Zufällig war es derselbe Schreibtisch, an dem Carly Emily in einem seltenen Moment der Schwäche erlebt hatte. Vor dem Schreibtisch befand sich ein Einwegspiegel, den Carlys Eltern hatten anbringen lassen, um nach Ladendieben Ausschau zu halten, da sich die Händler ständig beschwerten, dass ihre Waren verschwanden. Eines Tages im letzten Herbst waren Emily und ihre Mutter samt ihren perfekten Pferdeschwänzen in den Trödelmarkt gekommen. Carly hatte Emily von ihrer Seite des Spiegels aus beobachtet, und irgendwann war Emily nach hinten zu dem Verkaufsstand von Lucille gegangen, die sich auf bis zu 2000 Dollar teures RS-Preußen-Porzellan spezialisiert hatte.

Carly war erstaunt gewesen, als Emily sich direkt vor dem Spiegel aufbaute. Sie war sogar mit dem Drehstuhl in die Gegenrichtung gerollt, weil sie dachte, ein intelligenter Mensch wie Emily würde merken, was los war, doch die begriff nicht, was es mit dem Spiegel auf sich hatte. Carly hatte wie erstarrt dagesessen und beobachtet, wie Emily ihre langen, glatten Haare ordnete, an denen nichts zu ordnen war, dann das Gesicht, das alle so schön fanden, in den Nacken legte, um einen Blick in ihre Nasenlöcher zu werfen. Carly riss die Augen auf, als Emily noch näher kam, um zuerst ihr Gesicht zu betrachten, das unverkennbar traurig dreinblickte, und dann einen Pickel auszudrücken. Obwohl Carly Emily zutiefst verachtete, fühlte sie sich ihr in diesem Augenblick nahe. Carly selbst hatte kürzlich begonnen, ein Aknemedikament zu nehmen, von dem sie Durchfall bekam.

Als daher Emily bei der Gruppenarbeit »Du musst nicht so leise reden« gesagt hatte, war Carly als erste Reaktion der Satz »Ich habe dich durch den Spiegel gesehen« eingefallen. Doch stattdessen hatte sie nur »Ich weiß« gesagt. Als sie nun am Schreibtisch saß und ihre Gedanken ordnete, wurde ihr klar: Emily durfte nie erfahren, dass sie sie damals gesehen hatte, denn das bekanntzumachen, das rauszulassen, könnte Carly ihr mitfühlendes Herz für andere Menschen kosten, was sie auf keinen Fall wollte.

J. C. Penney war das letzte große Kaufhaus im Stadtzentrum von Moberly, es hatte Woolworth und Newberry überlebt, musste aber nach Eröffnung des Wal-Mart-Supercenters am Highway 71 schließlich doch schließen. Das ehemalige Penney-Gebäude an der Ecke Main und Second Street hatte vier Jahre leergestanden, bis Carlys Eltern es kauften, um darin den Moberly-Antikmarkt zu eröffnen. Damals war Carly acht gewesen. An ihrem ersten Abend in dem leeren Gebäude war sie überall durch die ausgedehnten, offenen Etagen gelaufen, die weißen Pfeiler, die von dem braunen Teppichboden zu der enorm hohen Decke reichten, hochgeklettert und dabei so aufgedreht gewesen, dass sie fast sabberte, weil sie kaum glauben konnte, dass der gigantische alte Laden jetzt ihrer Familie gehörte.

Inzwischen waren ihre Eltern geschieden, und sie war zwölf, mit dünnen Beinen, die sie zu ihrem Leidwesen für abnorm lang hielt – manchmal hatte sie Angst, ihr ganzer Körper sei falsch zusammengesetzt worden –, und zum Herumlaufen fehlte der Platz, weil der Markt in Stände unterteilt war, die an fünfundzwanzig Händler vermietet wurden, viele davon ältere Frauen. Die Stände waren ordentlich und aufgeräumt, weil Carlys Mom darauf bestand, der Markt sollte nicht vermüllt und überladen aussehen wie so viele Antikmärkte in der Gegend. Dank Modeschmuck in Vitrinen, Regalen voller irisierender Jugendstilglasvasen und -schalen und Schränken voller Waterford-Kristallglas bot sich den Besuchern ein überwältigendes

Angebot edler Dinge, wie es Moberly sonst kaum zu bieten hatte.

An Schultagen konnte Carly es nicht erwarten, hierherzukommen, damit sie sich wieder frei fühlte. In der Schule redete sie nur, wenn die Lehrer sie aufriefen. Und wenn sie zur Abwechslung doch von sich aus etwas sagte, wurde sie regelmäßig prompt unterbrochen und bekam also nur eine einzige Silbe heraus, die für ihre Mitschüler wie ein seltsamer, abgehackter Tierlaut klingen musste.

Die Händler jedoch konnten kaum glauben, dass Carly so eine stille Schülerin war, da sie keinerlei Probleme hatte, sich mit ihnen zu unterhalten. Schon als Carly acht war, sagten sie: »Das ist so, als würde man mit einer kleinen Erwachsenen reden.« Sie brachte die Händler mühelos zum Lachen, und sie hatte sich eine kleine Nummer ausgedacht, mit der sie die Händler amüsierte, indem sie die Kunden des Antikmarktes nachmachte und mit verstellter Stimme fragte: *»Würden Sie mir das für weniger geben?«*

Als Carly zehn war, fühlte sie sich in Gesellschaft älterer Menschen so wohl, dass ihre Mom Kinder ins Haus einladen musste, damit Carly auch mal mit Gleichaltrigen zusammen war. Diesen Kindern, darunter Shannon, seit der dritten Klasse ihre beste Freundin, fiel nicht viel ein, wenn Carly ihnen ihre Schmuck- und Antiquitätensammlungen zeigte. Weder hatten sie ein Auge für die Ohrringe aus Sterlingsilber, die ihr die diabeteskranke Witwe Trudy geschenkt hatte, noch für das mit den Bildern antiker Liebespaare bemalte Porzellanservice, das sie von Mark und Ray bekommen hatte, dem ersten schwulen Paar, das sie kennenlernte. Was Carly aber wirklich irritierte – damals war sie elf –, war die fehlende Reaktion, wenn ihre jungen Besucherinnen das über ihrem rosafarbenen Bett hängende *... denn sie wissen nicht, was sie tun*-Filmposter mit James Dean darauf sahen.

Carlys Eltern waren älter als die Eltern aller anderen Kinder, und sie hatten ihr immer beigebracht, Filmklassiker zu würdigen und zu verstehen. Erstaunt merkten die Händler, wie viel Carly über alle Schauspieler wusste, von Carole Lombard über Montgomery Clift bis hin zu der in Kentucky geborenen Patricia Neal. Ihr Liebling war natürlich James Dean. Carly war sich zwar nicht sicher, nahm aber an, dass sie in ihn verliebt war oder so etwas Ähnliches. Ihre Gefühle für ihn beruhten nicht nur auf dem, was er war (traurig, intensiv und auf eine Art sorgenvoll, die Sorgen irgendwie attraktiv erscheinen ließ), sondern auch auf dem, was er nicht war. Obwohl er aus dem Nachbarstaat Indiana stammte, war er so gar nicht wie viele der Männer und Jugendlichen aus dieser Gegend. Er war nicht grob. Er war nicht ungehobelt. Er war nicht hart. Wahrscheinlich spuckte er auch nicht auf den Gehsteig, wenn er aus einem Laden kam (warum machten die hiesigen Männer das immer?), und seine Blicke richteten sich wahrscheinlich auch nicht automatisch auf Frauenhintern.

Manchmal fand man Carly im Büro, wo sie eine James-Dean-Biographie las, die ihre Mom ihr an Mrs. Matthews Bücherstand gekauft hatte. In der Biographie stand, einige seiner Fans hätten nach James Deans Tod die Auffassung vertreten, er sei gar nicht gestorben, sondern durch den Autounfall so entstellt worden, dass seine Betreuer ihn in einer Klinik untergebracht hätten, um sein Andenken zu schützen (und weil ihn seine Verunstaltungen in den Wahnsinn getrieben hätten). Carly hatte es niemandem erzählt, nicht einmal ihrem geliebten Mr. Baynham, aber sie hielt diese Theorie für zutreffend und glaubte, dank der Fortschritte in plastischer Chirurgie und Psychiatrie würde James Dean eines Tages als schneidiger älterer Herr zurückkehren, um die Welt von ihrer Abgeschmacktheit zu erlösen.

An dem Tag, als sie aufgefordert wurde, nicht so leise zu reden, schaute Carly durch den Einwegspiegel und beobachtete die Leute. Es gab eine Zeit – und die lag noch gar nicht lange zurück –, als Carly nicht hinten im Büro, sondern vorne in dem großen Schaufenster mit Blick auf die Main Street gesessen hatte, um die vorbeifahrenden Autos zu betrachten und den Leuten auf dem Gehsteig zu winken. An der Vorderseite waren drei Schaufenster, und Carly saß in dem mittleren auf einem samtbezogenen Sessel und tat manchmal so, als wäre sie eine Schaufensterpuppe. Heutzutage mied sie das Schaufenster; sie hatte das Gefühl, sie werde schon den ganzen Tag lang in der Schule beobachtet, wo man nur darauf wartete, dass sie sich lächerlich machte, warum also sollte sie sich auch noch am Nachmittag unnötig den Blicken anderer aussetzen?

Sie beobachtete ihre Mom, eine resolute Frau mit warmem Südstaatendialekt, die gerade Ms. Winokur Schmuck zeigte, einer Stammkundin, die pausenlos redete und am liebsten erzählte, wie sie von einem Pastor missbraucht worden sei und ihre Mutter ihr nicht geglaubt habe. Eine der Händlerinnen, eine pensionierte Grundschullehrerin namens Dotty, stand am Tresen. Carlys Dad war nicht da, er war überhaupt nie mehr da, weil er in Louisville wohnte. Auch noch drei Jahre nach seinem Umzug ließ die Abwesenheit ihres Vaters selbst den sonnigsten Tag bedeckt, den blauesten Himmel grau erscheinen. Carly sah ihn nur an jedem zweiten Wochenende. Ihr älterer Bruder Luke war auch nicht da, weil er sich jetzt nur noch für seine Band interessierte, doch sie nahm ihm nicht übel, dass er sich in etwas vergraben wollte.

Carly war auf dem besten Weg, grüblerisch zu werden, weil sie immer noch versuchte, Dinge einzuordnen, als sie Mr. Baynham eintreten sah. Er trug sein übliches Outfit: eine dunkle, perfekt gebügelte lange Hose, weißes Anzughemd mit Ascot-Krawatte, Sakko mit Fischgrätenmuster und eine Ballonmütze auf dem schneeweißen Haar. Er war schlank, hatte eine intelligent wirkende Nase, eine nachdenkliche Stirn und den Gang und die Haltung eines viel jüngeren Mannes, nicht die eines Fünfundsiebzigjährigen. Im letzten Sommer war er zuerst in den Antikmarkt gekommen, weil er einen Stand mieten wollte, um seine Glassammlung zu verkaufen (Fostoria, Fenton, Münzgläser).

Wie alle anderen Händler war er bereit, Mrs. Birkhall monatlich zehn Dollar pro Quadratmeter zu zahlen, also eine Miete von hundert Dollar. Carlys Mom erinnerte sich, dass sie vor Jahren in der Lokalzeitung *The Register* einen Artikel über seine Tätigkeit beim Film gelesen hatte, und als sie Carly von diesem neuen Händler erzählte, der gesagt habe, er würde sich »mit Vergnügen« mit Carly über seine Erfahrungen in Hollywood unterhalten, wurde ihr Leben sofort weniger öde.

»Heißt das, er ist aus *Moberly*?«

»Hier geboren und aufgewachsen«, bestätigte ihre Mom.

»Wie ist das möglich?«

Ihre Mom lachte. »Diese Stadt hält manchmal Überraschungen bereit.«

Mr. Baynham war für die Bevölkerung Moberlys eine Art Kuriosum. Neben Ascot-Krawatte und Ballonmütze hielten sie auch einige seiner Angewohnheiten für merkwürdig. Er hatte im Stadtzentrum an der Elm Street das Erdgeschoss eines Hauses aus der Jahrhundertwende gemietet, wo man ihn fast täglich durch das Fenster sehen konnte, wie er bei Kerzenlicht allein zu Abend aß. Außerdem ging er jeden Abend zu Chuck's Tavern an der First Street, wo er sich einen Drink genehmigte. Offenbar besaß er kein Auto. Jeden Sonntag sah man einen jungen Mann in einem schwarzen Cadillac vorfahren, der ihn abholte und ein paar Stunden später wieder zurückbrachte. Er brachte ein Kompliment ebenso leicht über die Lippen, wie er die Taschentücher aus seiner vorderen Hosentasche zog, wenn man erwähnte, man habe eine Nebenhöhlenentzündung (bei den Menschen in dieser Gegend keine Seltenheit), und auch wenn man ihn danach vielleicht ein, zwei Monate lang nicht sah, sagte er anschließend dennoch so etwas wie: »Hoffentlich haben Sie diese Nebenhöhlenentzündung inzwischen überwunden.« Und wenn man dann bejahte, schien er ehrlich froh zu sein, dass man wieder gesund war.

Bei ihrer ersten Begegnung konnte Carly ihre Fragen gar nicht schnell genug loswerden, und auf seine zurückhaltende Art genoss Mr. Baynham offenbar die Gesellschaft eines Menschen, der sich so für sein früheres Leben zu interessieren schien. Sie erfuhr, wie er Moberly verlassen hatte. Er studierte an der University of Kentucky Illustration und Design; er wurde Ausbilder für Bühnenbild und Kostümdesign in New York und anschließend in Paris. In Paris weckten seine Plakatentwürfe für Theaterproduktionen Ethel Barrymores Aufmerksamkeit; seine Barrymore-Beziehungen öffneten ihm schließlich Türen in Hollywood, wo er Farbberater des Warner-Bros.-Studios wurde und an Filmen mitarbeitete, in denen Doris Day, James Stewart, Henry Fonda, Spencer Tracy und andere Stars die Hauptrollen spielten. Für Carly war jedoch am interessantesten, dass er an *Jenseits von Eden* mitgearbeitet hatte, James Deans erstem Film. Mr. Baynham sagte, Dean sei ein höflicher junger Mann gewesen, dem etwas Unschuldiges anhaftete, weil für ihn alles neu war. Er nannte ihn »kindlich« und ergänzte, häufig habe er »verschlossen« gewirkt.

»Oh, ich wusste es«, sagte Carly. »Ich hab's ja gewusst.«

An diesem beunruhigenden Nachmittag war sie erleichtert, ihn den Markt betreten zu sehen, denn wenn sie ihre Gedanken nicht allein ordnen konnte, half es manchmal, mit jemandem zu reden, und Mr. Baynham schien sie zu verstehen. Bevor Carly das Büro verließ, um Mr. Baynham zu begrüßen, musste sie nochmals stehenbleiben und die Quasten des Orientteppichs kontrollieren, ob sie auch alle gerade lagen. (Das war für sie Pflicht.) Als sie sah, dass einige verrutscht waren, kniete sie nieder und zog sie gerade. Dann brach sie zu Mr. Baynhams Stand vorne im Erdgeschoss auf, wo er gerade einige Glassachen aus der Zeit der Weltwirtschaftskrise aufbaute.

»Da ist ja meine Carly! Welch ein Anblick. Du siehst einfach bezaubernd aus.«

An diesem Tag trug Carly einen langen karierten Blazer mit einer altmodischen Brosche über einem Rollkragenpulli, dazu schwarze Leggings. Wegen ihres ungewöhnlichen Modegeschmacks, wegen ihrer vollen, lockig-braunen Haare, über die sie im Laufe des Tages manchmal die Kontrolle verlor, und wegen der winzigen Lücke zwischen ihren beiden Vorderzähnen, ganz zu schweigen von den zahlreichen Sommersprossen, kam es ihr oft so vor, als tuschelten die anderen Kinder über sie. Da war sie sich zwar nicht hundertprozentig, aber doch ziemlich sicher.

Doch mit einem Kompliment von Mr. Baynham konnte sie immer rechnen.

»Danke. Wie geht's Ihnen heute?«

»Gut, meine Liebe.« Er verschränkte die Arme und musterte sie von der Seite. »Hat dich heute jemand geärgert?«

»Woran haben Sie das gemerkt?«

»An deinen Augen.«

»Ja. Eine Mitschülerin hat mich aus der Fassung gebracht. Es ist keine große Sache, aber …« Sie wusste nicht, wie der Satz weitergehen sollte. Das passierte ihr häufig.

»Gehen wir doch etwas spazieren«, schlug Mr. Baynham vor. Sie gingen eine Treppe höher auf die Galerie, wo es vorwiegend Kunsthandwerk und Quilts gab, was Carly langweilig fand. Während sie auf der Galerie auf und ab gingen, erzählte sie ihm von Emilys Kommentar.

»Doch am meisten stört mich, dass sie recht hat. Ich rede *wirklich* zu leise.«

»Ich finde, deine Stimme hat die perfekte Lautstärke.«

»Aber nur, wenn ich mit *Ihnen* rede. In der Schule sage ich kaum etwas, und wenn doch, dann ist es nicht laut genug. Und die anderen finden mich merkwürdig, und ich *bin* merkwürdig, aber ich weiß nicht, wie ich mich anders verhalten soll, und – oh, es kommt mir so vor, als würde ich in dieser Schule in meinem eigenen kleinen Gefängnis herumlaufen. Mr. Baynham, was soll ich nur machen? Ich muss noch fünf Jahre durchstehen.«

»Das schaffst du schon. Ich vertraue dir. Doch es schmerzt mich, zu hören, dass du nur dir Vorwürfe machst. Du hast es nicht verdient, dass jemand so mit dir spricht, wie dieses Mädchen es getan hat.«

»Aber ich weiß, wie ich mich für die anderen anhören muss.«

Mr. Baynham schürzte die Lippen und schaute sie gespielt böse an. Er trat mit ihr ans Galeriegeländer, und beide betrachteten die eleganten Auslagen unter ihnen.

»Gestatte mir eine Frage. Was glaubst du, warum du so leise bist?«

»Ich weiß es nicht. Wenn ich mal in der Schule spreche, macht mich das nervös. Es wird wohl an meiner Nervosität liegen.«

Mr. Baynham schloss die Augen und nickte, als habe sie die richtige Antwort gegeben. »Da haben wir's ja.«

»Was?«

»Das ist das Problem. Es ist aber ihr Problem, nicht deins. Das Problem dieser Emily und der anderen. Siehst du es nicht? Manche Leute sind nicht klug genug, um nervös zu sein.«

Zum ersten Mal an diesem Nachmittag lächelte Carly. »Das gefällt mir. Manche Leute sind nicht klug genug, um nervös zu sein.«

Mr. Baynham sagte ihr, die Welt brauche mehr Menschen wie sie: Menschen, die nachdachten, ohne zu reden, statt zu reden, ohne nachzudenken. Er fuhr fort, ihre Nervosität sei eine Tugend, die Welt sei nämlich laut und launisch und die natürliche Reaktion eines intelligenten Menschen darauf sollte »Introvertiertheit« sein, was er in »Schüchternheit« umbenannte, als Carly um eine Definition bat. Er sagte, er sei in der Schule genau wie sie gewesen. Zur Nervosität gehöre nämlich Sensibilität, und diese Sensibilität habe es ihm ermöglicht, Künstler zu werden. Kurzum, eines Tages werde sie schon zurechtkommen. Sie werde herausfinden, dass die Welt groß genug war und sogar für die Schüchternen und Nervösen genug Platz bot.

»Na dann«, sagte er. »Wollen wir nach unten gehen und spielen?« Er meinte Dame, was sie fast immer spielten, wenn er den Antikmarkt aufsuchte. Sie bewahrte ein Brett in der untersten Schreibtischschublade auf.

»Können wir nicht einfach weiterreden?«

II

Der Junge, der schließlich herausfand, wie er alles ruinieren konnte, hieß Dustin Broucher. Er war auf der Schule zwei Klassen über Carly (in Moberly gingen die Klassen sieben bis neun auf die Junior Highschool), war aber schon fünfzehn, weil er auf der Grundschule eine Klasse hatte wiederholen müssen. Seine Oma hatte einen Stand mit Objekten im Landhausstil im ersten Stock, eine Treppe über der Galerie, und gelegentlich ließ sie ihn Laternen, Butterfässer und verrostetes altes Werkzeug nach oben schleppen. Zum ersten Mal begegnete Carly Dustin mit zehn, als er ins Büro stürmte, wo sie gerade Nintendo spielte.

Im ersten Stock gab es hinten einige kleine Büroräume, die früher von J. C. Penneys Geschäftsführung benutzt worden waren. Kurz nachdem ihre Eltern das Gebäude gekauft hatten und da sie wussten, dass Carly und Luke sich dort langweilen würden, stellte Carlys Dad in einem dieser Büros einen kleinen Fernseher auf und schloss Lukes alten Nintendo an, das original 8-Bit-System, auf dem sie zu Hause nicht mehr spielten. In den Anfangstagen des Antikmarktes spielten Carly und Luke dort oben stundenlang Nintendo und tranken dabei Himbeer-Milchshakes, die Mom oder Dad ihnen aus der Milchbar besorgt hatten.

Carlys Lieblings-Nintendospiel war *The Legend of Zelda*. Es gefiel ihr so gut, dass sie manchmal ganz nach oben in den zweiten Stock ging, eine dunkle, leere, riesige Etage, die früher als Lagerraum (und Anfang des 20. Jahrhunderts angeblich auch als Spielhölle) gedient hatte, wo Carly so tat, als nähme sie selbst am Spiel teil. Sie stellte sich vor, sie sei Link, der Held des Spiels, und tat, als kämpfte sie gegen Horden von Feinden, wobei sie ständig die unterschiedlichen Stimmen der Figuren nachahmte. Sie fand da oben einen großen Glaskrug und tat, als wäre er das Triforce, das heilige Relikt im Zentrum von *Zelda*.

Eines Tages spielte Carly gerade im oberen Büro *Zelda*, als plötzlich die Tür aufging und Dustin dastand, stämmig, groß und dämlich aussehend mit seinem offenen Mund, in kurzen Jeans und einem Chicago-Bulls-T-Shirt. Er hatte blaue Flecken an den Schienbeinen und Insektenstiche an den Armen. Carly erfuhr später, dass über ihn ein amüsantes Gerücht kursierte: Angeblich habe er versucht, seine Jungfräulichkeit an Madonna zu verlieren.

Einige Jahre zuvor hatte es eines der aufregendsten Ereignisse gegeben, die sich je in Moberly zugetragen hatten, als dort nämlich ein paar Szenen des Films *Eine Klasse für sich* gedreht wurden. Die ganze Stadt stand kopf und hoffte, einen Blick auf Madonna, Tom Hanks und Geena Davis zu erhaschen. In der Schule hieß es, Dustin habe es irgendwie geschafft, Madonna zu treffen, und sie gefragt, ob sie miteinander schlafen könnten. Carly kannte keine Einzelheiten, war aber neugierig, was dieses Gerücht betraf. Sie war zwar kein großer Madonna-Fan, mochte sie aber lieber, nachdem ihre Mom in der Zeitschrift *People* einen Artikel über sie gelesen und Carly erzählt hatte, was für ein hartes Leben Madonna gehabt hatte.

Bei ihrer ersten Begegnung stellte Dustin sich nicht vor; er sagte nur, er wolle nachsehen, woher der Lärm kam. Carly stellte sich vor und bot an, ihn Nintendo spielen zu lassen. Er kramte in den grauen Spielekassetten herum und entschied sich für *Double Dragon,* das ihn bald langweilte, woraufhin er den Controller zu Boden warf und fragte: »Was kann man hier sonst noch so machen?«

»Nicht viel.«

»Was ist oben?«

Widerstrebend hatte Carly ihn in den obersten Stock gebracht. Als er sah, dass in der Wand ein Stückchen Gipskarton fehlte, fing er an, den Putz drum herum herauszubrechen, so dass die kleine Lücke zu einem klaffenden Loch wurde, durch das man die Holzleisten dahinter sah. Dann bemerkte er den großen Glaskrug, den Carly genau in die Mitte des Zimmers gestellt hatte, weil er der Heilige Gral ihrer Phantasiewelt war und genau dorthin gehörte.

Wortlos hatte Dustin den Krug genommen, damit den Raum durchquert und ein Fenster geöffnet. »Pass mal auf«, sagte er. Er hielt den Krug kurz aus dem Fenster und ließ ihn dann los, ehe Carly etwas sagen konnte. Zwei Sekunden später zersplitterte das Triforce in tausend Stücke. Carly dachte: ›Wie kommt jemand überhaupt auf so eine Idee?‹ Dustin schien ständig nur auf der Suche nach Dingen zu sein, die er kaputtmachen konnte.

Danach war es nur noch schlimmer geworden. Als sie die lange Treppe nach unten gingen, packte Dustin ohne Vorwarnung Carly, und ehe sie sich's versah, hielt er ihren kleinen Körper über das Geländer, kurz vor einem zwei Stockwerke tiefen Fall. Hätte er losgelassen, wäre sie auf einem Geländer gelandet und ihr Rücken in zwei Stücke gebrochen. Am liebsten hätte sie laut geschrien, sagte aber ganz ruhig und mit zusammengebissenen Zähnen: »Lass das.« Er stellte sie auf die Treppe zurück und sagte: »Reg dich ab. Als würde ich dich fallen lassen.« Als wäre sie die Doofe.

Seit diesem Tag fürchtete sie sich, wenn Dustin in den Markt kam, es gelang ihr aber meist, ihm aus dem Weg zu gehen. Die letzten beiden Male, die Dustin auftauchte, war Carly zufällig gerade in Mr. Baynhams Gesellschaft gewesen. Nun stellte sie Dustin Mr. Baynham mit den Worten vor: »Er hat mal in Hollywood gearbeitet. Er hat James Dean gekannt.« Doch an Dustins leerem Gesichtsausdruck merkte sie, dass ihm das gar nichts bedeutete, dass er keine Ahnung hatte, wer James Dean war.

In den Weihnachtsferien kam Mr. Baynham wieder in den Antikmarkt, diesmal um den Scheck für seine Verkäufe abzuholen. Er und Carly holten das Damebrett heraus, doch Carly hatte so viel zu erzählen, dass sie sich nicht auf das Spiel konzentrieren konnte. Inzwischen waren sie und Mr. Baynham vertraut genug, dass sie ihn etwas fragen konnte, was sie schon immer beschäftigt hatte.

»Ich habe gehört, dass Sie jeden Tag zu Chuck's gehen. Stimmt das?«

»Das ist wahr. Außer sonntags.«

»Gefällt es Ihnen da so gut?«

»Mir gefällt das Gefühl, das es mir vermittelt.«

Er erklärte ihr, seine Besuche bei Chuck's erinnerten ihn an seine Zeit in New York, wie er am Ende eines langen Tages, an dem er im Theater Bühnenbild und Kostümbild unterrichtet und auch daran gearbeitet hatte, in eine Bar gegangen war. Mit dem Besuch einer Bar habe er sich damals selbst belohnt. Jetzt, fuhr er fort, halte er auf diese Weise die Erinnerung an die alten Städte seiner Jugend lebendig.

»Wahrscheinlich ist das auch der Grund dafür, dass Sie sich immer noch so cool kleiden«, stellte Carly fest.

Daran hatte Mr. Baynham seine Freude. »Ob ich mich cool kleide, darüber lässt sich streiten – aber ja, das ist vermutlich der Grund.«

Carly fand Mr. Baynham so kultiviert, weil er täglich zu Chuck's ging. Sie fragte, ob sie ihn irgendwann mal begleiten dürfe, und er sagte, er wäre einverstanden, Kinder seien erlaubt, da die Kneipe auch ein Restaurant sei, aber natürlich müsse sie vorher ihre Mom fragen. Ihre Mom mochte Mr. Baynham und sagte, das wäre nett, außerdem hatte sie in letzter Zeit Carly größere Freiheiten gelassen. Beispielsweise durfte Carly im letzten Jahr ganz allein zwei Blocks weiter zum Kiosk gehen, wo sie sich die Zeitschrift *Hollywood Then & Now* kaufte.

Am späten Nachmittag des nächsten Tages holte Mr. Baynham Carly im Antikmarkt ab und ging mit ihr zu Chuck's. Er hielt ihr die Tür auf, und als sie eintrat, gefiel ihr auf Anhieb die entspannte Atmosphäre des schummrigen Lokals, das aus einem einzigen langgestreckten Raum bestand, in dem offenbar alles aus Holz war. Sie fand es toll, dass es Chuck's seit dem 19. Jahrhundert gab. Barkeeper und Kellnerin begrüßten Mr. Baynham mit Namen und schienen sich über sein Kommen zu freuen. Er stellte Carly als seine »Freundin aus dem Antikmarkt« vor. Die beiden waren ausgesprochen freundlich und stellten Carly etliche Fragen, hauptsächlich nach der Schule. Als sie in der holzgetäfelten Nische saß und sich mit diesen netten jungen Leuten unterhielt, die wussten, wie man ein Gespräch führte, fühlte Carly sich so froh wie selten seit der Scheidung ihrer Eltern.

Das Lokal war spärlich besucht. Die wenigen Gäste saßen am anderen Ende des Raums und sahen sich ein Basketballspiel der University of Kentucky an. Mr. Baynham bestellte einen Gin Tonic, und Carly bekam eine Coke. Er hob sein Glas und sagte: »Auf Jimmy Dean.« Carly lächelte, als sich ihre Gläser berührten.

Mr. Baynham nippte an seinem Drink und fragte: »Also … hat diese Emily dir wieder Ärger gemacht?«

»Nein. Ich habe ihr ein Kompliment über ihren Pullover gemacht, darauf reagierte sie mit einem richtig fiesen

Danke, als fühle sie sich gestört, weil ich auch nur das Wort an sie gerichtet hatte.«

»Was stimmt denn nicht mit diesem Mädchen?«

»Na ja, das habe ich mit dieser Pulli-Bemerkung herauszukriegen versucht. Je länger ich den Mund halte, desto mehr scheint sich meine Schweigsamkeit zu verstärken. Und je länger ich nichts sage, desto größer und immer größer wird sie, und wenn ich dann schließlich doch etwas sage, wirke ich auf andere einfach nur merkwürdig. Von ihrem Standpunkt aus ist das dann so: ›Warum hat die sich ausgerechnet jetzt dazu durchgerungen, etwas zu sagen?‹«

»Gibt es irgendwen auf der Schule, mit dem du dich gern unterhältst?«

»Eigentlich nicht. Auf der Grundschule hatte ich Freundinnen, aber die eine Hälfte von denen ging auf eine andere Junior High, und mit der anderen Hälfte habe ich keine gemeinsamen Kurse. Und meine ehemals beste Freundin Shannon spricht kaum mehr mit mir.«

»Wie kommt das denn?«

»Ein Grund ist: Ich bin nicht cool genug. Außerdem habe ich sie wohl vor den Kopf gestoßen, weil ich nicht bei ihr übernachten wollte. Alle Mädchen waren auf einmal besessen von Pyjamapartys, aber ich kann nicht bei anderen Leuten übernachten, weil ich nur in meinem eigenen Bett schlafen kann. Als ich ein einziges Mal nachts bei Shannon zu Hause geblieben bin, habe ich *kein Auge* zugemacht. Ich habe die ganze Nacht nur dagelegen und die Zimmerdecke angestarrt. Am nächsten Tag, bei mir zu Hause, war ich dermaßen müde, dass ich angefangen habe, zu phantasieren.«

»Ach du meine Güte.«

»Genau. Irgendwann bin ich auf dem Sofa eingeschlafen, als ich gerade *90210* geguckt habe. Dann bin ich in meinem Bett wieder aufgewacht, weil mein Dad mich hochheben und vom Sofa in mein Schlafzimmer tragen musste.«

»Ha. Wie hat es sich angefühlt, als du wach wurdest und gemerkt hast, dass du im Schlafzimmer lagst?«

»Das weiß ich nicht mehr.«

»Du erinnerst dich gar nicht mehr daran?«

»Nein. Wieso?«

»Als ein Freund von mir starb, ein guter alter Freund, hat der Pastor beim Begräbnis den Tod wie in der Szene geschildert, die du gerade erzählt hast. Es sagte, der Tod sei, als schliefe man als Kind im Auto oder vielleicht auch auf dem Sofa ein, doch während man schlafe, trage einen der Vater sanft ins Bett, und wenn man die Augen aufschlägt, sieht man sofort, dass man in Sicherheit ist. Man weiß zwar nicht, wie man dorthin gekommen ist, aber schon, dass man absolut heil und unversehrt ist. Und dass einem nichts Schlimmes widerfahren kann.«

»Stimmt. Und *genau so* habe ich mich gefühlt, jetzt wo Sie es erwähnen.« Carly dachte daran, wie ihr Dad sie in ihr Zimmer getragen hatte, und bedauerte, dass sie nicht wach geworden war und sich daran erinnern konnte. Sie hatte nämlich die starke Vermutung, wenn deine Mom oder dein Dad dich in den Armen halten – besser kann sich ein Mensch gar nicht fühlen.

»Ich würde deinen Dad gern kennenlernen. Kommt er je in den Markt, wenn er in der Stadt ist?«

»Nein. Er kann den Markt nicht ausstehen.«

Sie erzählte Mr. Baynham von dem letzten Besuch ihres Vaters im Antikmarkt. Er hatte am Tresen gearbeitet und gemerkt, dass ein Kunde die Preisschilder an einer Brautschüssel ausgetauscht hatte. Der Kunde leugnete das, und der Streit eskalierte so, dass Carlys Mom dem Kunden sagte, wenn er nicht ginge, würden sie die Polizei rufen. Da ging der Kunde, doch kurz danach trat ein anderer Kunde an den Tresen, einen Briefbeschwerer in Apfelform für fünf Dollar in der Hand, und fragte Carlys Dad: »Würden Sie mir das billiger überlassen?«

»*Nein,* das gebe ich Ihnen nicht billiger!«, schrie Carlys Dad. »Würden Sie in einen Wal-Mart marschieren und die Kassiererin fragen, ob sie Ihnen irgendwas billiger gibt?!«

Carlys Eltern befanden, es wäre am besten, wenn Carlys Dad nicht mehr in den Antikmarkt komme. Der sagte, er wäre froh, wenn er nicht mehr in der Nähe »dieser verrückten Scheißkerle« sein müsse. Nicht lange danach war Carlys Dad ausgezogen.

Den ganzen Winter über konnte Carly mit Mr. Baynham darüber reden, dass ihr Vater ihr fehlte, weil sie von nun an regelmäßig alle zwei Wochen gemeinsam zu Chuck's gingen, und bald hatte Carly das Gefühl, Mr. Baynham alles erzählen zu können. Sie erzählte ihm, sie könne nicht auf die Schultoilette gehen, und er erzählte ihr, wie James Dean einmal während der Dreharbeiten zu *Jenseits von Eden* einen ganzen Tag lang den Urin eingehalten hatte, weil er in einer Szene unbehaglich dreinschauen musste – Mr. Baynham glaubte, es könnte die Riesenradszene gewesen sein. Sie erzählte ihm sogar, dass sie ihre erste Periode bekommen hatte, was sie lustig fand, da sie zur gleichen Zeit einen lockeren Zahn hatte. Sie hatte immer noch einen letzten Milchzahn.

Carly gefiel es, mit dem gebildeten, gutgekleideten Mr. Baynham bei Chuck's gesehen zu werden, auch wenn sie dort nur selten jemanden sah, den sie kannte. Einmal kam Dustin vorbei, um bestelltes Essen abzuholen, doch er sprach sie nicht an, genauso wenig wie in den Schulfluren. Andererseits redete sie auch nicht mit ihm. Wie bei so vielen Leuten auf ihrer Schule auch fragte sie sich, wer hier eigentlich nicht mit wem redete.

Am Tag nach dem Valentinstag machte Emily Liddell wieder einmal eine Bemerkung, die Carly endlos lange quälte. Am Morgen vor Unterrichtsbeginn mussten die Schüler in die Sporthalle gehen und sich auf die Tribünen setzen, um einen Gastredner über die Gefahren des Drogenmissbrauchs sprechen zu hören. Carly saß zufällig neben Emily, die einen gefalteten Zettel herausholte. Als sie das Briefchen gerade ihren Freundinnen vorlesen wollte, die meisten Cheerleaderinnen wie sie selbst, bemerkte sie die neben ihr sitzende Carly und sagte: »Vielleicht möchtest du dich wegsetzen. Ich glaube nicht, dass du schon bereit bist, so etwas zu hören.«

Carly entgegnete lahm: »Ist schon okay.« Sie blieb, wo sie war, schaute weg und gab vor, nicht zuzuhören, als Emily den Brief vorlas. Das Ganze wurde dadurch noch schlimmer, dass Emily recht hatte; Carly war tatsächlich noch nicht bereit, so etwas zu hören. Der Junge schrieb vorwiegend über diverse Flüssigkeiten und all das, was er mit Emilys Körper machen wollte. Es war das Trashigste, was

Carly je gehört hatte, doch offenbar genossen die anderen Mädchen jedes schmutzige Wort.

Den Rest des Tages versuchte Carly vergebens, ihre Gedanken zu ordnen, da sie sich eingestehen musste, dass sie sich darüber ärgerte, welches Bild die anderen Mädchen von ihr hatten. Als sie an diesem Nachmittag den Antikmarkt betrat, wurde sie am vorderen Tresen von Mr. Putnam abgefangen. Dessen Frau hatte einen Stand voller handgemachter Toilettenpapierhalter, und er trieb sich immer im Markt herum, meist auf der Suche nach irgendwas, was er mit seinem Taschenmesser machen konnte. Er war gerade dabei, mit dem Messer Klebebandreste vom Tresen zu kratzen, als ihm Carly über den Weg lief.

»Sag mal, Kleine«, fragte er, und in ihren Ohren klang es vorwurfsvoll, »ich wollte dich schon länger mal fragen, ob du dir denken kannst, wer hier andauernd klaut.«

»Ich weiß es nicht. Warum fragen Sie *mich*?« Carly sehnte sich danach, aufs Klo zu gehen, um ihr »Dir geht's jetzt gut«-Ritual durchzuführen. Mittlerweile war sie so labil, dass ihr beinahe die Tränen kamen.

»Weil nämlich – oh, Süße. Aber nein, so hab ich das nicht gemeint.«

»In meinem ganzen Leben habe ich noch nie etwas gestohlen. Kein einziges Mal. Ich mache nie irgendwas Schlimmes. Ich dachte, das wüssten alle.«

»O nein. Ich habe dich doch nicht beschuldigt. Ich dachte, weil du immer hinten vor diesem Spiegel sitzt. Ich wollte wissen, ob du irgendwas Verdächtiges bemerkt hast.«

»Nein. Habe ich nicht. Ich muss jetzt auf die Toilette.«

Dort angekommen, drückte sie ihren Kopf gegen die Klotür und sagte doppelt so oft »Dir geht's jetzt gut« wie üblich, doch es half nicht. Da sie nicht am Schreibtisch vor dem Einwegspiegel sitzen wollte, lief sie rauf in den ersten Stock, wo sie fast laut aufschrie, als sie Dustin mit seiner Großmutter sah. Sie wollte nicht auffallen und rannte daher nicht nach hinten ins Büro, sondern ging rasch weiter, darauf bedacht, Dustin nicht anzusehen.

Im Büro angekommen, ließ sie den Nintendo links liegen, schloss die Tür, drückte ihre Stirn dagegen und flüsterte wieder: »Dir geht's jetzt gut. Dir geht's jetzt gut.« Doch diesmal spürte sie, wie die Tür zurückdrückte.

Dustin schob seinen Kopf durch den Türspalt. Zurzeit hatte er einen Igelhaarschnitt, der den Grind auf seiner Kopfhaut durchschimmern ließ. »Was machst du da?«, fragte er, beinahe unwirsch.

»Gar nichts.«

»Du siehst aus, als würdest du jeden Moment heulen.«

»Tu ich aber nicht.«

»Tust du doch.«

Carly atmete abrupt aus, wandte sich von ihm ab, tat, als wäre er nicht da, und schob ein Spiel in den Nintendo. Dustin lud sich selbst ein, mit ihr zu spielen, doch nach fünf Minuten *Super Mario* stürzte das Spiel ab. Dustin nahm die Spielkassette heraus und pustete hinein, doch als er sie wieder in die Konsole steckte, sah die Graphik aus wie Hieroglyphen. Er schlug auf die Konsole ein.

»Das ist zu fest. Mach sie nicht kaputt.«

»Sie ist schon kaputt.«

Als Dustin gerade gehen wollte, dachte Carly daran, wie

sie an diesem Morgen geschwitzt hatte, als sie auf der Tribüne gesessen und zugehört hatte, wie die Cheerleaderinnen kicherten. Es machte sie fertig, dass ihre Mitschülerinnen die Macht hatten, dafür zu sorgen, dass sie sich so unbehaglich fühlte.

»Darf ich dich was fragen?«

Er blieb in der Tür stehen, wie immer mit offenem Mund. »Was?«

»Stimmt das mit dir und Madonna?«

Er lachte. »Wieso fragst du?«

»Ich bin nur neugierig.«

»Ja. Es stimmt.«

»Erzählst du mir, was damals geschehen ist?«

»Da gibt's nicht viel zu erzählen. Sie haben in so 'nem Haus an der Main Street gefilmt, aber natürlich konnte man nicht einfach so hingehen. Darum hab ich mich in einem kleinen Schuppen versteckt, bis ich Madonna zum Rauchen in den Garten hinterm Haus kommen sah, da bin ich raus aus dem Schuppen und sagte: ›Hey, Madonna, machst du's mit mir?‹«

»Was hat sie gesagt?«

»Sie hat nein gesagt.«

»Das war's?«

»Ja. Dann bin ich gegangen.«

»Ich fasse es nicht, dass du das getan hast. Sie ist ein Mensch. Sie hatte ein hartes Leben.«

»Tja, also, flipp deswegen nicht gleich aus. Ich hab's nicht wirklich gemacht.«

»Was soll das heißen?«

»Ich hab mir alles nur ausgedacht.«

»Wirklich?«

»Klar. Ich bin ihr nie begegnet.«

»Warum *glauben* dann alle, du hättest es getan?«

»Weil ...« Er setzte sich neben den Fernseher auf den Schreibtisch. »Ich hab mir das alles nur ausgedacht, um meine Freunde zu beeindrucken, die sich schon über mich lustig gemacht haben, weil ich etwas nicht wusste.«

»Warum haben sie sich über dich lustig gemacht?«

Er erhob sich vom Schreibtisch. »Vergiss es.« Er ging Richtung Tür.

»Entschuldige.«

Er blieb stehen. »Na ja, dir kann ich's ja wohl sagen. So schweigsam wie du bist, wirst du's bestimmt keinem verraten.«

»Tu ich nicht.«

»Sie haben sich über mich lustig gemacht, weil ich nicht wusste, was ein Blowjob ist.«

»Bis vor etwa einem Monat wusste ich auch nicht, was das ist.«

»Es wird aber noch schlimmer. Sag's keinem weiter, aber ganz lange dachte ich, einen Blowjob bekämen Typen vor einem wichtigen Date. Ich dachte, sie gingen zu einem Friseur oder zu Sears oder sonst wohin, um für einen Blowjob zu bezahlen, was hieß, sie gingen zu einem Gerät, das deinen Penis sehr gründlich wusch und anschließend mit 'nem Föhn trockenblies und polierte, damit er für dein Date phantastisch aussah und gut roch und glänzte.«

Carly bekam unwillkürlich einen Lachanfall. Dustin lachte auch. »Das ist das Komischste, was ich je gehört habe«, sagte Carly.

»Na ja. Ich war noch sehr jung.«

»Nein. Mir gefällt, dass du dir das so vorgestellt hast.« Und als sich Dustins offener Mund zu einem Lächeln verzog, ertappte sich Carly dabei, dass sie ihm erzählte, was an diesem Morgen auf der Tribüne passiert war.

Als sie fertig war, wurde ihr sofort klar, dass sie einen Fehler gemacht hatte.

Dustin trat einen Schritt näher. »Wenn du das Gefühl hast, es fehlt dir an Erfahrung, kann ich dich ganz schnell auf den neuesten Stand bringen.« Er kam noch zwei Schritte näher, seine Reeboks waren kurz davor, gegen ihre spitzen, marineblauen Ballerinas zu stoßen. Er war nahe genug, dass sie ihn riechen konnte. Er roch nach Frühstücksessen.

»Dustin …« Es schien, als wäre sie eins mit ihrem Herzschlag geworden. So fest, so schnell, so laut hörte sie das Pochen in ihrem Kopf. »Geh bitte weg von mir.«

»Pst.« Er schloss die Augen, beugte sich vor, um sie zu küssen, und die Haarbüschel in seinem Gesicht, die er versuchte wachsen zu lassen, berührten schon fast Carlys Sommersprossen, ehe sie einen Schritt zurück machte.

»Was soll der Scheiß?«, sagte er.

»Du bist ekelhaft.«

»Ich bin ekelhaft?«

»*Das hier* ist ekelhaft.«

»Na schön. Ich kann auch nett. Ich geh mit dir ins Kino oder so.«

»Ich bin noch ein Kind.«

»Bist du nicht.«

»Bin ich doch. Ich muss jetzt los.« Sie ging um Dustin herum zur Tür.

»Ich hab gesehen, dass du dich von dem alten Mann ausführen lässt. *Das* finde ich ekelhaft.«

»Tut mir leid«, sagte sie im Gehen.

Carly eilte nach unten und bat ihre Mom, sie nach Hause zu bringen, was ihre Mom ablehnte, da Luke noch nicht zu Hause sei.

»Mom, bitte. Ich bin jetzt alt genug, um allein im Haus zu sein.«

»Stimmt, Liebes. Wollen wir unterwegs bei McDonald's vorbeifahren und dir ein paar Chicken McNuggets kaufen?«

»Nein.«

Das Getuschel begann früh am nächsten Tag. In der ersten Stunde war sie sich ziemlich sicher, dass ein paar Jungs, die immer Korn-T-Shirts und JNCO-Jeans anhatten, sich über ihr Outfit lustig machten. Carly trug ein gelbes Hemd mit Schottenmuster, eine blaue Strumpfhose und eine Strickjacke, die ihre Mom in den Sechzigern angezogen hatte.

Nach der dritten Stunde stand sie an ihrem Spind und warf einen kurzen Blick auf das an der Spindtür hängende James-Dean-Foto, ein Standbild von ihrer Lieblingsszene aus *Jenseits von Eden,* in der er Eis die Rinne runterschüttet, als sie eine vertraute Stimme ihren Namen sagen hörte. Sie drehte sich um und sah Shannon, ihre ehemals beste Freundin. Shannon war groß, hatte eine sportliche Figur und glattes, schwarzes Haar.

»Ich habe was über dich gehört«, sagte Shannon.

»Was?«

»Ich glaub kein Wort davon. Ich kenne dich gut genug, um zu wissen, dass es nicht wahr ist.«

»*Was* ist nicht wahr?«

»Ich fand, du solltest wissen, was ich gehört habe.«

»O mein Gott, Shannon. Was denn?«

»Also gut. Ich habe gehört, du hättest es mit einem älteren Mann getrieben. Einem *viel* älteren Mann.«

»Hab ich nicht! Das ist nicht wahr.«

»Ich hörte, es ist der Typ, der immer Halstücher umhat und durch die City schlendert.«

»Die heißen *Ascots,* und er ist der einzige Mann in dieser Stadt, der so was tragen kann.«

»Du kennst ihn also?«

»Ja. Er hat einen Stand im Antikmarkt meiner Mom gemietet. Wir sind aber nur Freunde.«

»Hm.«

»Was soll das heißen, *hm*?«

»Das ist an sich schon irgendwie seltsam, meinst du nicht? Dass du mit einem älteren Mann befreundet bist.«

Carly knallte ihre Spindtür so heftig zu, dass Shannon zusammenzuckte. Auch Carly zuckte zusammen. »Und was soll ich machen? Schließlich bist *du* ja nicht mehr meine Freundin.«

Shannon, die jedes Mal, wenn Carly sie sah, ein wenig flotter aussah und deren Klamotten alle die richtigen Markenlogos hatten, wollte gerade antworten, doch Carly unterbrach sie und fragte, wo sie dieses Gerücht gehört hatte. Die Quelle war anscheinend eine Gruppe Neuntklässler, eine bestimmte Sorte Neuntklässler – die Sorte, bei denen man nicht überrascht wäre, sie beim Popelessen zu ertappen. Den Rest des Tages, zwischen Kursen und beim Mittagessen, suchte Carly nach Dustin, um ihn zur Rede zu stellen, fand ihn aber nicht. Sie achtete sorgfältig darauf, ob sich das Getuschel verstärkte, bemerkte es aber glücklicherweise nur noch dreimal an diesem Tag, eigentlich nicht viel häufiger als an jedem anderen Tag auch.

Mr. Baynham fehlte ihr bereits; sie wusste, sie konnte sich nicht mehr mit ihm sehen lassen. Die gemeinsamen Ausflüge zu Chuck's kamen definitiv nicht mehr in Frage, und es wäre auch riskant, sich auch nur im Antikmarkt mit ihm zu unterhalten. In ihrem Mathekurs sah sie ihre Mitschüler an, betrachtete die Ansammlung schlechter Körperhaltungen, wie sie über ihre entweihten Schreibtischplatten gebeugt dasaßen, mit dreckigen Fingernägeln und schlechtsitzenden Jeans, die Hemdzipfel und schlammverkrusteten Tennisschuhe. Und sie hasste sie alle, weil sie ihr Mr. Baynham genommen hatten; dennoch war sie fest entschlossen, ihnen genau das zu erlauben.

Das Leben war auch so schon hart genug.

Sie überlegte krampfhaft, worüber sie und Mr. Baynham sich zuletzt unterhalten hatten; es könnte ja durchaus ihr letztes Gespräch gewesen sein. Doch die Erinnerung an ihr letztes Gespräch drückte in Carlys Hirn nicht die richtigen Knöpfe. Sie suchte nach etwas Endgültigem, einer Art Ausschaltknopf, doch zuletzt hatten sie darüber gesprochen, wie sehr sie die Szene in *Giganten* mochten, wo James Dean sagte, er wolle das Stückchen Land behalten, das er geerbt hatte, und es nicht verkaufen.

Daher spulte sie zu einem früheren Gespräch zurück, das besser als ihr letztes dienen konnte. Es war ein Gespäch über Zahnersatz. Mr. Baynham hatte Carly in ihrer Stammnische bei Chuck's erzählt, viele der alten Filmstars hätten so perfekte Zähne, weil die Studios sie damals anwiesen, sich die Zähne ziehen und durch künstliche Gebisse ersetzen zu lassen. Carly hatte mit der Zunge ihre beiden Vorderzähne und die Lücke dazwischen berührt und gesagt: »Das brauche ich auch. Ein neues Gebiss.«

»Aber nein. Du lässt deine Zähne genau so, wie sie sind. Sie sind bezaubernd.«

»Ich hasse sie.«

»Nein, weißt du, das hat mich an den Filmen immer gestört. Alles musste so perfekt aussehen. Ich hatte die Aufgabe, dafür zu sorgen, dass alles *genau richtig* aussah. Und es hat mir auch gefallen. Doch ich dachte immer, durch diese ständige Fixierung darauf, alles perfekt aussehen zu lassen, gehe etwas verloren. Nimm beispielsweise das Lächeln der Stars. Glaubst du, die sahen perfekt aus, wenn niemand hinschaute und sie nachts mit nichts als Zahnfleisch im Mund zu Bett gingen?«

»Hatte James Dean Zahnersatz?«

»Das glaube ich nicht. Aber angeblich hatte er überall Brandwunden durch Zigaretten.«

»Warum?«

»Och, das war nur ein Gerücht. Ich weiß es nicht. Ich habe das nie geglaubt. Aber hör mal, Carly-Mädchen, deine Zähne sind völlig in Ordnung; lass bloß die Finger davon.«

Das versprach sie ihm, und vielleicht würde sie dieses Versprechen halten. Doch im Moment saß sie auf dem harten Stuhl an ihrem Schreibtisch, und als sie die Zunge gegen ihre Zahnlücke drückte, wusste sie nur, klar tat es ihr um Mr. Baynham leid, aber sie wollte dafür sorgen, dass alles genau richtig aussah, so wie bei allen anderen auch.

III

Carly ging nun gar nicht mehr in den Antikmarkt. Da sie sich weigerte, dorthin zu gehen, stimmte offenkundig etwas nicht, und auch wenn es ihr peinlich war, erzählte Carly ihrer Mom alles. Wie immer wusste Carlys Mom Rat.

Außer Carly und Luke wusste keiner davon, aber ihre Mom hatte kürzlich im Markt Überwachungskameras installieren lassen. Nachdem sie sich stundenlang Videobänder angesehen hatte, fand Ms. Birkhall heraus, wer gestohlen hatte. Es waren die Händler selbst, zumindest vier von ihnen, die einander und alle anderen bestahlen. Eine Händlerin war beim Stehlen besonders dreist, und Ms. Birkhall hatte sie ohnehin in Verdacht gehabt: Bayleigh Broucher, Dustins Großmutter. Und so stellte Ms. Birkhall die Großmutter zur Rede und sagte ihr, sie würde keine Anzeige erstatten, ihr sogar weiterhin einen Verkaufsstand vermieten, und niemand müsse davon erfahren. Als Gegenleistung müsse sie nur dafür sorgen, dass ihr Enkel diesem abscheulichen Gerücht ein Ende setzte, das er in Umlauf gebracht hatte. Die Großmutter weinte, weil sie sich schämte, erwischt worden zu sein, aber noch mehr schämte sie sich für ihren Enkel. Sie versprach, mit Dustin zu reden. Dessen Eltern hätten »ein Problem«, was aber keine Entschuldigung sei, wie sie sagte. Binnen einer Woche hatte sie alle ihre Waren aus dem Antikmarkt geräumt, wahrscheinlich weil ihr die ganze Sache so peinlich war.

Bald lief sich das Gerücht tot. Carly merkte es daran, dass sie und Shannon sich wieder näherkamen. Carly hatte

Shannon gebeten, sie darüber auf dem Laufenden zu halten, was die Leute so tratschten, und zu ihrer Überraschung rief Shannon sie zum ersten Mal nach über einem Jahr an, um ihr mitzuteilen, die Affäre mit dem alten Herrn werde inzwischen routinemäßig als Scherz verworfen. Die Schüler sprachen über andere Dinge, beispielsweise wie sie Radio-DJs mit Telefonstreichen reinlegten und sie fragten: »Küssen Sie Frauen und essen Sie Hummer?« Shannon schlug sogar vor, irgendwann mal auszugehen und gemeinsam etwas zu unternehmen, vielleicht ins Kino zu gehen.

Dass das Gerücht in sich zusammenfiel, hatte wahrscheinlich auch damit zu tun, dass das Basketballteam der City Highschool, in dem etliche Spieler der South Junior High mitspielten, wohl ein ernstzunehmender Kandidat für den Gewinn der Landesmeisterschaft war. Das schien Carlys Mitschüler mehr zu bewegen als alles andere. Doch obwohl das Gerücht sich in Luft auflöste, ging Carly immer noch nicht in den Antikmarkt. Ihre Mom sagte, wenn Mr. Baynham den Markt betrete, erkundige er sich jedes Mal nach ihr. Sie hatte eine ganze Reihe Ausreden für Carlys Abwesenheit parat: dass Carly inzwischen allein zu Hause bleiben dürfe; dass sie jede Menge Hausaufgaben habe und sich im Markt nicht konzentrieren könne; dass sie sich in letzter Zeit nicht wohl fühle. Was auch alles zutraf, doch der wahre Grund, so hatten Carly und ihre Mom entschieden, war zu schäbig, als dass sie ihn einem so feinen Herrn verraten konnten.

An manchen Tagen probte Lukes Band nach der Schule im Gemeinschaftsraum, und die Jungs hatten nichts dagegen, dass Carly ihnen dabei zusah. Sie war stolz darauf, bei ihren Proben dabei sein zu dürfen, und manchmal rief sie ihnen die Songtitel von einer Setlist zu. Ihr fiel auf, dass Luke in seinen neueren Songs das Wort »fuck« häufiger verwendete. Als Carly dann eines Tages mitten während der Bandprobe vorbeikam, sagte ihr Luke, sie arbeiteten an ein paar neuen Songs, und um zuzuhören, wäre es wohl kein so guter Tag für sie. Als sie sagte, sie wolle es dennoch, war Luke einverstanden. Bald fiel ihr auf, dass sie sich irgendwie seltsam benahmen, über Dinge lachten, die gar nicht besonders lustig waren, und jede Menge Fehler machten. Ihr fiel auch auf, dass sie statt Cokes oder Wasser aus Flaschen aus roten Plastikbechern tranken. Seit diesem Tag nahm sie nicht mehr an den Bandproben teil.

Eines Abends kam Carlys Mom aus dem Antikmarkt zurück und trug einen Karton, auf dem ein Briefumschlag lag. Der Karton war von Mr. Baynham und enthielt eine viktorianische Majolikavase, die Carly immer bewundert hatte; er war an diesem Tag vorbeigekommen, um Ms. Birkhall zu sagen, dass er den Stand nicht mehr mieten werde. Seine Verkäufe waren in letzter Zeit eher schleppend gewesen, und er hatte vor, seine Sammlung seinem Neffen zu übergeben. Auf dem Umschlag stand in Schönschrift: »Für Carly«. Er enthielt ein Schwarzweißfoto von Mr. Baynham mit James Dean. Auf dem Bild saß Dean rittlings auf einem Fahrrad mit einem Namensschild, das mit »JIM DEAN« beschriftet war. Er hatte eine schwarzgerahmte Brille auf und sah gleichzeitig adrett und wild aus; anscheinend hörte er einem Mann zu, der seinen Rücken der Kamera zudrehte. Mr. Baynham stand mit konzentrierter Miene gleich rechts neben James. In einem dunklen, dreiteiligen Nadelstreifenanzug wirkte Mr. Baynham lässig-elegant. Er trug sogar einen Ring am kleinen Finger. Damals hatte er einen Schnauzbart, und im Profil sah man in seinen Haaren Linien, die von den Zähnen eines Kamms stammten. Auf der Rückseite trug das Foto die Widmung: »Frank, danke für Dein Verständnis, Deine Rücksicht, Toleranz und Ehrlichkeit bei der Verabreichung meiner täglichen Dosis an Aufmunterung. – James Dean.«

Mr. Baynham hatte Carly nie von diesem Foto erzählt. Er hatte nicht einmal angedeutet, dass er sich mit James Dean viel unterhalten hätte. Carly fuhr mit dem Finger über Deans elegante Schreibschrift, drückte dann das Bild an ihren Oberkörper. Sie las die Widmung immer und immer wieder, betrachtete jedes Wort. Ihre Mom sagte ihr, sie müsse sich schriftlich bedanken.

Als Carly an diesem Abend nicht einschlafen konnte, riss sie ihren letzten Milchzahn heraus und war froh, dass es schmerzte. Sie warf den Zahn in den Papierkorb, und als sie am nächsten Morgen aufwachte, entdeckte sie auf ihrem blassrosa Kissenbezug dunkelrote Blutflecken.

Eines Freitagabends Ende März fragte Shannon, ob Carly mit ihr ins Kino wolle. Carly war noch nie ohne Vater oder Mutter im Kino gewesen. Eigentlich wollte sie nicht gehen, doch ihre Mom überredete sie mit der Begründung, es würde ihr guttun, mal aus dem Haus zu kommen. Shannons Mom setzte sie am Kino ab. Carly interessierte sich nicht für den von Shannon ausgewählten Film, *Aus dem Dschungel, in den Dschungel* mit Tim Allen in der Hauptrolle, dessen Beliebtheit Carly nie verstanden hatte. Sie hatte den Eindruck, die Menschen ließen sich heutzutage allzu leicht beeindrucken.

Doch als Carly und Shannon zu ihren Sitzen kamen, wurde rasch klar, dass Shannon sich überhaupt nicht für irgendeinen Film interessierte. Ständig sah sie sich um, verdrehte den Hals in alle Himmelsrichtungen und gestand Carly dann, dass Shane Glanville mit ihr ins Kino gehen wollte, doch da ihre Mom so streng war, wusste Shannon, dass sie sie noch nicht mit einem Jungen ausgehen lassen würde, und weil ihre Mom Carly vertraute, habe sie Carly gefragt.

»Augenblick mal«, sagte Carly. »Soll das heißen, ich bin gerade das fünfte Rad am Wagen bei deinem Date mit Shane Glanville?«

»Na ja, wenn du willst, kannst du hier bei mir sitzen, bis er kommt.«

»Und was dann? Soll ich mich dann woandershin setzen?«

»Du kannst tun und lassen, was du willst. Aber es *ist* nun mal ein Date. Shane möchte vermutlich ungestört sein.«

Carly schoss so rasch in die Höhe, dass der Klappsitz noch eine Weile auf- und abschlug. »Ich fasse es nicht.«

»Tut mir leid, Carly.«

»Halt einfach die Klappe!«, sagte Carly und stapfte nach hinten, wo sie in einer Ecke des Kinos einen Platz für sich fand. Doch da Freitagabend war, war sie bald von Teenagern umgeben, die ganz besonders rüpelhaft waren, vielleicht weil City High soeben Highschool-Basketballmeister von Kentucky geworden waren.

Als das Saallicht ausging und sie mit diesen Deppen im Dunkeln saß, wurde ihr alles klar. Der Augenblick, wenn die Lampen ausgingen und die Leinwand aufleuchtete, war normalerweise ein magischer Moment für Carly, doch diesmal fühlte er sich billig und schmutzig an. Sie ertrug nichts davon: den Körpergeruch der Jugendlichen; die zappligen Silhouetten, die einfach nicht stillsitzen wollten; die schmatzenden Lippen und schlabbernden Zungen; dass der Trottel hinter ihr gegen ihren Sitz trat; den Geschmack ihres eigenen Mundes, der trocken wurde, sobald sie nervös war; Tim Allen. Jetzt, da sie unter jungen Leuten war und der Antikmarkt nur noch ein halbvergessenes Gefühl zu sein schien, stellte sie sich James Deans schwer lädierten Porsche vor und Mr. Baynham, wie er sorgfältig sein Geschirr einpackte, und ihr wurde endgültig klar, dass die Menschheit ihre wertvollsten Mitglieder verloren hatte.

In diesem Moment fiel ihr das Handy ein.

Sie und ihre Mom hatten sich darüber gestritten, ob sie ein Handy haben sollte. Niemand sonst benutzte Handys – schon gar nicht in ihrem Alter –, und Carly dachte sich, das wäre nur noch etwas, das sie von ihren Altersgenossen unterscheiden würde. Doch ihre Mom bestand darauf, dass sie eins in ihrer Handtasche aufbewahrte, und jetzt war sie ihrer Mutter für diese Hartnäckigkeit dankbar, weil sie nämlich keine Quarters für ein Münztelefon dabeihatte. Sie verzichtete darauf, Shannon von ihrem Vorhaben zu informieren. Im Dunkeln stieg sie über die zappelnden Extremitäten und ging ins Foyer, wo sie zum ersten Mal in ihrem Leben ein Handy benutzte. Es war ein dicker grauer Plastikklotz mit ausziehbarer Antenne, und sie rief damit ihre Mom an, um zu erzählen, was Shannon getan hatte, und sie zu bitten, ihre Tochter abzuholen.

Während sie im Foyer wartete, war dort niemand außer ein paar pickligen Mädchen an den Imbiss- und Getränkeständen. Sie tat so, als interessiere sie sich für das Videospiel *Street Fighter II*, und überlegte sich dann, falls das ein Film wäre, würde jetzt am anderen Ende des leeren Foyers ein Junge auftauchen, vielleicht ein modisch gekeideter, bebrillter Junge, der, wie sich herausstellte, ähnlich grausam behandelt worden war wie sie. Sie war sich aber nicht einmal sicher, ob sie das wirklich wollte.

Wirklich sicher war sie sich nur über eins.

Als der weiße Chrysler New Yorker ihrer Mom auf den Parkplatz einbog, war das einer der tröstlichsten Anblicke, die sich Carly je geboten hatten. Sobald sie im Wagen saß, sagte sie: »Mom, du *musst* mich zu Mr. Baynhams Haus fahren.«

»Warum?«

»Ich *muss* ihm sagen, wie leid mir alles tut.«

»Es ist zu spät, um bei ihm reinzuplatzen.«

»Bitte, Mom. Ich war so grässlich zu ihm. Ich habe ihm nicht mal den Dankesbrief geschrieben. Bitte. Ich muss ihn einfach sehen.«

»Liebes –«

»Oh – ich weiß, was wir tun können. Lass uns einfach zu seinem Haus fahren. Wenn wir sehen, dass seine Kerzen brennen, wissen wir, dass er noch wach ist. Wenn sie nicht brennen, dann rufe ich ihn morgen früh gleich als Erstes an.«

Als sie vor dem Haus an der Elm Street ankamen, rannte Carly, so schnell ihre langen Beine sie trugen, und schaute in das Wohnzimmerfenster. Die Kerzen brannten nicht.

Carly wandte den ganzen Vormittag den Blick nicht vom Haupteingang. Der Antikmarkt war eines der wenigen Geschäfte in der Innenstadt, die samstags geöffnet hatten. Gegen halb zwölf trat Mr. Baynham ein, elegant wie immer, aber er hatte abgenommen. Carly rief seinen Namen quer durch den ganzen Markt, eilte dann durch den Gang auf ihn zu, wobei sie durch ihren unsportlichen Galopp einige Gläser zum Klirren brachte.

»Da ist ja meine Carly!«

Mit besorgter Miene blieb sie kurz vor ihm stehen. »Sie haben einen Gehstock.«

»Ich bin gestürzt.«

»Das tut mir leid.«

»Ich bin im Bad gestürzt.«

»Das tut mir leid. Aber er gefällt mir.« Sie wies auf den Stock und die feinen Schnitzereien an dessen Griff. Carly bedeutete Mr. Baynham, in einen der Verkaufsstände zu treten, damit sie den Kunden nicht mehr im Weg standen. Zufällig war es sein ehemaliger Stand, in dem es nun nur noch Beanie-Baby-Kuscheltiere gab. »Mr. Baynham, es tut mir so leid. Es tut mir so leid, dass ich Sie nicht mehr zu Chuck's begleitet habe. Es tut mir so leid, dass ich nicht mehr im Antikmarkt war. Ich wünschte, ich könnte es erklären. Ich war einfach nicht mehr ich selbst.«

»Du musst mir absolut gar nichts erklären.« Das klang so ehrlich, dass Carly ihm glaubte.

»Und vielen Dank für das *phantastische* Foto, das Sie mir geschenkt haben. Ich hätte Ihnen schon längst ein Dankschreiben schicken sollen. In letzter Zeit war ich einfach schrecklich.«

»Das macht doch nichts. Freut mich, dass es dir gefällt.«

»Oh, ich *liebe* es, nur dass es wie das Original aussieht.«

»Es *ist* das Original.«

»Haben Sie keine Kopie?«

»Nein. Aber das macht gar nichts. Ich möchte, dass du es hast.«

»Ich kann es unmöglich behalten.«

»Behalte es bitte.« Der Ausdruck seiner Augen war sehr ernst. »Ich möchte, dass du es hast. Und vielleicht bekommst du ja eines Tages eine kleine Tochter, die James Dean auch mag, und der kannst du es dann schenken.«

»Aber warum geben Sie es weg?«

»Weil ich das *will.* Und jetzt lass uns mit diesem Thema keine Zeit mehr verschwenden. Lass uns über *dich* reden.«

Er wollte wissen, wie Emily sie behandelt habe. Die hatte Carly in letzter Zeit kaum behelligt, abgesehen von der einen oder anderen beiläufigen Bemerkung darüber, wie still sie sei.

»Und wir stillen Menschen mögen es, wenn man uns darauf hinweist, nicht wahr?«, fragte Mr. Baynham.

Carly lachte. Sie erwähnte nicht, dass sie sich ziemlich sicher war, dass Emily ihr in den Tagen nach Aufkommen des Gerüchts seltsame Blicke zugeworfen hatte. Stattdessen erzählte sie ihm, wie Shannon sie hereingelegt hatte, aber wie so oft in Mr. Baynhams Gegenwart hatte sie das Gefühl, der Schwerpunkt des Gesprächs liege zu sehr auf ihr, und da sie entschlossen war, eine bessere Freundin zu sein, fragte sie, was es in seinem Leben Neues gebe.

»Das war's schon so ziemlich«, antwortete er und hielt

den Stock hoch. Dann kam er rasch wieder auf sie zu sprechen.

Eine Zeitlang saßen sie hinten im Büro, wo Carly ihm alle möglichen Fragen nach den Umständen hinter der Fotografie stellte, und er beantwortete jede Frage mit der für ihn typischen Ruhe und Geduld, erinnerte sich aber nicht mehr an sämtliche Details, die sie interessierten.

»Eins wollte ich Sie noch fragen«, sagte sie.

»Du darfst mich alles fragen.«

»In einem Buch über James Dean habe ich gelesen, gleich nach seinem Tod sei die Theorie aufgekommen, er sei womöglich in einer Heilanstalt versteckt worden, abgeschirmt vor den Blicken der Öffentlichkeit, und ich weiß, es ist albern, aber ich muss es fragen. Glauben Sie, es besteht die Möglichkeit, dass James Dean noch lebt?«

»Hmm.« Er stellte das Ende seines Stocks auf den Boden und rieb sich übers Kinn. »Was glaubst *du* denn?«

»Ich weiß, dass er schon lange nicht mehr unter uns weilt.« Mr. Baynham nickte. »Ich weiß nicht mal, warum ich Sie das gefragt habe.«

»Denk dir nichts dabei.«

Mr. Baynham fuhr fort, wenn James Dean noch leben würde, hätte er wahrscheinlich viele der Hauptrollen in Filmen gespielt, die dann Paul Newman bekommen hatte, weil Paul Newman manche der Rollen bekam, für die damals James Dean vorgesehen war. Carly sagte, Paul Newman sei kein James Dean, aber Mr. Baynham erwiderte, sie solle ihm eine Chance geben. »Du kannst nicht für den Rest deines Lebens immer nur dieselben drei Filme schauen«, sagte er lächelnd.

Als das Gespräch sich dem Ende zuneigte, sahen sie durch den Einwegspiegel, dass sich auf dem Bürgersteig vor dem Markt Leute sammelten. Die Menschen schauten Richtung Main Street, als warteten sie auf ein wichtiges Ereignis.

»Ach, jetzt fällt es mir ein«, sagte Mr. Baynham. »Heute ist eine Parade für die Basketballmannschaft.«

Als sich draußen immer mehr Menschen aufreihten und Carly merkte, was für eine große Sache diese Parade sein würde, kam ihr eine Idee. Sie sprang von dem Drehstuhl auf und sagte: »Kommen Sie mit.«

»Wohin gehen wir?«

»Das werden Sie schon sehen.«

Er folgte ihr bis zur Fassade des Gebäudes, vorbei an allen Vitrinen, silbernen Ständern und Etageren. Sie brachte ihn ganz nach vorn zu einer Stufe, die zu einer Tür führte, und diese Tür öffnete sie und stieg die Stufe empor. Sie schaute von ihrem neuen Standort zu ihm hinunter, dem großen vorderen Schaufenster.

»Möchten Sie sich von hier draußen die Parade mit mir ansehen?«

»Mit Vergnügen.«

Sie verschob ein paar Möbelstücke, damit sie nebeneinandersitzen konnten. Umgeben von all den Antiquitäten, saßen sie lächelnd da und winkten jedem zu, der in ihre Richtung sah. Draußen hatten sich so viele Menschen versammelt, dass die beiden das Gefühl hatten, von der ganzen Stadt gesehen zu werden. Olivia Abbott von dem Nachrichtensender Channel Seven stand auf der Ladefläche eines Pick-ups und winkte den Leuten zu, und hinter ihr rackerte sich das Cheerleaderinnen-Team der Schulmannschaft vor dem Antikmarkt ab. Auch wenn sie nicht hätte flüstern müssen, beugte sich Carly dicht an Mr. Baynhams Ohr, streckte den Finger aus und sagte: »Die da ganz vorn ist Emily.«

»Ahh«, machte Mr. Baynham.

Carly stand auf, zeigte Emily beim Lächeln ihre Zahnlücke und bedeutete Mr. Baynham, ebenfalls aufzustehen, und alle beide winkten ihr zu, an vorderster Stelle und mitten in der Auslage. Sie wusste nicht genau, ob Emily sie sah oder nicht, hoffte aber, dass sie sie sah, und sie hoffte, dass Emily am Montag in der Schule eine ihrer Bemerkungen machen würde, denn diesmal wäre Carly bereit.

8
Bubbles

Jetzt, da sich der Hund so weit beruhigt hatte, dass Omama einschlafen konnte, bot sich Sam Carlisle endlich eine Gelegenheit, die Sozialarbeiterin anzurufen. Sie nahm das Telefon mit ins Bad, wo Omama sie nicht hören konnte, wählte die Nummer von der Visitenkarte und kämmte sich mit der freien Hand die langen, lockigen Haare, um auch das letzte Indiz dafür zu beseitigen, dass ihr das Baby an diesem Morgen auf den Kopf gekotzt hatte.

Sam, mit neunzehn erschöpft und müde, fluchte leise, als der Anrufbeantworter ansprang. Über dieses Problem musste sie *heute* mit jemandem reden, ihr blieb aber nur noch eine halbe Stunde, bis ihre Schicht in dem Geflügelverarbeitungsbetrieb begann.

Während Sam im Spiegel ihre in den Höhlen liegenden Augen betrachtete und auf das Piepen wartete, sich überlegte, wie viel sie einem Anrufbeantworter anvertrauen sollte, brach plötzlich die Bandansage von »Dies ist der Anschluss des mobilen Pflegedienstes« ab, und eine Frauenstimme meldete sich.

»Pflegedienst Übergang. Hier spricht Felicia.«

»Hi. Meine Großmutter ist eine Ihrer Patientinnen. Bonita Newberry. Ich hab Ihre Karte gefunden. Ich wusste nicht, wen ich sonst anrufen sollte.«

»Freut mich, dass Sie mich angerufen haben. Was kann ich für Sie tun?«

»Ich mache mir große Sorgen wegen gewisser Vorgänge im Haus meiner Omama.«

»Aha. Was ist los?«

»Nun, wir haben schon seit einiger Zeit einen Verdacht, doch jetzt wird klar, dass sich unser Verdacht bewahrheitet. Hier liegt ein ernster Fall von Tiermisshandlung vor.«

Es gab eine kurze Pause.

»Und wie kommen Sie darauf?«

»Als ich heute Morgen hergekommen bin, um Omama zu besuchen, war eine Seite ihres Gesichts voller Prellungen, und sie erzählte mir ständig neue Versionen, wie es dazu gekommen war, bis sie schließlich zugab, dass Bubbles ihr das angetan hatte. Er hat sie in der Küche zu Boden gestoßen.«

»Ach *so*. Verstehe. Ich dachte, Sie meinten, Ihre Großmutter würde den Hund misshandeln.«

»Ja. Ich verstehe, warum Sie dachten –«

»Was ich sagen wollte, sie *liebt* diesen Hund.«

»Ja, sie liebt diesen Hund mehr als alles andere. Und da liegt das Problem. Langsam wird uns klar, dass es schon eine ganze Weile so geht und sie es für ihn vertuscht hat.«

»Ach du meine Güte.«

Sam war es leid, sich in ihrem tristen grauen Arbeitsshirt im Spiegel zu betrachten. Sie klappte den Klodeckel runter, um beim Telefonieren sitzen zu können.

»Mom und ich sind alles noch mal durchgegangen und glauben, der Hund ist schuld, dass Omama in diesem Jahr schon zweimal in die Notaufnahme musste.«

»Ach du meine Güte.«

»Einmal stationär und einmal ambulant. Stationäre Patientin war sie, als sie sich eine Rippe brach und uns weismachte, sie sei auf den Badewannenrand gefallen. Wir glauben aber, es war Bubbles, doch sie will es immer noch nicht zugeben. Heute Morgen hat sie ihn sogar noch verteidigt, nachdem sie immerhin zugegeben hat, dass er sie geschubst hatte.«

»Das kann ich mir denken. Bei der Aufnahme habe ich gemerkt, dass sie verrückt nach diesem Hund ist. Er hat mich pausenlos angebellt.«

»Der bellt jeden pausenlos an.«

»Und er ist so viel *größer* als sie, darum konnte ich mir vorstellen, dass er sie umschmeißt. Was ist das für einer? Eine Deutsche –«

»Stimmt. Eine Deutsche Dogge. Was machen wir nun?«

»Also –«

»Es liegt ja auf der Hand, dass der Hund wegmuss, stimmt's?«

»Ich würde sagen, der Hund muss weg, ja.«

»Also, was tun wir?«

»Sie meinen in puncto …«

»Ich meine in puncto … Können Sie es, ich weiß auch nicht, *offiziell* machen, dass der Hund wegmuss? Es reicht nämlich nicht, wenn nur Mom und ich ihr das sagen.«

»Na ja … das ist ein wenig ungewöhnlich … ich frage Sie mal was: Wie geht's Ihrer Großmutter im Moment?«

»Sie ist wohlauf. Ihr Gesicht sieht ziemlich übel aus, sie will aber nicht ins Krankenhaus.«

»Zeigt sie Anzeichen von Verwirrung?«

»Nein.«

»Okay. Vermutlich sollte ich als Erstes die zuständige Pflegerin verständigen, sie soll sich das mal ansehen, und ich komme persönlich vorbei und spreche mit ihr. Sind Ihnen heute Morgen, vom Gesicht mal abgesehen, irgendwelche andere Verletzungen aufgefallen?«

»Nein. Also eine Verletzung würde ich es nicht nennen, aber ihre Zehen sind ständig total wund, weil er dauernd an ihren Füßen nagt.«

Die Frau gab ein seltsames Geräusch von sich – möglicherweise ein Lachen –, überspielte es aber mit einem Husten.

»Nachdem er sich richtig an ihren Füßen zu schaffen gemacht hat, läuft sie manchmal komisch«, fuhr Sam fort. »Das ist Ihnen wahrscheinlich schon aufgefallen.«

»Als ich da war, lag sie die ganze Zeit im Bett.«

»Erstaunlich, dass Sie sie überhaupt im Bett erwischt haben. Die Hälfte der Zeit lässt Bubbles sie gar nicht in ihr eigenes Bett. Er nimmt es in Beschlag und macht ihr nicht Platz.«

»In Ordnung. Das ist also ein Problem. Wenn es so weit kommt, dass der Hund ihre Lebensqualität beeinträchtigt, müssen wir etwas unternehmen.«

»Manchmal frisst er ihr Essen. Und sie lässt ihn einfach machen. Er schlabbert es einfach von ihrem Teller. Dabei kann sie sich das wenige Essen, das sie hat, kaum leisten.«

»Klar. Das können wir nicht dulden.«

»Genau. Der Hund muss weg, stimmt's?«

»Der Hund muss weg.«

»Das sieht jeder außer ihr.«

»Das sieht *jeder.*«

Sam hörte Geräusche im Nebenzimmer. Bubbles fing an zu bellen, was hieß, dass Omama bald aufstehen würde.

»Dann haben Sie und Ihre Mom also mit ihr darüber gesprochen, den Hund loszuwerden?«

»Wir führen dieses Gespräch mit ihr schon, seit sie den Hund vor etwa zwei Jahren bekommen hat. Doch sobald wir das Thema ansprechen, kriegt sie Zustände, wie Sie sie noch nie erlebt haben.«

»Okay. Es gibt *wirklich* etwas, was ich als Ihre Sozialarbeiterin tun kann und was in dieser Situation helfen könnte. Es wird davon abhängen, ob sie bei klarem Verstand ist. Glauben Sie, Ihre Oma ist bei klarem Verstand?«

»Ich *glaube* schon. Aber manchmal habe ich so meine Zweifel.«

»Wenn sie nämlich *nicht* bei klarem Verstand ist, dann läge es nicht mehr in ihrem eigenen Ermessen, ob sie den Hund behalten kann oder nicht. Laut Gesetz müsste ich das Sozialamt anrufen, und die würden vermutlich den Hundefänger verständigen. Ich komme heute vorbei und mache das, heute Nachmittag. Ich lasse sie einen Test machen, der MMSE heißt, und der verrät einem, ob sie bei klarem Verstand ist. Ich muss sagen, als *ich* sie traf, wirkte sie geistig rege, doch bei allem, was sich da abgespielt hat – ich meine, dass eine Deutsche Dogge einem an den Füßen herumkaut –, würde das darauf hinweisen, dass sie *nicht* bei klarem Verstand ist.«

»Ich glaube, da könnte etwas dran sein, weil – ich wollte es eigentlich nicht sagen, weil es peinlich ist – da noch etwas vor sich geht, das mich vermuten lässt, dass sie nicht mehr ganz bei Trost ist.«

»Was denn?«

»Es ist die *Art,* wie Bubbles sie zu Fall gebracht hat.«

»Ich höre.«

»Er –« Plötzlich flog die Badezimmertür auf. Da stand Sams Mom in ihrer Krankenhausuniform. Sie hatte sogar das Plastikhaarnetz auf. Manchmal besuchte sie Sams Omama in der Mittagspause.

»Du erzählst keinem davon«, befahl sie mit finsterer Miene.

Sam stand auf. »Es ist die Sozialarbeiterin. Sie muss es wissen.«

»Nein, muss sie nicht.«

»Mama, bitte.« Der Hund fing an zu bellen. »Lass den Hund raus, damit Omama schlafen kann.« Ihre Mom verzog sich mit einem finsteren Blick ins Wohnzimmer. Sam sprach wieder in den Hörer: »Tut mir leid.«

»Ist schon okay.«

»Er … Also, ich sag's dann einfach mal. Bubbles befriedigt sich an Omama. So hat er ihr Gesicht verletzt. Er hat sich an ihr aufgerichtet und sie besprungen, bis er sie zu Boden geworfen hat. Und dann hat er sie auf dem Küchenboden noch mehr besprungen.«

Am anderen Ende folgte ein langes Schweigen. Sam nahm wieder auf dem Klodeckel Platz. »Sind Sie noch da?«

»Ich bin da, meine Liebe. Tut mir leid. Ich muss das erst mal verarbeiten.«

»Irgendwann hat sie zugegeben, was er *wirklich* mit ihr machte, weil ich sagte: Omama, der Hund kann nicht so auf dich losgehen, dich angreifen, bis sie schließlich sagte: Da sieht man, was du weißt, denn das war das Gegenteil von einem Angriff. Was er mit mir macht, macht er aus Liebe. Und dann hat sie mir davon erzählt und dass sie ihn einfach *machen lässt*. Und wenn man ihr zuhört, wie sie ihn einfach machen lässt, klingt das fast so, als *gefiele* es ihr, und deshalb denke ich mir, sie könnte vielleicht den Verstand verlieren.«

Sams Mom tauchte wieder in der Tür auf, die dünnen Arme verschränkt.

»Na schön«, sagte die Sozialarbeiterin. »Ich werde mir heute Nachmittag einen Termin freischaufeln, und dann komme ich vorbei und lasse sie den Test machen.«

»Ich muss zur Arbeit, und Omama wird hier allein sein. Geht das in Ordnung?«

»Es wäre wohl besser, wenn noch jemand anwesend wäre. Ganz ehrlich, ich habe Angst, mit diesem Hund allein zu sein. Und ich weiß von neulich, da war es wohl Ihre Mom, die den Hund erst mal beruhigen musste, damit ich mit Ihrer Oma überhaupt reden konnte.«

»Ist klar. Wir lassen uns was einfallen.«

»In Ordnung. Nur keine Bange. Wir werden für die Sicherheit Ihrer Oma sorgen.«

»Danke. Ich hab ein schlechtes Gewissen, weil ich das hinter ihrem Rücken mache.«

»Das mussten Sie aber tun.«

»Ich weiß, aber Bubbles ist für sie mehr als nur ein Hund. Sie sieht in ihm so was wie einen Leibwächter. Sie hat ihn geholt, weil – vermutlich sollte ich Ihnen das nicht sagen, aber Sie sollen das vollständige Bild bekommen – sich

Omama vor den Schwarzen fürchtet, die in ihre Wohngegend gezogen sind, und –« Ihre Mom bedeutete ihr hektisch, den Mund zu halten. »Nein, Mama, ich will ihr nur begreiflich machen, warum sie so an dem Hund hängt.« Ihre Mom schüttelte den Kopf und verdrehte die Augen. »Und wir sagen ihr, es gebe keinen Grund, Angst zu haben, dass ihr die neuen Nachbarn nie auch nur die geringsten Probleme bereitet haben, aber seit Opapas Tod hat sie immer irgendwie Angst, und Bubbles hat ihr da geholfen.«

»Klar. Ich bin im West End aufgewachsen, kenne die Gegend also gut. Hören Sie, ich muss auflegen, aber ich rufe die zuständige Pflegerin an und versuche, nachher vorbeizukommen, ich werde in etwa einer Stunde da sein.«

»Verstanden. Danke Ihnen.«

Sam drückte auf den Knopf des schnurlosen Telefons, stand von der Toilette auf und sagte dann zu ihrer Mom: »Sie sagte, sie sei in etwa einer Stunde da.«

»Sie ist schwarz.«

»Hä?«

»Die Sozialarbeiterin ist schwarz.«

»O Gott. War das schlimm? Was ich gesagt habe?«

Ihre Mom schnaubte eine Art Lachen. »Hilfreich war's nicht.«

»In letzter Zeit krieg ich nichts gebacken.«

»Schon in Ordnung. Du willst deiner Oma ja nur helfen.«

»Die Sozialarbeiterin hat gesagt, jemand müsse hier bei Omama sein, wenn sie vorbeikommt. Kannst du dir freinehmen, bis sie wieder weg ist?«

»Nein, Samantha, das kann ich nicht. Du weißt, dass ich mich wegen der Tage, die ich letzte Woche wegen Angela versäumt habe, bei meinem Chef schon jetzt auf dünnem Eis bewege.«

»Tja, ich muss in zwanzig Minuten auf der Arbeit sein. Und ich habe schon drum gebeten, zwei Stunden früher aufhören zu dürfen, um Angela abzuholen.«

»Tja, das hättest du dir früher überlegen müssen, ehe du sie bittest, hier vorbeizukommen.«

»Du hast gesagt, jemand müsse sich so schnell wie möglich darum kümmern! Ich merke nicht, dass *du* dich in dieser Sache um irgendwas kümmerst.«

»Ich habe jede einzelne Sekunde *gearbeitet*, seit du mich deswegen angerufen hast.«

»Ich muss *auch* arbeiten. Und lass mich raten. Kaycee kann man damit nicht behelligen?«

»Nö. Heute ist ihr Gerichtstermin, und dann muss sie in die Schule, weil Dustin sich in letzter Zeit wieder danebenbenommen hat.«

»Worum geht's bei dem Gerichtstermin?«

»Das Übliche.«

»Wie der Vater, so die Tochter.«

Ihre Mom nickte. »Hast du in letzter Zeit mal mit ihm geredet?«

»Er ruft mich nie zurück.«

»Tja, dann solltest du ihn nicht mehr anrufen.«

»Ich kann nicht anders.«

»Zu diesem Mann wirst du nie durchdringen.«

»Vielleicht doch.«

»Vergiss es. Du bist dem scheißegal.«

»Glaubst du etwa, das weiß ich nicht?«

»Ich weiß nicht, was du weißt. Ich hab den Eindruck,

dass du zwischen deinem Dad und Angelas Dad eine Menge Energie damit vergeudest, mit Leuten zu reden, die nichts mit dir zu tun haben wollen. Ich meine: Hallo?!«

»Halt die Klappe!« Das sagte Sam so laut, dass sich sogar die Dogge umschaute.

»Sag du mir nicht, ich soll die Klappe halten. Ich bin deine einzige Freundin.«

»Ich hab für so was keine Zeit. Eine von uns muss hierbleiben.«

»Das bist dann du.«

»Auch gut. Omama war für mich mehr Mutter als du.«

Sie schauten nach unten und sahen, dass Bubbles beobachtete, wie sie sich anschrien. Mit seinem Gewicht von über achtzig Kilo und einer Größe, bei der er, wenn er an ihnen hochsprang, mit ihren Gesichtern fast auf einer Höhe war, ließ sich Bubbles nur schwer ignorieren. Er hatte ein gelblich-beiges Fell – manche nannten es vielleicht orange – und einen weißen Bauch. Mit seinen Schlappohren hörte er Sam zu, dann ihrer Mom, dann wieder Sam, und er fing an zu sabbern und mit dem Schwanz zu wedeln, und je mehr sie sich stritten, desto mehr wedelte sein Schwanz, als möge Bubbles Konflikte.

Unter pausenlosem Hundegebell betrat Felicia das mit Sanitätsartikeln, Zeitschriften der Regenbogenpresse und zerkautem Hundespielzeug übersäte Wohnzimmer.

»Ich geb's zu, das ist Neuland für mich, doch wir kriegen das geregelt«, sagte sie und klopfte Sam auf die knochige Schulter. »Ich hab keine Krankenschwester erwischt, aber wenigstens bin ich jetzt hier.«

Sie wandte sich dem massigen, vierschrötigen Hund zu, der den zu den Schlafzimmern führenden Flur bewachte. Das Haus war so klein, dass der Hund den wenigen freien Raum dominierte. »Du warst unartig, Bubbles«, sagte Felicia. Bubbles bellte weiter.

Sam mochte Felicia auf Anhieb. Sie trug jede Menge Schminke und Schmuck, hatte wuscheliges krauses Haar und einen schwarzweißen Hosenanzug an, der sich vorteilhaft an ihre große, schlanke Gestalt schmiegte. Sam war nicht klar, wie alt Felicia war, doch dank ihres selbstsicheren Auftretens wirkte sie wie eine erfahrene Mittvierzigerin.

Sam ließ Felicia ein Weilchen warten, während sie den Hund in den Garten hinterm Haus brachte. Dann ging sie mit Felicia durch den von Familienfotos geschmückten Flur, einige davon schwarzweiß, auf denen ernste Menschen zu sehen waren, die Sam an Steinbecks *Früchte des Zorns* erinnerten, das sie zur Hälfte auf der Highschool gelesen hatte, bevor sie abgehen musste. Sie las sehr gern, doch wenn Angela abends endlich schlief, fiel Sam meist mit dem Gesicht nach unten ins Bett, immer noch in ihren Arbeitsklamotten.

Sam hatte Omama erzählt, eine Sozialarbeiterin komme vorbei, daher saß Omama schon im Bett, eine Tagesdecke mit Blumenmuster auf den Beinen. Ihre ausgemergelte obere Hälfte bedeckte ein hellgelbes Nachthemd. Ihr Gesicht war rosa und runzlig, die Haare kurz, grau und schütter. Wenn Sam ihre Omama aus einem bestimmten Blickwinkel heraus betrachtete, sah sie, wie sie selbst mit zweiundsiebzig aussehen würde. Neben ihr auf dem Nachttisch standen Tablettenfläschchen, Inhalatoren und ein Zerstäuber. Direkt vor dem Nachttisch befand sich eine Sauerstoffflasche. In dem kleinen Fernseher auf ihrer Kommode lief gerade *General Hospital*.

»Hallo auch, Mrs. Newberry! Wie geht's Ihnen heute?«

»Hi. Wo ist Bubbles?«

»Ich lasse ihn draußen, solange wir Besuch haben«, antwortete Sam.

»Er tut schon keinem was. Lass ihn rein.«

»Omama, er bellt so viel, dass ihr nicht versteht, was ihr redet.«

»Was gibt's denn zu bereden?«

Felicia stellte sich neben Omama. »O nein. Was ist denn mit Ihrem Gesicht passiert, meine Liebe?«

»Ich hab die Tür zu schnell geöffnet und sie mir ins Gesicht geschlagen.« Ihre Stimme klang rauh und so, als wäre das Reden für sie anstrengend.

»Hmm ...«

»Jawoll. Haben *Sie* irgendwelche blauen Flecke, die Sie mir zeigen wollen?«

Felicia und Sam lachten. »Nein, Ma'am. Da sind Sie mir echt voraus.«

»Dann können Sie ja wohl wieder gehen.«

Felicia lächelte. »Immer mit der Ruhe, Mrs. Newberry. Zuletzt hab ich Sie vor ein paar Wochen gesehen, und ich wollte mal wieder nach Ihnen schauen.«

Sam blickte weg. Sie sah das Osterhase-Nachtlicht, das Omama in diesem Zimmer stehen hatte, solange Sam zurückdenken konnte. Sie schlief früher in genau diesem Bett mit Omama, lange nach der Zeit, als das noch als normal galt. Es hatte immer wieder längere Phasen gegeben, als

Sam samt ihrer Mom und Schwester (und sogar mit Duncan, nachdem Kaycee ihn mit vierzehn bekam) hier lebten, auf der Flucht vor ihrem Dad. Sie hatte in diesem Bett immer so gut geschlafen, mit ihrer Oma neben sich. »Kann ich dir irgendwas holen, Omama? Frisches Wasser vielleicht?«

»Du kannst meinen Hund hereinholen.«

»Du denkst heute ja nur an eins. Ich hol ihn gleich rein.«

Felicia nahm auf einem Stuhl Platz, den Sam neben das Bett gestellt hatte. Sie brachte Omama zum Reden, indem sie auf deren geliebte University of Kentucky Wildcats zu sprechen kam, die gerade zwei Wochen zuvor die College-Meisterschaft verloren hatten. Omama schien davon beeindruckt zu sein, wie viel Felicia über die Mannschaft wusste, und Sam war beeindruckt davon, wie reibungslos Felicia von einem Gespräch über Basketball zu einem Gespräch über den Test wechselte. Sie erklärte, diesen Test führe sie von Zeit zu Zeit mit Patienten durch, um sich zu vergewissern, dass sie noch »gut zurechtkommen«. Omama war nur leicht irritiert, sagte aber schließlich: »Sie können mich testen, sooft sie wollen. Ich schaffe jeden Test, den Sie mir geben.«

Sam setzte sich ans Fußende des Bettes. Der Test dauerte kaum mehr als fünf Minuten. Einige der Fragen waren leicht, als beispielsweise Felicia ihre goldene Uhr hochhielt und Omama fragte, was das sei. Dann machte sie dasselbe mit dem Bild eines Apfels. Einige Aufgaben waren etwas schwieriger, zum Beispiel das Wort »Welt« rückwärts zu buchstabieren. Eine Frage hielt Sam für richtig schwer.

»Können Sie von hundert in Siebenerschritten rückwärts zählen?«

Ohne zu zögern, löste Omama diese Aufgabe, und zwar korrekt. Tatsächlich machte sie keinen einzigen Fehler.

»Sie hatten recht«, sagte Felicia. »Sie haben ihn geschafft.« Felicia sah Sam an, und Sam fragte sich, ob sie etwas über den Hund sagen sollte oder ob Felicia fortfahren würde. Am Ende was keins von beidem nötig.

»Sammy, lass Bubbles wieder rein.«

»Mach ich gleich, aber ihr müsst noch ein wenig reden.«

»Du kannst ihn genauso gut jetzt reinlassen. Er ist der wahre Grund, dass Sie hier sind, stimmt's?«

»Stimmt«, gab Felicia zu. »Sie haben mich durchschaut.«

»Woher wusstest du's?«, fragte Sam.

»Ich bin nicht blöd. Ich kann zwei und zwei genauso gut zusammenzählen wie jeder andere auch.«

»Ich weiß, dass du nicht blöd bist«, sagte Sam.

»Aber was glauben *Sie*?«, sagte Omama zu Felicia. »Sie kommen hier an mit Ihrem Test. Das macht Sie bestimmt fertig, wie gut ich abgeschnitten habe.«

»Nein, Mrs. Newberry. Ich bin froh, dass Sie bei dem Test so gut abgeschnitten haben, denn das heißt, ich weiß, dass wir mit Ihnen ein vernünftiges Gespräch über Sie und Ihren Hund führen können.«

»*Mein* Hund. *Mein* Hund.« Omama pochte mit krummen Fingern gegen ihren Brustkorb.

»Ja«, sagte Felicia. »*Ihr* Hund.«

»Sie verschwenden Ihren Atem, und jetzt sorgen Sie dafür, dass ich meinen verschwende? Obwohl Sie wissen, was für Atemprobleme ich hab?«

»Sie müssen nicht reden, sollten mir aber zuhören, denn Ihre Enkelin macht sich Sorgen um Sie, genau wie ich.«

»Papperlapapp. Sie sind nicht um mich besorgt. Sie machen sich Sorgen, weil Sie sich absichern wollen. Und Sie wollen, dass Ihr Papierkram korrekt aussieht, falls etwas schiefläuft.«

»Tut mir leid«, sagte Sam. »Bei den vielen Steroiden, die sie nimmt, kann sie nichts für sich behalten.«

»Der Papierkram muss stimmen. Was ich sage, ist egal, denn was weiß ich schon? Ich hab siebenunddreißig Jahre lang Reißverschlüsse gemacht. Ich bin also nicht mal vernünftig genug, einen Hund zu halten, stimmt's?«

»Liebes, stimmt, ich *muss* das dokumentieren, aber ich mache mir wirklich Sorgen. Wenn ich Ihr Gesicht in diesem Zustand sehe, dann *mache* ich mir Sorgen um Sie. Ich weiß zwar, dass Sie diesen Hund lieben. Sie müssen aber wissen, was passieren *könnte,* wenn das so weitergeht. Sie könnten stürzen und sich die Hüfte brechen. Sie könnten stürzen und sich den Kopf stoßen. Sie könnten im Koma enden.«

»Ihr Mediziner seid dermaßen besessen von der Vorstellung, dass die Leute stürzen.«

»Das ist ein Problem. Ja.«

»Warum hatten sie dann im Pflegeheim die Bettschutzgitter nicht oben? So ist mein Wayne gestürzt.«

»Die Schutzgitter sind nicht immer oben, weil die Regierung beschlossen hat, Patienten sollten ungehindert ins Bett hinein- und wieder herauskommen können.«

»Die Regierung weiß alles am besten«, sagte Omama und lachte.

Der Hund fing an zu bellen und hörte nicht wieder auf. »Lass ihn rein«, sagte Omama. »Wenn du's nicht machst, steh ich auf und tu's selbst.«

Diesmal gehorchte Sam, und binnen Sekunden schleckte der riesige Hund Omamas Gesicht komplett ab, was sie sichtlich genoss, wie ihre kleinen »Oh«-Laute bewiesen. Als das nicht aufhören wollte, zog Sam die Deutsche Dogge von ihrer Oma fort, und der Hund setzte sich stattdessen in eine Ecke und leckte sich die Hoden.

»Seht ihr«, sagte Omama. »Er ist der Einzige, der sich um mich kümmert.«

»Im Moment kümmert er sich nur um seine Eier«, sagte Sam. Alle lachten.

»Ja, verdammt«, sagte Omama. »Ich würde mir an seiner Stelle diese ollen Klöten auch lecken.«

Sam und Felicia sahen einander an.

»Hören Sie, Mrs. Newberry. Würden Sie wenigstens dafür sorgen, dass er nicht mehr … Dinge mit Ihnen *macht*, wenn Sie stehen? Denn was Ihre Stürze angeht, so ist das –«

»Und schon sind Sie wieder beim Stürzen.« Sie wandte sich an Sam. »Hast du erzählt, wie er sich an mir befriedigt?«

»Ja. Irgendwie wünschte ich, ich hätte es bleibenlassen.«

»Er sollte Sie wirklich nicht bespringen, wenn Sie gerade mal stehen«, sagte Felicia.

»Aber so hat er's am liebsten. Er hat eine Lieblingsstelle gefunden, und zwar ist das die Seite meiner Hüfte, und an die kommt er nicht so ran, wie er's mag, außer ich stehe auf.«

»Was *er* mag, macht mir keine Sorgen. *Ihretwegen* mache ich mir Sorgen. Wenn ich nur sehe, was er mit diesem hübschen Gesicht gemacht hat.«

»Ja, da hat er mich richtig gut erwischt.« Bei diesen Worten sah sie zu Bubbles hinüber, und sie sagte es voller Bewunderung.

»Und wenn man Bubbles kastrieren ließe?«

»Nein. Wird nicht passieren. Kommt nicht in die Tüte.«

»Aber danach würde er von Ihnen ablassen, und er wäre weniger aggressiv.«

»Mein Hund ist nicht *aggressiv*.«

»Für eine Deutsche Dogge schon. Normalerweise sind das sehr sanfte Hunde.«

»Sie haben wohl die Weisheit mit Löffeln gefressen. Alle, die aus diesem Hospiz hierherkommen, wissen alles besser, und ihr glaubt alle, ich wüsste gar nichts.«

»Omama. Sei nett.«

»Da ist ja die alte Reißverschlussmacherin.« Sie bekam einen kleinen Hustenanfall. »Das denken sie.«

Der Hund fing an zu bellen. Das Bellen klang wütend, kurze, boshafte Laute, einer nach dem anderen.

»Pst, Bubbles«, sagte Sam.

Felicia musste lauter reden, um das Gebell zu übertönen. »Ich bin hier, um Ihnen zu *helfen*. Der Hund beeinträchtigt Ihren Schlaf, Ihre Nahrungsaufnahme und Ihr Wohlbefinden. Meine Aufgabe lautet, sicherzustellen, dass Sie Ihre restlichen Tage so friedlich wie möglich verbringen. Nur darum geht es in einem Pflegeheim mit Hospizabteilung. Wenn der Hund Sie also noch einmal verletzt, muss ich die Sozialfürsorge verständigen.«

Omama hieb mit ihrer aderigen Faust aufs Bett. »Raus! Raus mit Ihnen.«

Das Bellen wurde lauter. Der Husten wurde schlimmer. Felicia stand auf.

»Na schön. Ich lasse Sie in Ruhe.«

»Ich würde mich lieber von diesem Hund zu Tode bespringen lassen, als dass einer dieser Typen, die hier ständig durch die Straßen gehen und Selbstgespräche führen, reinkommt und mich umbringt. Vielleicht kennen Sie ja die Antwort. Warum führen diese Kerle immer Selbstgespräche?«

»Omama.«

»Oh, jetzt geht's los«, sagte Felicia. »Wollen Sie diesen Weg wirklich gehen?«

»Nein«, sagte Sam. »Nein, tun wir nicht. Das sind die Steroide. Tut mir leid.«

»Vielleicht hab ich nicht mehr lange zu leben, doch solange ich noch lebe, wird dieser Hund die Nachbarschaft wissen lassen, dass das *mein* Garten und *mein* Haus sind.«

»Tja, hoffentlich versteht jeder diese Botschaft«, sagte Felicia. »Mir tut es zwar leid, dass Sie sich in dieser Gegend nicht sicher fühlen, aber ich finde es hier nicht so schlimm.«

»Omama, Felicia ist aus dem West End.«

»Welche Straße?«

»Futtrell.«

»Das ist zwei Straßen weiter drüben.« Omama nickte Richtung Fenster. Das Bellen wurde ein wenig leiser.

»Mhm. Hab da gewohnt, bis ich zweiundzwanzig war.«

»Aber warum sind Sie weggezogen? Hatten Sie Ärger?«

»Ich musste nach Lexington ziehen, um meinen MSA zu machen. Dort habe ich meinen späteren Mann kennengelernt.«

»Was ist ein MSA?«, fragte Omama.

»Master in Sozialarbeit.«

»Na klar«, sagte Omama und hustete. »Sie haben einen Masterabschluss, damit Sie uns armen Leuten sagen können, was wir tun müssen.«

»Falsch. Ich habe meinen Master in Sozialarbeit gemacht, weil mich eine Frau inspiriert hat, die so gut zu meiner Familie war, als *meine* Oma im Sterben lag. Meine Oma hat mich aufgezogen. Sie hatte eine Sozialarbeiterin aus dem Hospiz, die jetzt etwa in Ihrem Alter wäre. Elena Bockelman.«

»Ja, die kenne ich. Sie und ihr Sohn bekamen zur gleichen Zeit einen Nervenzusammenbruch.«

Als Sam gerade fragen wollte, was man unternehmen müsse, um so einen MSA zu bekommen, sprang der Hund plötzlich auf und wühlte in der Tagesdecke herum, er wollte an Omamas Füße gelangen.

»Bubbles, aus!«, rief Sam.

»Lass ihn«, sagte Omama und hustete wieder mehr. Bubbles nagte an ihren Füßen, obwohl sie unter der Decke lagen. »Wollen Sie die Fürsorge verständigen, weil er meine Füße frisst? Wollen Sie mein Leben versauen, weil Sie glauben, Sie wüssten es besser? Sie wissen nämlich gar nichts über mich. Haben Sie mich verstanden?«

»Ich weiß ehrlich nicht, was ich tun werde, doch im Augenblick wäre es wohl einfach nur albern hierzubleiben, weil ich nicht erwünscht bin. Ich werd Sie in Ruhe lassen.«

Als Felicia das Zimmer verließ, kam Sam kaum vom Bett hoch. Sie war so erschöpft, fühlte sich wie üblich halbtot. Sie dachte daran, einfach sitzen zu bleiben und die Sozialarbeiterin allein den Weg nach draußen finden zu lassen, doch der schwelende Konflikt ließ ihr keine Ruhe.

Sie dachte daran, was ihre Mom über ihren Dad gesagt hatte, dass man nicht zu ihm durchdrang. Sie hoffte, dass ihre Mom sich irrte und ihr Dad eines Tages mit ihr reden würde. Er fehlte ihr.

Ihr Gewissen befahl ihren Knochen, sich in Bewegung zu setzen, und sie stand auch wirklich auf und sagte: »Warten Sie!«

Felicia sah sie an. Omama sah sie an. Bubbles nagte weiter an den bedeckten Füßen.

»Wir können es nicht einfach so lassen, wie es ist«, sagte Sam.

»Etwas anderes fällt mir im Moment nicht ein. Ich muss mit meinem Vorgesetzten sprechen, um herauszufinden, wie man weiter verfahren –«

»Nein«, sagte Sam. »Ich meine mit euch beiden. Wir können nicht alle sauer aufeinander sein.«

»Ich bin nicht sauer«, sagte Felicia.

»Ich weiß, aber das ist nicht die Omama, die ich liebe. Diese Frau ist krank. Omama, erzähl ihr wenigstens, was du heute Morgen über Opapa gesagt hast.«

»Warum?«

»Sag's ihr bitte einfach. Vielleicht hast du sie gekränkt. Das bist nicht du.«

»Ich hab sie nicht gekränkt. Mädchen aus dem West End sind hart im Nehmen.«

»Trotzdem, sagst du ihr, was du mir gesagt hast?«

»Och, wenn's so wichtig ist. Was hab ich gesagt?«

»Erst hast du deinen Job verloren …«

»Ach ja. Erst hab ich meinen Job verloren, weil die Fabrik ins Ausland verlegt wurde. Dann starb mein Mann.

Und dann wurden meine beiden Enkelinnen schwanger, und ich mach dir keine Vorwürfe, Sammy. Ich weiß, du kannst nicht wie früher andauernd bei mir sein, weil du ein Baby hast. Ich fühle mich halt irgendwie im Stich gelassen. Aber Bubbles hier – er hat mich nicht vergessen. Ich weiß, dass er mich benutzt. Mich benutzt, weil er mein Essen haben will und etwas Warmes, an dem er sich reiben kann, aber er ist der Einzige, der mich noch *braucht*. Und Wayne fehlt mir so, und manchmal braucht man einfach einen warmen Körper neben sich. Menschen brauchen das. Nehmt mir das bitte nicht weg.« Sie sah Sam an. »Wolltest du das von mir hören?«

»Ja. Sie sollte nur wissen, dass bei dir mehr dahintersteckt als das Gerede, du wolltest deinen Garten beschützen.«

»Das weiß ich zu schätzen«, sagte Felicia. »Und nur damit das klar ist, ich habe einen Pitbull, und an manchen Tagen ist er der Einzige, der sich zu freuen scheint, dass er mich sieht. Ich hab's also begriffen. Alles klar.«

»Ich hab's auch begriffen«, sagte Sam.

Omama bot Felicia an, etwas gegrilltes Lamm mitzunehmen, doch die lehnte höflich ab. Wieder fing der Hund an zu bellen, diesmal so heftig, dass Felicia und Omama sich nicht ordentlich voneinander verabschieden konnten. Sam brachte Felicia zur Tür und entschuldigte sich sofort für ihre Oma.

»Herrje, das war noch gar nichts. Manche meiner Patienten haben im Büro angerufen und sich geweigert, mich überhaupt in ihr Haus zu lassen.«

»Sie meinen, weil –«

»Genau. Lassen Sie's mich wissen, falls er ihr wieder weh tut, doch im Moment werde ich das weder meinem Vorgesetzten noch sonst jemandem melden.«

»Das werden Sie nicht?«

»Ich mach's, wenn Sie darauf bestehen, aber tatsächlich … na ja, Sie wissen, wie das läuft. Man hätte sie nicht im Pflegeheim mit Hospizabteilung aufgenommen, wenn der Arzt ihr mehr als ein Jahr gegeben hätte. Und sie hat deutlich gemacht, wie sie zu diesem Hund steht. Also …«

»Lässt man sie glücklich sterben?«

Felicia nickte. »Ich meine, auf eine irgendwie schräge Art kriegt sie gute Lebensqualität.«

»Selbst wenn die von einem bösen, ollen, rolligen Hund kommt«, sagte Sam.

Sam und Felicia lachten. Nachher, als Felicia gegangen war und der Hund weiterbellte, während Omama das Zerstäuberrohr an ihre runzligen Lippen hielt, fühlte Sam sich schlecht, weil sie gelacht hatte. Schließlich war die Lage ernst.

9
Herzrhythmusstörungen

Der zauberhafteste Moment am Tag, auf den sich ganz Moberly freute, war immer, wenn die Sonne über dem Ohio River unterging und dessen sich kräuselnde Oberfläche in ein unwirkliches Rosa tauchte. Man konnte dann kaum glauben, dass es etwas so Schönes in der Stadt gab, wo scheinbar nur Trostlosigkeit überleben konnte. War diese Trostlosigkeit etwa die ganze Zeit nur in einem selbst gewesen?

Doch kurioserweise waren es die Patienten im Krankenhaus, die den besten Blick auf den Sonnenuntergang hatten. Beth Schlehuber war eine dieser Patientinnen, die vom Bett aus dem Fenster schaute, und obwohl sie auch weiterhin dachte, es müsse eine Sünde gewesen sein, das Leben so sehr zu hassen, wie sie es getan hatte, war sie doch dankbar, immer noch die Augen öffnen und diesen Anblick genießen zu dürfen. Vor zwei Nächten hatte sie die, wie sie es heute sah, schlimmste Entscheidung ihres Lebens getroffen, doch wundersamerweise hatte ein Fremder diese Entscheidung für sie korrigiert. Als Officer Hindman fragte, ob er noch etwas für sie tun könne, hatte Beth ihn gebeten, den Namen des Fremden herauszufinden und ihn zu bitten, zu ihr ins Krankenhaus zu kommen. Sie wollte ihm persönlich danken.

Nach einer Nacht auf der Intensivstation war Beth in die Kardiologie verlegt worden, damit man ihre Arrhythmie überwachen konnte. Ihr Arzt sagte, sie könne von Glück sagen, dass die Herzrhythmusstörung ihr größtes Problem sei. Er habe einen ähnlichen Fall erlebt, wo die Person nicht so rasch gefunden worden sei, was zu dauerhaftem Gedächtnisverlust geführt habe. Sie wünschte, bei ihr wären alle Erinnerungen an Ron Robinson verlorengegangen. Sie wäre zwar weiterhin schwermütig, doch deren wichtigster Auslöser wäre weg gewesen.

Dennoch lungerte Ron immer noch in ihren Gedanken herum, war in ihren Tagträumen und nachts in ihren Alpträumen. Sie hatte geglaubt, wenn sie diesen Job in Kentucky annähme und damit über sechshundert Kilometer Distanz zwischen sie beide brächte, würde das seine ständige Präsenz in ihren Gedanken reduzieren, doch die Entfernung ließ Ron nur noch größer werden. Mit ihren siebenundzwanzig Jahren war Beth bereits fest davon überzeugt, das große Glück sei für sie mittlerweile unerreichbar.

Das Problem ging jedoch weit über Ron hinaus. Fünf Jahre zuvor war bei Beth eine klinische Depression diagnostiziert worden. Um eine Karriere wie die ihre aufzubauen, hatte sie doppelt so viel Energie aufbringen müssen wie unter normalen Umständen; die Hälfte brauchte sie allein schon, um morgens überhaupt aus dem Bett zu kommen.

Auf eine paradoxe Art war die Sehnsucht nach Ron für sie fast eine Erleichterung, da sie ihrer Depression Form und Gestalt gab. Wenn ihre Depression eine Art diffuse dunkle Materie war, die jeden ihrer Gedanken zu einem negativen Gedanken machte, so war Ron die hübsche Urne, in der sie diese Materie aufbewahrte, wodurch sie sie zumindest ein wenig mehr unter dem Deckel behielt.

Alle in Moberly wären entsetzt gewesen, hätten sie gewusst, was Beth alles unternahm, um ihre Gefühle für diesen Mann unter Kontrolle zu halten. Alle schauten ihr nach, wenn sie ihre lange Joggingstrecke lief, meistens am Ohio River entlang. (Für manche Männer Moberlys konnte der Sonnenuntergang mit diesem Anblick nicht konkurrieren.) Doch was sie nicht sahen, wenn sie Beth so fit und federnd in ihrem schwarzen Trikot vorbeilaufen sahen, waren ihre leichten Lippenbewegungen, denn während fast der gesamten Zeit führte sie Selbstgespräche. Laufen war das Einzige, was erkennbar gegen ihre Depression half, und sie nutzte es dazu, um laut die Dinge zu benennen, die ihr Kummer bereiteten, in der Annahme, sie auszusprechen könne den in ihr herrschenden Druck verringern. Also joggte sie dahin und flüsterte Sätze wie: »War ich heute auch nur ein Gedanke in deinem Kopf?« Um anschließend zu Hause ihrem traurigen Hobby zu frönen, lange Briefe an Ron zu schreiben, die sie nie abschickte. In dem letzten, den sie geschrieben hatte, stand: »Dass du mir so fehlst, hat meiner Seele etwas Dunkles und Geheimnisvolles angetan. Ich dachte nicht, dass ein Mensch seine Seele physisch spüren könnte. Doch, ich schwör's, manchmal spüre ich nachts, wie sie sich vor Schmerz zusammenkrampft.« Und wenn Beth im Bett lag und nicht einschlafen konnte (mittlerweile auch nicht mehr nach drei Drinks), drehte sie sich auf den Bauch und küsste das Kissen.

Ihr Aufenthalt im Moberly Baptist Hospital, wo alle so

nett und freundlich waren, erinnerte sie an eine Frage, die sie manchmal umtrieb: Warum bin ich so traurig, obwohl so viele Menschen mich doch so lieben? Vielleicht lag es daran, dass ihre Gedanken ausschließlich um den einen Menschen kreisten, der sie *nicht* liebte. Was eine Schande war, denn so viele Menschen waren ihr doch so zugetan. Ihre Mom und Dad und ihr Bruder liebten sie abgöttisch. Alle drei nahmen das erste Flugzeug, als sie die Nachricht bekamen. Beths Freunde zu Hause mochten und schätzten sie, auch wenn sie von sich aus kaum Anstrengungen unternahm, den Kontakt zu ihnen aufrechtzuerhalten. Und ganz Moberly verehrte sie. Die Menschen hier zeigten ihr, dass die vielbeschworene Gastfreundschaft der Südstaaten kein Mythos war. Die Krankenschwestern beispielsweise hätten nicht netter sein können. Sie nannten sie »Liebes«, »Schätzchen« und »Engel«. Zuerst taten sie, als würden sie Beth nicht erkennen. Doch als Beth auf die Kardiologie verlegt wurde, sprach sie oft genug über ihre Arbeit, dass die Schwestern begriffen, dass sie ruhig erwähnen konnten, sie hätten sie im Fernsehen gesehen. Die Oberschwester der Intensivstation, eine rundliche Schwarze namens Christmas, erklärte: »Als Sie hierherkamen, habe ich meinen Mädels eingeschärft, sich nicht anmerken zu lassen, dass sie Sie kennen. Ich dachte: ›Wenn sie hier einen anderen Namen angegeben hat, heißt das wahrscheinlich, sie will nicht, dass jeder seine Nase in ihre Angelegenheiten steckt.‹«

Doch Beth antwortete: »Nein, ich bin hier einfach unter meinem richtigen Namen registriert. Als ich beim Fernsehen anfing, wurde entschieden, Beth Schlehuber sei als Name nicht karrierefördernd.«

»Man hat Sie also *gezwungen*, ihn zu ändern?«

»Kann man so sagen. Doch weil ich den Job unbedingt haben wollte, war ich mit allem einverstanden, was sie verlangten.«

»Ich glaube nicht, dass ich meinen Namen ändern würde. Na ja, hängt wohl davon ab, zu was sie ihn ändern würden.«

»Jemand, den ich sehr bewundert habe, hat den Namen vorgeschlagen, der schließlich verwendet wurde.« Sie fuhr sich mit den Fingern durch ihre schulterlangen braunen Haare, die seit Jahren nicht so ungepflegt gewesen waren. »Aber Sie – *Sie* haben bereits einen tollen Namen.«

»Danke, Liebes. Mein Mom sagte immer, wir haben dich Christmas genannt, weil um Weihnachten herum alle so glücklich tun.«

Sie und Beth lachten, doch Beth dachte daran, wie sie Weihnachten mit purer Schwermut in Verbindung brachte.

Eine von Beths Lieblingskrankenschwestern im Krankenhaus war eine Frau mittleren Alters mit Herrenfrisur, die ihr manchmal eine Sauerstofftherapie verabreichte. Zwar redete sie viel, hatte aber eine so beruhigende Stimme, dass Beth ihr gern zuhörte. Sobald sie Beth die Sauerstoffmaske angelegt hatte, redete sie einfach weiter. Sie sagte, es tue ihr leid wegen der Umstände, sich so im Krankenhaus zu begegnen, sie sei aber ganz aufgeregt, Beth kennenzulernen, weil sie in dieser Gegend nicht so viele Promis zu Gesicht bekäme, außer vor Jahren Madonna und Tom Hanks, aber die wären nicht ins Krankenhaus gekommen, und für Beth müsse es seltsam sein, weil alle anderen hier vermutlich das Gefühl hätten, Beth zu kennen, aber umgekehrt kenne sie die anderen ja nicht.

»Stimmt, manchmal komme ich mir schon ein wenig seltsam vor«, gestand Beth, sobald die Maske abgenommen wurde. »Ich stecke auf einer Seite des Schirms fest. Ihr könnt mich alle sehen, aber ich sehe euch nicht.«

»Na ja, verglichen mit Ihnen sehen wir nicht besonders toll aus, Püppchen.«

Vom Krankenhauspersonal abgesehen, erlebte Beth Einfühlungsvermögen und Besorgnis auch in Gestalt von Officer Hindman, einem grauhaarigen kleinen Mann, mit dem sie im letzten Jahr mehrmals zu tun gehabt hatte. Er kam an Beths erstem Morgen im Krankenhaus dort vorbei. Beth fand, ohne diesen Schnurrbart könnte er ein gutaussehender älterer Herr sein. Als Officer Hindman sie zum ersten Mal besuchte, war sie von den Beruhigungsmitteln noch ein wenig angeschlagen. Als Erstes wollte sie darüber reden, dass sie es immer so rührend fand, wenn sie Polizisten sah, die Kriminellen auf den Rücksitz ihrer Einsatzwagen halfen und dabei darauf achteten, dass die sich nicht die Köpfe stießen. Sie sagte, manchmal sehe sie das im Filmmaterial für die Nachrichten, und das erinnere sie jedes Mal daran, dass es auf der Welt doch noch gute Menschen gab.

»Machen Sie das auch?«, fragte sie den Polizisten.

»Was? Ihnen helfen, sich nicht den Kopf zu stoßen?«

»Ja.«

»Klar.«

»Ich wusste es. Ich hab gemerkt, dass sie ein guter Mensch sind.«

»Och, so weit würde ich nicht gehen, aber ich versuche halt, so gut es geht mit ihnen umzugehen, weil ich nicht vergessen möchte, dass so jemand früher mal ein kleiner

Junge oder ein kleines Mädchen war. Ich würde nicht wollen, dass jemand meinem kleinen Mädchen übel mitspielt, und mein kleines Mädchen ist sechsunddreißig.«

Dann sprachen sie darüber, dass einige der jüngeren Polizisten weniger mitfühlend waren, und Hindman schloss mit einem Seufzer und dem Satz: »Es gibt solche und solche.« Beth wusste nicht recht, was er damit meinte, antwortete aber: »Da ist was dran.« Schließlich sagte der Officer, es tue ihm leid, so gern er sich mit ihr unterhalte, er sei aber auch aus dienstlichen Gründen da und müsse ihr ein paar Fragen stellen. So behutsam wie möglich fragte er sie, was am Vorabend geschehen sei. Beth begann ihre Antwort, indem sie dem Polizisten von einem Mann erzählte, den sie liebte, der geheiratet hatte, wie sie kürzlich erfuhr, und der mit seiner neuen Frau ein neues Leben in New York begonnen hatte. Als der Beamte merkte, dass Beth »sich in etwas reinsteigerte«, wie er es nannte, erklärt er ihr, er brauche keine Hintergrundinformationen, sondern nur ihre Version »des eigentlichen Vorgangs«. Die konnte Beth in ein paar schlichten Sätzen zusammenfassen, was Hindman zu der Frage veranlasste: »Sie waren also für den Notfall der vergangenen Nacht allein verantwortlich?«

»Ja, klar. Natürlich.«

»Ich frage nur, weil Sie, nachdem die Sanitäter Sie wiederbelebt hatten, laut Bericht sagten: ›Ein Mann hat mir das angetan.‹ Sie wollten aber keinen Namen nennen und sagten später, Sie hätten sich das selbst angetan.«

»Ich erinnere mich nicht, das gesagt zu haben. Bestimmt meinte ich den Mann, der diese Schlampe geheiratet hat. Aber nein, ich war's allein.«

»In Ordnung. Das musste ich klären, besonders im Hinblick auf unsere früheren Begegnungen.«

»Aha. Verstehe. Falls es darum geht: Seit dem Kontaktverbot hatte ich mit Gerald Carlisle keine Probleme mehr. Um das klarzustellen, ich habe nie geglaubt, dass er mich gleich umbringen würde.«

»Alles klar. Entschuldigen Sie, dass ich Sie mit dem allem behellige, aber ich wollte nur sichergehen.«

»Ich wollte Sie aber noch nach diesem Mann fragen, der mich gerettet hat. Ich will wirklich nicht undankbar sein, aber wie kam er dazu, mein Haus zu beobachten?«

»In seiner Aussage stand, er sei einfach durch die Gegend gefahren.«

»Wer ist es?«

Hindman blätterte seine Unterlagen durch. »Das muss in dem anderen Bericht stehen. Der Name sagte mir gar nichts.«

»Was für ein Auto hat er gefahren?«

»Weiß ich nicht. Warum?«

»In letzter Zeit habe ich ein paarmal ein Auto vor meinem Haus parken sehen, in dem jemand saß.«

»Aber nicht Carlisle, korrekt?«

»Nein. Es war zu dunkel, um ihn gut sehen zu können, ich konnte aber erkennen, dass es nicht Carlisle war. Es hat bestimmt nichts zu bedeuten. Selbst wenn es etwas bedeutet – na ja, wenn man den Ausgang der Geschichte bedenkt, kann ich mich nicht beklagen.«

»Ich kann mal nachhaken.«

»Nein. Bitte nicht. Es ist völlig unwichtig. Ich werde nicht mal mehr lange in Moberly sein.«

»Sie verlassen uns?«

»Ja. Meine Mom hat mich gebeten, nach Hause zurückzukommen, und ich finde, das wäre für mich wohl das Beste.«

»Nur damit Sie's wissen, als Erstes habe ich heute Morgen Feuerwehr und Sanitäter telefonisch angewiesen – und unseren Jungs im Revier sag ich's später –, nicht mit der Presse oder sonst wem über diese Angelegenheit zu reden und Ihre Privatsphäre zu respektieren.«

»Es kommt trotzdem raus.«

»Na klar, aber ich will nicht, dass es in *The Register* steht. Also, auch wenn es für Ihre Entscheidung, ob Sie bleiben oder gehen, keinen Unterschied macht, sollen Sie doch wissen, dass wir uns bemühen, diese Sache nicht unnötig aufzubauschen.«

»Es geht um viel mehr als das. Ich hatte ohnehin schon mit dem Gedanken gespielt, von hier wegzuziehen. Mir fehlt meine Familie, und ich will diese Art von Arbeit nicht mehr machen. Ich bin's leid, in die Kamera zu lächeln.«

»Aber das machen Sie wirklich gut. Niemand kann so lächeln wie Sie.«

»Danke. Ich weiß zu schätzen, dass Sie das nicht an die große Glocke hängen wollen.«

»Nun, das mache ich nicht unbedingt nur für Sie.«

»Für wen machen Sie es dann noch?«

»Für die Menschen zu Hause. Was ich über Ihr Lächeln gesagt habe, das war mir ernst. Für die Menschen zu Hause ist es ein netter Gedanke, zu glauben, dass eine Person da draußen das, womit sie ihren Lebensunterhalt verdient, wirklich gern macht. Ich hatte gehofft, diesen Gedanken bewahren zu können.«

Ehe Hindman ging, fragte Beth, ob er Kontakt zu ihrem Retter aufnehmen könne. Beth wollte ihm nicht nur danken, sie hatte noch einen Grund, weshalb sie den Mann kennenlernen wollte. Insgeheim hoffte sie, der Mann, der sie gerettet hatte, wäre jemand, in den sie sich verlieben könnte, auch wenn dieser Mann sie beobachtet hatte. Der Liebe ihres Lebens unter solch dramatischen Umständen zu begegnen, so wurde ihr klar, wäre zwar wie etwas aus einem Film, doch so wollte sie es haben. Sie wusste zwar, wie albern das war, hatte sich aber immer gewünscht, dass ihr Leben einem Film glich. Der Hauptdarsteller sollte durch den Flughafen rennen, sie in der letztmöglichen Sekunde am Flugsteig aufhalten, ihr sagen, dass er sie liebte, und sie anflehen, bitte nicht wegzufliegen.

An ihrem dritten Morgen im Krankenhaus sagte Beths Arzt, die Betablocker gegen ihre Arrhythmie würden nun anschlagen, und sie könne, da sie nicht mehr unter psychiatrischer Beobachtung stehe, schon am nächsten Tag entlassen werden. Sie müsse allerdings Kontrolltermine mit einem Neurologen vereinbaren, um sicherzugehen, dass es keine verzögert auftretenden Beeinträchtigungen gab. Was ihre psychische Gesundheit betraf, so hatten ihre Eltern Beth überredet, in Kansas City eine stationäre Einrichtung aufzusuchen, nachdem sie erfahren hatten, dass es so etwas in Moberly nicht gab.

An diesem Morgen brachte eine hagere ältere Frau, die immer ein Haarnetz trug, Beth das Frühstück. Sie wie auch die Schwestern fühlten sich geschmeichelt, weil Beth immer wieder die Krankenhauskost lobte. Alle sagten, es sei ein gutes Zeichen, dass sie so einen Appetit habe. Beth sagte, die Schwestern müssten sie für einen Vielfraß halten, weil sie so viel übers Essen quatsche. Die Frau mit dem Haarnetz entgegnete, sie sei »nicht mehr als ein Strich in der Landschaft« und solle so viel essen, wie sie wolle. Beth verschwieg ihnen, dass ihre Begeisterung fürs Essen daher rührte, dass sie essen konnte, was sie wollte, da sie sich aus dem Fernsehen zurückziehen würde.

Gegen elf klopfte jemand leise an die Tür, und irgendwie wusste Beth, wer das sein würde. Beths Mom ging hin und öffnete. (Ihr Dad und ihr Bruder waren im Ramada. Die Familienmitglieder wechselten sich bei Beth ab.) An der Tür stand ein müde aussehender Typ, der sagte, Officer Hindman habe ihn geschickt.

»Er ist es, Mom«, sagte Beth. Und der Mann sah nur noch wirbelnden Goldschmuck und Leopardenmuster, als Beths Mom die Arme um ihn schlang. Sie dankte ihm, dass er ihr Baby gerettet hatte, und bat ihn in das kleine weiße Zimmer, wo er sich als Matt Cooper vorstellte. Bald trat im Zimmer peinliches Schweigen ein, da keiner der drei zu wissen schien, was er sagen sollte. Beths Mom bat Matt, auf dem Stuhl am Fenster Platz zu nehmen. Dann stellte sie ihm die üblichen Fragen, die man unter normalen Umständen stellen würde. So erfuhr Beth, dass Matt schon sein ganzes Leben lang in Bledsoe County wohnte, geschieden war, einen kleinen Sohn hatte, der kürzlich sechs geworden war, und dass er bei Blockbuster Video arbeitete.

Als Beths Mom die Fragen ausgingen, saßen die drei da und schauten aneinander vorbei. Matt schien zu überlegen, ob er lächeln sollte oder nicht. Obwohl sie sich dafür schämte, taxierte Beth Matt und kam zu dem Schluss, mit seinem blauen Blockbuster-T-Shirt, das über dem Bauch schlabberte, sei er ein Schlumpf-Typ. Ihr Blick wanderte immer wieder zu seinem Dreitagebart. Eine Rasur hätte wohl für Abhilfe gesorgt, und doch sah er aus, als gehörten diese ungepflegten Stoppeln einfach auf dieses schwächliche Kinn. Dann dachte sie daran, wie *sie* ungeschminkt aussehen mochte, wie angeschlagen sie für ihn aussehen musste, wie sie da in ihrem Pflegebett mit Seitengittern lag.

Beths Mom fragte Matt nach seinem kleinen Jungen, und sobald er von seinem Sohn sprach, hellte sich seine Miene auf.

»Worauf stehen denn Sechsjährige heutzutage so?«, fragte ihre Mom.

Matt lachte und sagte dann: »Meiner steht auf Farbproben.«

»Farbproben?«

»Genau. Sie kennen vielleicht diese Farbproben, die es im Baumarkt gibt? Die sammelt er und denkt sich kleine Spiele damit aus. Er sagt so was wie: ›Daddy, ist es nicht unglaublich, dass die *umsonst* sind?‹«

Alle drei lachten. Matt erzählte mehrere niedliche Geschichten über seinen Sohn. Seine hektische Art, sie vorzutragen, und seine kindlichen Manierismen erinnerten Beth an jemanden, sie wusste aber nicht recht, an wen.

Nachdem sie Matt gefragt hatten, welche Filme die Leute heutzutage ausliehen *(Die schrillen vier in Las Vegas, Scream)*, fragte Beth ihre Mom schließlich, ob sie etwas dagegen hätte, sie beide ein Weilchen allein zu lassen. Als ihre Mom hinausgegangen war, sagte Beth: »Sie wissen ja, dass man für so etwas jemandem unmöglich genug danken kann, aber ich will es wenigstens versuchen. Also: danke sehr. Ich danke Ihnen von Herzen.«

»Sie müssen mir nicht danken.«

»Und ob ich das muss.«

»Ich sollte Ihnen danken. Das war nämlich so ziemlich das Größte, was ich je gemacht habe. Es war gut für mein Ego. Moment mal –« Er verdrehte die Augen über sich selbst. »Das klang verkehrt. Es sollte sich nicht so anhören, als hätte ich davon profitiert, dass …«

»Schon in Ordnung. Tut mir wirklich leid, dass ich Sie in diese Lage gebracht habe.«

»Das sollte Ihnen nicht leidtun. Mein kleiner Junge hält mich für einen Helden. Wegen dieser Sache kann ich vielleicht noch zwei, drei Jahre lang verhindern, dass er herausfindet, was ich für ein Loser bin.«

Beth lachte. Es war ein herzliches, echtes Lachen. Adam Sandler, dachte sie. An den erinnerte er sie. Matt schien jetzt zu wissen, dass er lächeln konnte. Er hatte ein nettes Lächeln, fand Beth. Es war gleichzeitig lieb und traurig. Er sah gar nicht übel aus. Eine Schwester trat ein, um ihre Vitalfunktionen zu kontrollieren. Matt bot an zu gehen, doch Beth bat ihn zu bleiben. Ständig kam irgendwer in Beths Zimmer. Sie kamen, um ihr Blut abzunehmen, sie kamen mit Medikamenten, sie kamen wegen der Vitalfunktionen, und sie kamen wegen der Sauerstofftherapie. Und nachts ging das immer so weiter. Kaum schlief Beth ein, kam jedes Mal jemand rein und weckte sie, und doch schärfte man ihr gebetsmühlenartig ein, wie wichtig es für sie sei, sich auszuruhen.

Als die Schwester weg war, fragte Beth, ob Matt ihr vielleicht erzählen könnte, wie er sie gerettet hatte.

»Ich bin durch Ihre Wohngegend gefahren und habe gerade zufällig auf Ihre Garage geblickt, da sah ich durch die kleinen quadratischen Fenster Rauch. Und so hielt ich an und zögerte, denn bitte vergessen Sie nicht, jemanden zu retten ist untypisch für mich. Normalerweise komme ich mir so vor, als müsste jemand mich retten. Daher hätte ich es fast nicht gemacht. Ich versuchte, es mir auszureden. Ich dachte, na ja, wenn das jemand tun will, wer bin ich, ihn davon abzuhalten? Doch mein Sohn ging mir durch den Kopf, und ich dachte, was er wohl sagen würde, wenn er herausfände, dass ich nicht geholfen hätte.«

»Ach … dann muss ich also Ihrem Sohn danken.«

»Eigentlich schon. Ich bin also um Ihre Garage herumgelaufen, und die Hintertür war nicht verschlossen. Ich hielt mir mein Hemd vors Gesicht, lief zu Ihrem Wagen und zog Sie raus.«

»Hab ich irgendwas gesagt?«

»Nein, nein. Sie waren weggetreten. Ich dachte, Sie wären vielleicht tot. Doch ich habe Sie aus dem Wagen geholt und Sie nach vorn zum Rasen getragen, Sie wissen schon, heldenmäßig –«

Dabei konnte er nicht ernst bleiben. »Heldenmäßig?«, wiederholte Beth lachend.

»Ja klar, ich hielt Sie in den Armen, und Ihre Beine baumelten, wie wenn ich meinen Jungen ins Bett trage, wenn er zu schläfrig zum Gehen ist.«

»Na klar.« Sie lachte wieder. »Heldenmäßig. Klingt gut.«

»Und so trug ich Sie heldenmäßig nach draußen und

legte Sie ins Gras. Ich habe vielleicht dreimal Herzdruckmassage gelernt, was aber sinnlos ist, weil ich's immer innerhalb einer Woche wieder vergessen hatte. Daher dachte ich mir, versuch's besser gar nicht. Was für ein Held, hm?« Beide lachten. »Also bin ich in ein Haus gerannt und habe dort gesagt, sie sollen den Notruf wählen. Dann bin ich zu Ihnen zurückgelaufen und habe da erst gemerkt, dass Sie noch lebten, weil ich an Ihrem Hals einen Puls gespürt habe. Hoffentlich ist es okay, dass ich Sie am Hals berührt habe. Kurz danach kamen dann die ganzen Helfer.«

»Wow. Tut mir leid, dass ich *Sie* in Gefahr gebracht habe. Mussten Sie auch ins Krankenhaus?«

»Ja, aber nur zur Untersuchung. Mir fehlte nichts.«

»Die Frage klingt vielleicht komisch, aber ich bin nur neugierig. Haben Sie mich aus dem Fernsehen wiedererkannt?«

»Ja. Sobald ich Ihre Wagentür aufmachte. Dadurch kam noch ein neuer …«

»… Faktor an Seltsamkeit hinzu?«, schlug Beth vor.

»Genau. Es war so was wie: Herrje, es ist die Tussi aus dem Fernsehen.«

Sie musterte ihn kurz. Er schien ohne Falsch zu sein. Er hatte etwas Unschuldiges an sich, als würde er jeden Abend allein Fertiggerichte essen und jeden Morgen seine Mom anrufen. Doch sie war schon früher von netten Typen getäuscht worden. Sie überlegte, wie sie am besten an die Wahrheit gelangen, ihre Neugier befriedigen konnte. Dass sie ihn schweigend musterte, hatte er derweil offenbar als ein Bedürfnis nach Anerkennung interpretiert.

»Übrigens mag ich Channel Seven sowieso. Normalerweise arbeite ich, wenn der Sender bei uns im Laden läuft, aber ich sehe hin, wann immer ich kann. Ich dachte immer, o Mann, die wird noch mal ein Star. Was will sie nur bei uns in Moberly?«

»Ach, hören Sie auf. Aber es ist lieb von Ihnen.«

»Ernsthaft, als ich Sie mal gesehen habe, dachte ich, vielleicht ist sie zur Strafe nach Moberly geschickt worden. So als hätten Sie an Ihrem letzten Arbeitsplatz Ärger gekriegt, weil Sie über einen Mord gekichert haben oder so was, als Sie auf Sendung waren.«

Sie musste so lachen, dass sie um Atem rang. »Hören Sie schon auf. Die Stadt ist prima. Das merken Sie nur nicht, weil Sie schon so lange hier leben. Das ist genau so, als wäre man mit demselben Menschen zu lange zusammen und sähe irgendwann nur noch die hässlichen Seiten des anderen. Sie sehen nur noch das Hässliche an Moberly.«

»Ja, die Stadt ist gar nicht so übel. Aber ernsthaft, Sie sind so gut in Ihrem Job.«

»Nein, bin ich nicht. Ich hab Sie zum Narren gehalten.«

»Machen Sie Witze? Wenn ich bei *irgendwas* so gut wäre, würde ich –«

»Aber sehen Sie mich doch an.« Sie wies auf ihr Krankenhaushemd. Als sie seinen mitleidigen Blick sah, traten ihr Tränen in die Augen. Sie schaute Richtung Fluss.

»He.« Sie sah ihn nicht an. »He, Kopf hoch. Sie schaffen ein Comeback. Das weiß ich genau. Sie sind so jung. In null Komma nichts sind Sie wieder auf dem Bildschirm. Lassen Sie sich dadurch –«

»Ich kündige meinen Job.«

»Oh. Das ist doch gut.«

»Ich ziehe wieder in meine Heimatstadt.«

»Das kann ich Ihnen nicht verdenken. Es ist bestimmt ein stressiger Job.«

Beth nickte. Alle anderen versuchten ihr die Kündigung auszureden. Matt hier war anders, doch eins ließ ihr immer noch keine Ruhe. »So leid es mir tut, aber ich muss Sie etwas fragen. Wenn ich's nicht tue, wird mich das mein restliches Leben lang verfolgen.«

Er lehnte sich auf seinem Stuhl zurück. »Oh. In Ordnung.«

»Was für einen Wagen fahren Sie?«

Er kniff die Augen zusammen. »Einen Bonneville.«

»Welche Farbe?«

»Weiß.«

»Aha. Das dachte ich mir. Ich bin nicht verrückt, okay? Was ich jetzt sagen werde, verbinde ich mit einem Händedruck, doch ich muss sagen, dass ich weiß, dass Sie vor meinem Haus geparkt haben.«

»Mooomeht. Moment, Moment, Moment –«

»Ist ja in Ordnung. Wenn Sie mich nicht beobachtet hätten, wäre ich jetzt tot. Aber wir sind es einander schuldig, alle Heuchelei abzulegen. Ehe wir fortfahren, verraten Sie mir einfach, wie lange das schon so geht.«

Matt stand auf und wich vom Bett zurück. »Lady, ich stelle Ihnen nicht nach. *Sie* haben *mir* gesagt, ich solle herkommen, wissen Sie noch?«

»Aber ist das Ihr Auto, das ich bemerkt habe?«

»Ja.«

»Und darum –«

»Ich erklär's Ihnen. Ich wollte nichts davon erwähnen,

weil ich dadurch depressiv und jämmerlich wirke, und ich besitze noch *etwas* Stolz, ob Sie's glauben oder nicht, und außerdem fand ich, es gehe Sie nichts an, doch ehe Sie losziehen und behaupten, ich stelle Ihnen nach, sollen Sie wissen: Ich wusste nicht, dass Sie dort wohnen, wo Sie wohnen. Ja, manchmal parke ich vor Ihrem Haus, weil ich von dort einen guten Blick auf das Haus habe, das schräg gegenüber von Ihrem steht. Dort leben mein Sohn und meine Ex. Ich sehe ihn nur an jedem zweiten Wochenende und mittwochs, und in letzter Zeit fehlt er mir so sehr, dass ich dort parke und das Haus in der Hoffnung beobachte, durch das Fenster gelegentlich einen Blick auf ihn zu erhaschen.«

»Oh.«

»So isses.«

»Sie haben nur Ihren Sohn beobachtet?«

»Ja.«

»Es tut mir leid. Es tut mir leid, dass ich es angesprochen habe. Mein Gott, ich habe Ihnen so zugesetzt. Es tut mir sehr leid.«

»Na ja, ich habe wirklich vor Ihrem Haus geparkt. Aber mehr mache ich nicht, ich halte Ausschau nach meinem Sohn. Ich wollte Alex sehen, als mir die Abgasschwaden in Ihrer Garage auffielen. Ich hab keine Ahnung, warum ich das tue. Es macht mich nur noch trauriger.«

»Ich mache ähnliche Sachen andauernd. Manchmal muss man seiner Traurigkeit Nahrung geben. Verzeihen Sie mir bitte. Sie müssen verstehen, seit meinem Umzug nach Moberly hatte ich Probleme mit einigen Männern, die mir nachgestellt haben, und –«

»Und Sie finden mich gruselig.«

»Nein, nein. Überhaupt nicht. Bitte, setzen Sie sich wieder.«

»Nein, danke. Ich muss mich auf den Weg machen.«

»Ich habe Sie gekränkt.«

»Nein. Ich hätte Ihnen die ganze Geschichte von vornherein erzählen sollen. Ich stelle Ihnen nicht nach. Sie haben also eine Sorge weniger. Hoffentlich kommen Sie wieder klar.«

»Moment mal. Ich *weiß,* dass Sie mir nicht nachstellen. Jetzt denken Sie, dass *ich* glaube, sie hätten mich nur gerettet, damit Sie, na ja, bei mir besser landen können, doch das glaube ich nicht. Ich hätte nicht fragen sollen, aber ich musste mir sicher sein, ehe wir, na ja, ehe ich Sie besser kennenlerne. Ich wollte Sie nicht kennenlernen, nur um dann so etwas Zwielichtiges herauszufinden. Ich wollte das ausräumen, doch das war dumm von mir, weil Sie mir von Anfang an nicht dieses Gefühl vermittelt haben. Bei Ihnen spüre ich nur, da ist jemand, dem sein Sohn fehlt, und ich weiß, wie es ist, wenn einem jemand fehlt, wenn es auch nicht mein Sohn ist, und ich weiß, das muss viel, viel schlimmer sein.«

»Nun, hey, verstehen Sie mich nicht falsch. Wenn dieser Abend neulich zur Folge hat, dass ich Sie besser kennenlerne, wäre das toll, doch für mich hatte es jetzt schon etwas so Tolles zur Folge – besser geht's gar nicht.«

»Was meinen Sie damit?«

»Die Nachbarin, in deren Haus ich gegangen bin, um den Notruf zu wählen, das war meine Exfrau. Und nachdem der Krankenwagen Sie weggebracht und sich alle etwas beruhigt hatten, wollte meine Ex natürlich wissen, was ich überhaupt in der Gegend gemacht hätte. Und da habe ich ihr die Wahrheit gesagt. Da tat ich ihr leid, weil ich hoffte, meinen Sohn durch ein blödes Fenster zu sehen, und sie ist einverstanden, meine Umgangszeiten zu ändern. Ich werde ab jetzt meinen Sohn *viel* häufiger sehen.«

»Das ist ja toll!«

»Das stimmt. Dadurch habe ich eine zweite Chance bekommen. Nur dass diese Chance leider auf Ihre Kosten ging. Und mir tut es auch leid – wie formuliere ich das am besten? Ich frage mich, ob ich mich dafür entschuldigen sollte, dass ich Sie an Ihrem Vorhaben gehindert habe.«

»Ja. Ich hatte es fast geschafft, bis Sie aufgetaucht sind.« Sie lachte. Matt lachte nicht.

»Hätte ich mich raushalten sollen?«

»Es ist besser so, wie es jetzt ist. Es ist schön, hier zu sein.« Sie sah aus dem Fenster, dann wieder auf Matt. »Schauen Sie, vielleicht habe ich schon alles verdorben, aber ich bin noch fünf Tage in Moberly, ehe ich wieder nach Hause ziehe, und würden Sie vor meiner Abreise gern einen Kaffee mit mir trinken?«

Er lachte. Dann schüttelte er den Kopf.

Auf ihre Frage, warum er lache, antwortete er, er lache über sein Glück. Seine neue Vereinbarung beginne morgen, und er werde seinen Sohn die ganze Woche haben, Tag und Nacht, da gerade Schulferien seien. Danach habe er sich schon so lange gesehnt. Das Timing sei unfassbar, sagte er, aber ob sie nicht noch mal zurück nach Moberly käme? Sie antwortete, das wisse sie nicht. Er entschuldigte sich dafür, dass er unabkömmlich sei, sie entschuldigte sich für ihre Anschuldigung, und letzten Endes sagte sie, der Kaffee sei wohl doch keine gute Idee, da sie kurz davor stehe, die Stadt zu verlassen.

Sie wünschten sich gegenseitig viel Glück und verabschiedeten sich voneinander. Telefonnummern wurden nicht ausgetauscht. Als Matt gegangen war, war es Beth peinlich, dass er den Kaffee ausgeschlagen hatte, doch im Handumdrehen kehrten ihre Gedanken zu Ron Robinson zurück. Vielleicht hörte er ja, was sie getan hatte, bekam Mitleid mit ihr und änderte seine Haltung ihr gegenüber. Natürlich wusste Beth, dass das nicht geschehen würde. Dennoch fand sie Grund zu lächeln, da immerhin ein Held in den Sonnenuntergang gehen würde, Hand in Hand mit dem Menschen, den er liebte. Sie stellte die Rückenlehne des Bettes hoch, machte den Fernseher an, um sich die Zwölf-Uhr-Nachrichten anzusehen, und fragte sich, was es im Krankenhaus wohl zum Mittagessen gab.

10
Der Mann, der sich selbst genügte

Es gab mehrere Varianten, die die Bewohner Moberlys verwendeten, wenn sie davon sprachen, was aus Winston Herman geworden war. Winston selbst zog eine bestimmte Formulierung vor, eine, die man wahrscheinlich nie von ihm hören würde, da niemand je irgendetwas von ihm hörte. Er nannte es »der Welt den Rücken kehren«. Das klang gut, wie er fand. »Ich habe mein Haus seit drei Jahren nicht verlassen, weil ich beschlossen habe, der Welt den Rücken zu kehren.« Er hätte jedem empfohlen, seinem Beispiel zu folgen.

So wollte er es haben. Er war zu deprimiert, um das ganze Affentheater aufzuführen, das für den Umgang mit Menschen erforderlich war. Für Abenteuer war er zu ängstlich. Um Liebesbeziehungen einzugehen, fehlte ihm die Energie. Nichts davon betrachtete er als Schwäche. Falls überhaupt, so hielt er seinen Rückzug aus der Welt für nobel. Er war stolz darauf, dass er keine Angst vor dem Alleinsein hatte. Ihm war aufgefallen, dass die meisten Menschen dazu nicht in der Lage waren, und ihn amüsierte, wie bereitwillig sie ihr Leben kaputtmachten, nur damit der Platz auf der anderen Bettseite nicht leer blieb.

Doch allein zu sein lag Winston Herman im Blut. Was auch immer es im Inneren von Menschen gab, das es ihnen ermöglichte, mit anderen Menschen eine Bindung einzugehen – Winston war überzeugt, dass er es einfach nicht besaß. Seit er ein kleiner Junge war, fühlte er sich von anderen isoliert. Doch dieses Gefühl von Isoliertsein ging mit einem anderen Gefühl einher. Es war ein diffuses Gefühl der Sehnsucht nach etwas, ohne dass er wusste, wonach er sich sehnte. Obwohl er nicht genau wusste, was dieses Etwas war, hatte er einen starken Verdacht, wo es sich befinden könnte. Manchmal dachte er spätabends darüber nach, wenn die Baseballübertragung beendet war und es draußen vor seinem Fenster nichts mehr zu beobachten gab. In kurzen Geistesblitzen, die rasch wieder in den Äther entschwanden, verortete er dieses Etwas, wonach er sich sehnte, im Inneren anderer Menschen. Doch andere Menschen hatten dafür gesorgt, dass er sich überhaupt erst isoliert fühlte. Sein Leben lang hatte er versucht, einen Ausweg aus diesem Dilemma zu finden.

In Moberly gab es noch andere wie ihn – eine ganze Menge sogar –, doch weder war er ihnen je begegnet, noch würde das Schicksal wahrscheinlich gestatten, dass sich ihre Wege kreuzten.

Und so saß er allein auf der schwarzen Kunstledercouch im Wohnzimmer, im hinteren Teil des Hauses neben der Garage. Dort konnte man ihn finden, Tag und Nacht, an einer der wenigen Stellen des Hauses, wo überhaupt noch Platz für eine Person war, da er mit seiner maßlosen Sammelwut jede freie Ecke zugemüllt hatte. Von außen sah das Haus gut aus (ein Flachbau ohne Keller, brauner Backstein, Farmhausstil), doch im Inneren sah man kaum noch ein Fleckchen Fußboden, und es standen so gut wie keine ebenen Flächen zur Verfügung, auf denen man sein Getränk abstellen könnte. Winston stellte sein Bierglas auf einen Fleck von fünf Zentimeter Durchmesser auf einer braunen Kiste neben seinem Sofa. In der Kiste lag ein Stapel Manuskripte mit einem Zettel obendrauf, auf dem stand: »Nach meinem Tod nicht wegwerfen. Falls ich als Autor wiederentdeckt werde, könnten sie wertvoll werden.«

Der schlaksige, dunkelhaarige Winston mit den müden Augen, der immer glattrasiert war, auch wenn es keinen Anlass dafür gab, verbrachte seine Tage damit, aus dem Fenster zu schauen oder fernzusehen, gewöhnlich Baseball, besonders die Cubs oder die Braves, da Chicago und Atlanta ihre eigenen Kabelsender hatten. Selbst wenn er fernsah, ließ er die Jalousien am Fenster offen, um zu beobachten, was draußen vor sich ging, was meist nicht viel war, da er am Stadtrand wohnte. Er schaute gern zu, wie alle in ihren Autos verspätet zur Arbeit aufbrachen, und war dankbar, dass er nicht mehr dazugehörte. Bis er einundfünfzig war, hatte er dazugehört. Jetzt war er vierundfünfzig. Er stellte zufrieden fest, dass die Welt sich auch ohne ihn problemlos weiterdrehte.

In letzter Zeit hatte er noch einen weiteren Grund gefunden, um aus dem Fenster zu schauen. Er kam nicht umhin, von einer Frau fasziniert zu sein, die in der Abenddämmerung regelmäßig an seinem Haus vorbeiging. Sie war hübsch, hatte helle Haut und mittellanges, kastanienbraunes Haar, und Winston schätzte sie auf Mitte vierzig. Sie ging immer allein, kerzengerade, mit mittlerer Geschwindigkeit und schien mit besorgter Miene in Gedanken versunken zu sein. Doch Winston fand am faszinierendsten, dass die Frau nie

Sportbekleidung trug. Sie trug Kleider oder Hosenanzüge und manchmal auch Röcke mit Samttops. Das Lässigste, was sie je anhatte, waren einmal Jeans gewesen. Zu diesen schicken Outfits trug sie ein verwittertes Paar weißer Keds-Sportschuhe aus Segeltuch. Wenn er die vielen anderen Leute in in ihren klobigen Sneakers und schlabbrigen Shorts vorbeigehen sah, dachte er an diese Frau und fragte sich, ob sie wohl aus Trotz so gekleidet war.

Als er sie das erste Mal sah, fühlte er in seinem Inneren etwas rumoren, das er seit Jahren nicht mehr gespürt hatte. Er wollte sich zwingen, es zu vergessen und nicht mehr aus diesem Fenster zu schauen, weil er in diesem Haus allein prima zurechtkam, und wenn andere Menschen ins Spiel kamen, war das immer riskant.

Von all den Tausenden von Dingen, die überall in Winstons Haus stapelweise herumlagen, weckte ganz besonders ein Gegenstand bei ihm Gefühle. Deshalb vergrub er ihn außer Sichtweite in seinem Schlafzimmer unter fleckiger Bettwäsche und Wettscheinen von Pferderennen. Der Gegenstand war eine rote Polojacke aus Baumwolle, die seinem Vater gehört hatte.

Als Kind war Winston immer im Garten hinter dem Haus in der Main Street geblieben und hatte durch die Latten des Holzzauns die Nachbarskinder beobachtet. Er wusste nicht, wie er sich Gleichaltrigen nähern sollte. Wie sie alle zueinanderfanden und miteinander spielten, war für Winston ein großes Rätsel. Zum Glück hatte er dennoch einen Spielkameraden: seinen Dad. Sein Dad war ein sensibler Mann, der sehr gern las und immer Zeit fand, mit

Winston zu spielen, ganz gleich, wie müde er war. Winstons Dad war Kanadier. Er war Schriftsteller gewesen und hatte in jungen Jahren bei einem New Yorker Verlag einen Roman veröffentlicht, der sich aber nicht gut verkaufte. Doch er schrieb weiter, weil das sein Traum war und er immer glaubte, sein Schreiben würde noch mal zu etwas Gutem führen. Er hatte Schwierigkeiten, Arbeit zu finden. Winstons Mom entstammte einer wohlhabenden Familie aus Kentucky, doch ihr Erbe reichte nicht ewig, was dazu führte, dass seine Familie häufig finanzielle Schwierigkeiten hatte. Winstons Mom war eine gutmütige, geduldige Frau, doch wegen der Geldprobleme war ihre Beziehung zu seinem Dad oft angespannt.

Als Winston neun war, stellte man bei seinem Dad Bauchspeicheldrüsenkrebs fest. Winston und seine kleine Schwester mussten sich auf die Treppe vor der Veranda ihres viktorianischen Hauses setzen, und da erzählte ihnen ihr Dad von der Diagnose, aber keine Sorge, er werde einfach alles in seiner Macht Stehende tun, um die Krankheit zu bekämpfen, man könne ihn nicht aufhalten und es gebe keinen lebenden Menschen, der wilder entschlossen sei als er. Er erzählte ihnen, von nun an werde er ein in jeder Hinsicht gesünderer Mensch werden. Er werde sich gesund ernähren und sich an einen strikten Trainingsplan halten. Er sagte, er werde sein Training mit etwas Einfachem beginnen: Er werde um den weitläufigen Garten hinter dem Haus Runden gehen.

Am nächsten Tag verkündete Winstons Dad voller Optimismus und wild entschlossen, er werde jetzt zu seiner ersten Runde ins Freie gehen. Er zog seine rote Polojacke an und verschwand durch die Hintertür. Keine fünf Minuten später kam Winstons Dad lächelnd und kopfschüttelnd wieder. Ein Vogel hatte ihm auf Kopf und Jacke geschissen. Er tat den Zwischenfall mit einem Lachen ab, wusch sich unter dem Wasserhahn in der Küche den Kopf und ging wieder hinaus. So viele Jahre später erinnerte sich Winston nicht mehr daran, wie lange sein Dad diese Spaziergänge beibehalten hatte, doch er wusste, es konnte höchstens eine Woche gewesen sein. Er überlegte, ob der Vogel mit daran schuld gewesen war, dass sein Dad aufgab, weil er ihm den Anfang versaut hatte, doch er hatte nie gefragt.

Nein, dass sich Winston später in seinem Zuhause einschloss, geschah nicht aus Angst davor, dass ein Vogel auf ihm seine Notdurft verrichten könnte. Jahre vergingen, ohne dass er an dieses Ereignis dachte, und erst als Erwachsener maß er ihm überhaupt eine Bedeutung bei. Winston setzte sich in den Kopf, der Vogel müsse der Grund gewesen sein, weshalb sein Dad die Spaziergänge so schnell wieder beendete, und allmählich symbolisierte der Vogel für Winston die Vorstellung, dass die Welt sich nicht für Menschen einsetzte und lebendig zu sein – es zumindest zu *versuchen* – bedeute, sich gegen die Welt behaupten zu müssen. In seiner Weltsicht hatte Optimismus keinen Platz. Sein Dad war optimistisch gewesen und hatte in null Komma nichts in einem Sterbehospiz gelegen. In Winstons Leben gab es keinen Platz für Hoffnung. Zwar wusste er, dass man mit einer solchen Einstellung nicht weiterkam, doch wenn er sich bemühte, Optimist zu sein, gab es jedes Mal unweigerlich eine Krise. Er sah die Welt als einen ewigen Shitstorm und war dankbar, einen Weg gefunden zu haben, sich nicht mehr an ihr beteiligen zu müssen, sie von seiner Seite der Fensterscheibe aus zu beobachten, in Sicherheit.

Tag für Tag trug Winston einen grünkarierten Morgenmantel über Jeans und einem weißen Unterhemd. Er wohnte in einer Gegend namens Lantry Forge. Sein Haus war ein Eckhaus und das Fenster, hinter dem er seine Tage und Nächte verbrachte, keine fünfzehn Meter von einem Stoppschild entfernt. Er hatte die Autos vor seinem Fenster schon so lange beobachtet, dass er einen sechsten Sinn dafür entwickelte, ob ein Fahrer das Schild beachtete oder nicht. Zuerst war er von der Anzahl der Menschen verblüfft, die nicht anhielten, doch bald erwartete er es geradezu, was ihn in der Auffassung bestärkte, die richtige Entscheidung getroffen zu haben, als er das Autofahren aufgab.

Andere Verhaltensweisen von Menschen in ihren Autos überraschten ihn zunächst, als er begann, aus dem Fenster zu schauen. Doch mittlerweile war ihm klargeworden, dass sich Leute nun mal so benahmen, wenn sie sich unbeobachtet fühlten. Eine Sache war das Geschrei. Die Leute schrien sich in ihren Autos sehr viel an, und während sich Winston zuerst fragte, warum Leute, die so wütend aufeinander waren, sich auf so engem Raum zusammenpferchten, fielen ihm dann seine eigenen gescheiterten Ehen ein.

Er rechnete inzwischen auch damit, dass die Fahrer sich nicht wirklich darauf konzentrierten, dass sie am Steuer eines Autos saßen. So viele von ihnen wirkten abgelenkt, fummelten am Radio herum, griffen nach irgendetwas, sahen überallhin außer auf die Straße vor ihnen. Sie fuhren wie Leute, die glaubten, ihnen könnte nie etwas Schlimmes zustoßen. Gott, wie glücklich konnte er sich schätzen, nicht mit ihnen im Auto zu sitzen.

Einige der jüngeren Leute ließen in ihren Autos Rap-Musik mit wummerndem Bass laufen, manchmal bis zwei oder drei Uhr morgens. Am meisten störte Winston daran, dass der Bass so laut war, dass er Schwingungen durch seinen Körper schickte, was sich übergriffig anfühlte. Es war Jahre her, dass jemand ihn berührt oder dass er jemanden berührt hatte. Der einzige Mensch, den er je sah, war seine siebenundzwanzigjährige Tochter Rachel, die für ihn einkaufte und Botengänge erledigte. Doch sie nahmen sich nie in die Arme (dafür war auch kaum genug Platz, ohne dass man Gefahr lief, sich zu verletzen).

Dann gab es die Leute, die zu Fuß gingen. Die meisten von ihnen schienen es zur körperlichen Ertüchtigung zu tun. Einige führten ihre Hunde aus, und im Allgemeinen waren die Leute in dieser Gegend ziemlich gewissenhaft darin, die Häufchen ihrer Haustiere einzusammeln. Manche schauten in Richtung seines Fensters, dann lehnte sich Winston nach hinten, bis sie weg waren.

Außer den Passanten beobachtete Winston auch die Vorgänge im Haus auf der anderen Straßenseite, gegenüber seiner Garage. Etwa anderthalb Jahre nachdem er der Welt den Rücken gekehrt hatte, zog ein junges Paar dort ein, und anders als die Paare, die sich in ihren Autos gegenseitig anschrien, zeigten diese beiden keine offene Verachtung füreinander. »Die Crispens« stand auf ihrem Briefkasten, den der Ehemann persönlich aufgestellt hatte. Winston fand an dem attraktiven Paar nichts auszusetzen, ihn amüsierte aber, wie durch und durch amerikanisch sie sich gaben.

Normalerweise trafen ihre SUVs im Minutenabstand voneinander gegen Viertel nach fünf ein. Sie gingen gemeinsam joggen, und bevor es losging, machten sie in der Auffahrt immer brav Dehnübungen. Einmal fiel Winston auf, dass der Mann übers Wochenende offenbar ausgeflogen war, was er verdächtig fand. Doch als der Gatte zurückkam, holte er einen großen goldenen Pokal vom Rücksitz. Seine Frau kam aus dem Haus gelaufen und umarmte ihn. Er schlang einen Arm um sie, mit dem anderen hob er den Pokal in die Höhe. Dann küssten sie sich leidenschaftlich. Winston musste lachen. Er hatte in seinem ganzen Leben noch nie etwas gewonnen.

Gelegentlich gab das Paar im Garten hinter ihrem Haus eine Grillparty. Bei der ersten beobachtete Winston, wie sich die Autos auf der gegenüberliegenden Straßenseite aufreihten. Dann parkte ein Wagen direkt vor Winstons Haus, was ihn nicht störte. Doch Mrs. Crispen kam aus ihrem Garten und näherte sich dem Paar, das dort geparkt hatte. Sie sagte etwas zu den beiden und zeigte dabei auf Winstons Haus, woraufhin die Gäste nickten, wieder einstiegen und weiter unten in der Straße eine andere Parklücke fanden.

Winstons Tochter hatte ihm erzählt, dass die Leute über ihn redeten und sich fragten, was in dem stillen Eckhaus vor sich gehen mochte.

»Ich bin froh, dass sie ein Gesprächsthema haben.«

»Aber was soll ich den Leuten sagen, wenn sie mich nach dir fragen?«

»Sag ihnen, ich habe der Welt den Rücken gekehrt.« Er scherzte gern, lächelte dabei aber nie.

»Das sage ich nicht.«

»Sag ihnen, in Japan machen sie das andauernd.«

Nur wenn seine Nachbarn mal wieder eine Grillparty gaben, öffnete Winston sein Fenster, und selbst dann nur einen Spaltbreit. Das erste Mal tat er das, um zu lauschen. Er hörte zwar nicht viel, roch aber die Grillkohle und die Hamburger. Der Geruch traf sofort eine Stelle in seinem Hirn und erinnerte ihn daran, wie er früher für seine Familie in seinem Garten hinterm Haus gegrillt hatte, als noch Kinder auf den Schaukeln saßen. Sein Grill stand nun irgendwo in der Garage. Auch wenn ihn der Geruch beinahe zum Weinen brachte, öffnete er das Fenster jedes Mal einen Spaltbreit, wenn seine Nachbarn grillten.

Am letzten Memorial Day öffnete Winston das Fenster wieder einmal einen Spaltbreit, als er die Autos am Haus des Pärchens vorfahren sah. Bei leicht geöffnetem Fenster hörte er eine Frauenstimme. Die kam nicht aus dem Garten des Paares; sie war näher und lauter. Es war das erste Mal, dass Winston die gutgekleidete Dame sah. Sie trug ein Strickkleid mit Blumen- und Kolibrimuster. Er hörte nicht, was sie sagte, außer dass sie das Wort »bitte« zu wiederholen schien.

Von nun an ging sie fast täglich an Winstons Haus vorbei. Nur an diesem ersten Tag hörte er sie reden, doch dabei hatte sie einen so nachdenklichen Gesichtsausdruck, dass Winston sich vorstellte, wie in ihrem Kopf ein dramatischer Monolog ablief. Er wusste nicht, warum, doch es machte ihn glücklich, sie vorbeigehen zu sehen, und es dauerte nicht lange, da war ihr Auftauchen für ihn der Höhepunkt des Tages.

Winston wollte jemandem von dieser Frau erzählen,

doch am selben Abend, als er seiner Tochter von ihr berichten wollte, eröffnete sie ihm, sie werde nicht mehr vorbeikommen, um ihm zu helfen. Im Laufe der Jahre hatte sie ihm zahlreiche Ultimaten gestellt und ihm gesagt, wenn er wegen der Vermüllung nichts unternehme oder professionelle Hilfe suche, werde sie ihn nicht mehr unterstützen. Anfang Juni ließ sie ihrem Ultimatum endlich Taten folgen. Den Ausschlag – was für Winston nicht überraschend kam – gab schließlich ein Mann.

»Ich liebe ihn, Daddy. Verstehst du das? Erinnerst du dich, wie es ist, jemanden zu lieben?«

»Sehr gut sogar.« Er kreuzte die Beine auf eine nicht sehr maskuline Art und wippte mit dem in einem Pantoffel steckenden Fuß. Wie immer hatte er Rachel den einzigen verbliebenen Platz auf dem Sofa angeboten, doch sie lehnte ab und zog es vor, auf einem kleinen Fleck zwischen Fernseher und einem Stapel nie benutzter Koffer stehen zu bleiben. Sie trug High Waist Jeans und einen Choker-Halsreif.

»Und weißt du eigentlich, wie sehr es mich schmerzt, dass ich zwei Männer liebe, die beiden sich aber nie kennenlernen werden, weil einer von beiden so was wie ein großes *Geschlossen*-Schild umhängen hat?«

»Das ist gut. Geschlossen. Wegen Geschäftsaufgabe.«

»Ich muss das also machen, weil es dich zwingen könnte, endlich –«

»He – du solltest mir ein Geschlossen-Schild besorgen und an meine Haustür hängen.«

»Hör mir zu! Wie willst du mich je zum Altar führen, wenn du nicht mal dieses Zimmer verlassen willst?«

»Der Weg zum Altar führt direkt zu einem Loch, das

steil in die Hölle abfällt. Wusstest du das nicht? Heißt das, du willst, dass ich dich in ein Höllenloch bringe?«

»Hör auf. Ich meine es ernst. Ich sag's dir, jetzt ist Schluss. Ich kann das nicht mehr. Ich hab dir den Katalog von Schwan's mitgebracht.«

Vorsichtig begab sie sich zum Sofa, stieg dabei über diverse Abfälle. Sie stellte ihre Handtasche auf das Sofa und kramte darin herum.

»Du solltest diese Handtasche wirklich aufräumen. Das reinste Chaos.«

»Du –« Sie schaute auf und sah, wie er ihr zuzwinkerte. »Hör auf. Es ist mir ernst.« Sie zog den Prospekt aus der Tasche. Darin waren alle möglichen Lebensmittel aufgelistet, die man bestellen konnte und die ein Bote anschließend ins Haus brachte. »Hier, Daddy. Und jetzt verschwinde ich.« Als er aus dem Fenster schaute und den Katalog nicht nehmen wollte, warf sie ihn ihm in den Schoß. Dann lavierte sie sich vorsichtig durch den Müll Richtung Straßenseite des Hauses. Es war unmöglich, das Haus durch die Hintertür zu verlassen; die Garage war der am weitaus meisten mit seinen Habseligkeiten vollgestopfte Teil des Hauses. In der Garage gab es keine Autos, nur von Boden bis zur Decke gestapeltes, aufgegebenes Hab und Gut: künstliche Weihnachtsbäume, ein Laufband, Autobatterien, Elektrowerkzeug, Hohlblocksteine, Enzyklopädien, zahllose Zeitungsstapel – sogar samt Werbebeilagen.

Als Rachel schließlich die Wohnzimmertür erreichte, sagte Winston: »Du ziehst diesen Mann also mir vor?«

»Nein. Ich will euch beide. Deshalb habe ich –«

»Halt an deiner Familie fest. Freunde, Boyfriends, die

bescheißen dich bei der erstbesten Gelegenheit. Entweder das, oder sie haben einfach genug von dir. Aber Verwandte bleiben dir treu. Und sei es auch nur, weil sie es müssen.«

»Sie *müssen* es nicht. Schau dir Chris an.«

»Tja, das stimmt.«

»Und wenn dir deine Familie so wichtig ist, benimm dich entsprechend.«

»Aber die Familie *ist* mir wichtig. Siehst du die Singer-Nähmaschine da drüben? Das ist meine Familie. Das ist meine Mom. Siehst du diese Schachtel mit Munition? Das ist meine Schwester. Und diese Baseballkarten sind Chris.«

»Nun, Chris hat sich so früh wie möglich abgesetzt, und Tante Haleigh will offensichtlich auch nichts mit uns zu tun haben. Du hast also keinen mehr außer mir, und falls du mich je wiedersehen willst, musst du zulassen, dass ich dir Hilfe besorge.«

»Ich brauch keine«, sagte er, und als er den Fernseher anmachte und seine Tochter nicht mehr ansah, ging sie. Es liefen gerade die Nachrichten, und wieder war irgendeine neue Sprecherin zu sehen statt Olivia Abbott. Anscheinend kam Olivia nicht zurück, was Winston störte, da er sich an sie gewöhnt hatte. Man kann sich auf keinen mehr verlassen, dachte er, und dies war der erste Abend, seit er die gutgekleidete Dame gesehen hatte, an dem er die Jalousien herunterließ. Er schwor sich, den restlichen Abend nicht mehr aus dem Fenster zu sehen.

Als Kind hatte sich Winston übertrieben große Sorgen darüber gemacht, dass er in der Schule in Schwierigkeiten geraten könnte. Über vierzig Jahre später konnte er sich immer noch an jede einzelne Gelegenheit erinnern, wenn eine Lehrkraft mit ihm geschimpft hatte. Beispielsweise hatte in der Vorschule die Lehrerin die Schüler Weihnachtsbilder malen lassen, und um Schnee zu malen, durchbohrten die Schüler ihr Papier mit ihren Bleistiften. »Das macht Spaß«, hatte Winston, der gewöhnlich nie etwas sagte, gerufen, denn dieses eine Mal hatte er seinen Spaß, und es rutschte ihm einfach heraus.

»Es macht auch Krach«, hatte die Lehrerin missbilligend erwidert.

Dieselbe Lehrerin hatte Winston auch hundertmal gelobt, doch er erinnerte sich nur an dieses eine Mal, als sie ihm sagte, er mache Krach. Winston erinnerte sich an jedes einzelne Mal in seinem Leben, wenn ihn jemand aus der Fassung gebracht hatte. Er konnte nicht die leiseste Kränkung seiner Person vergessen, auch nicht, wenn er es versuchte. Er fragte sich, ob es anderen Menschen auch so ging.

All die Jahrzehnte später befand sich das Weihnachtsbild mit dem lauten Schnee noch immer im Haus, genau wie jedes andere seiner Bilder, genau wie auch die, die er in der ersten Klasse gemalt hatte, auf denen ein Schüler, der ihn auf der katholischen Schule drangsaliert hatte, gepfählt wurde. Die Zeichnungen lagen in einer Schachtel im Schrank, unter einer anderen Schachtel voller Schulzeugnisse.

Winston war elf gewesen, als sein Dad starb. Danach war er in der Schule allmählich aufgetaut. In der Rückschau erkannte er, dass es für diese Veränderung einen recht einfachen Grund gab: Sein Leben zu Hause war traurig, und er konnte sehr wenig dagegen tun, daher unternahm er eine bewusste Anstrengung, wenigstens in der Schule glücklicher zu werden. Das erforderte von ihm, mehr zu reden, witzig zu sein, teilzunehmen, statt nur zu beobachten. Was umgehend dazu führte, dass Winstons Lehrerin in der sechsten Klasse seine Mom anrief und um ein Treffen bat. Die Lehrerin sagte, Winston sei auf einmal so »überdreht« und ihr sei aufgefallen, dass er sich inzwischen mit einigen wilderen Jungs anfreunde und sich nicht mehr so auf seine Hausaufgaben konzentriere. Winstons Mom hatte ihn mit den Worten verteidigt, der Junge sei durch die Hölle gegangen und wenn er überdreht sein wolle, dann solle man ihm in Gottes Namen erlauben, überdreht zu sein. Daraufhin hatte die Lehrerin vorgeschlagen, man solle Winston ermuntern, sich einen Sport auszusuchen, da er offensichtlich ein Ventil brauche. Außerdem müsse er eine vielseitigere Persönlichkeit werden.

Winston entschied sich für Baseball, weil das die einzige Sportart war, die seinen Dad interessiert hatte. Als er bei seinem zweiten Spiel die erste Base umrundete, zog er sich am rechten Knie einen schweren Knorpelriss zu. Die Krücken hatte er heute noch; sie lehnten in der Garage an der Wand, neben den Rollstühlen verstorbener Angehöriger (dem seiner Tante, dem seiner Mom). Um sich die Zeit zu vertreiben, als er nicht gut zu Fuß war, hatte sich Winston intensiv mit Zeichnen beschäftigt. Als er auf der Highschool Kunstkurse belegte, nahm ihn der Lehrer, ein großväterlicher Typ, eines Tages nach dem Unterricht beiseite und sagte ihm, wenn er wolle, könne er eine Laufbahn im Kunstbetrieb einschlagen, was Winston überraschte, weil er seiner Meinung nach nicht mit Clark Birkhall mithalten konnte, der von allen im Kurs am besten zeichnete. Eine kurze Phase lang träumte Winston davon, mittels seiner Kreativität seinen Lebensunterhalt bestreiten zu können. Während seines letzten Schuljahres hatte Winstons Lehrer ihn dann überredet, sich am Ringling College of Art and Design in Sarasota, Florida, zu bewerben. Er wurde angenommen und sah sich in Begleitung seiner Mom und seiner Schwester den Campus an. Doch als sie wieder zu Hause waren, stellte sich Winston immerzu seinen Dad vor, wie er nachts kettenrauchend an einer Schreibmaschine saß, und fand, dass das, was sein Dad am meisten geliebt hatte, auch am meisten Elend über ihn gebracht hatte. In dem festen Glauben, dass Träume nicht wahr werden, entschied sich Winston stattdessen für die Buchhaltung, damit er und seine zukünftigen Kinder zumindest finanzielle Sicherheit haben würden. Er besaß immer noch Sand von der Reise nach Florida, eine ganze Cola-Flasche voll, die auf dem Boden der Speisekammer stand.

Da seine Mom bald wieder heiraten würde und er mit Moberly immer unzufriedener wurde, wollte Winston woanders studieren. Er landete an der Indiana University. Er dachte, sobald er Moberly verließe, würde er schon Gleichgesinnte finden, was auch immer das sein mochte. Doch er fand sie nicht. Er begegnete nur den immer gleichen Leuten. Er dachte, er fände jemanden, in den er sich verlieben könnte, doch das geschah nicht. In zwei Mädchen verknallte er sich bis über beide Ohren, doch sie würdigten ihn keines zweiten Blickes. Über dreißig Jahre später hatte er immer noch alle seine Lehrbücher vom College, viele davon mit kunstvollen Skizzen schöner Frauen in den Randspalten verziert. Nach der Hälfte seines Studiums merkte er, dass etwas mit ihm nicht so ganz stimmte. Auch wenn er nicht in der Lage war, das Gefühl genau in Worte zu fassen, kam er dem doch ziemlich nahe, als er zu seiner Mom sagte: »Wenn ich in der Öffentlichkeit unterwegs bin, zum Beispiel in einem Supermarkt, kommt es mir so vor, als befände sich alles vor mir auf einem Gemälde. Alles, was ich sehe, wirkt so flach, womit ich nicht das Aussehen meine. Ich meine, es fühlt sich so an. So als wäre ich dreidimensional, aber alles vor mir nur zweidimensional, wie ein Gemälde, das ich nicht betreten kann.« Als ihn das Zirpen der Zikaden absolut kaltließ, hatte er mit einundzwanzig das Gefühl, dass in ihm noch etwas anderes falschlief. Bisher hatten Zikaden immer den Sommer verkörpert, und der hatte das Leben an sich verkörpert, doch jetzt machten sie Krach und sonst gar nichts.

Dann kamen die unerwünschten Gedanken. Zunächst war da das Zeitproblem. So ging Winston beispielsweise ins Kino und fixierte sich darauf, dass der Film nach der angegebenen Länge endete. Wenn er den Gedanken nicht mehr loswurde, hinderte ihn das manchmal daran, den Film zu genießen. (»Also. Filmbeginn um 15 Uhr 30. Vorführdauer ist zwei Stunden und fünfunddreißig Minuten. Folglich wird der Film um 18 Uhr 05 enden. 18 Uhr 05. Fünf nach sechs.«) Mit seiner Distanziertheit, seiner Schwermut und solchen unsinnigen Grübeleien wurde er allmählich ein sich chronisch unbehaglich fühlender Erwachsener. Er verlor nicht nur jedes Selbstvertrauen, er vertraute auch keinem mehr in seinem Umfeld. Er gelangte zu der Ansicht, wenn man sich bei Menschen auf etwas verlassen konnte, dann darauf, dass sie das Falsche taten.

Zwei Jahre nach seinem College-Abschluss entschied sich ein bereits erschöpfter und ausgelaugter Winston für eine Laufbahn bei der Finanzbehörde von Kentucky. Die Arbeit interessierte ihn zwar nicht besonders, hatte aber einen Vorteil, der sie äußerst attraktiv machte. Der Bundesstaat Kentucky bot seinen Mitarbeitern nach dreißig Jahren eine Frühverrentung an. Sogar damals schon plante er seinen großen Abgang.

Nur an diesem einen Abend zog Winston die Jalousien zu. Bald merkte er, dass er gerne irgendwie Kontakt zu der Frau aufnehmen wollte, aber nicht wusste, wie. Nach draußen zu gehen, um ihr zu begegnen, kam nicht in Frage; mittlerweile hatte Winston eine ausgewachsene Phobie davor, sein Haus zu verlassen. Und selbst wenn es ihm gelänge, ins Freie zu gehen, was dann? Wie konnte er verhindern, dass sie vom Zustand seines Hauses erfuhr? Offensichtlich gab es keine Zukunft mit dieser Person – mit *irgendeiner* Person, dennoch war die altvertraute Sehnsucht wieder da.

Als die Sehnsucht nicht verschwand, kam ihm die Idee mit den Nachrichten.

Die Idee mit den Nachrichten entstand eigentlich aus Trotz. Wenn Winston im Laufe der letzten drei Jahre Autos an dem Stoppschild vorbeirasen sah, die nicht im Geringsten langsamer wurden, stellte er sich häufig vor, wie er einen Zettel unten an das Stoppschild klebte und auf dem Zettel stünde so etwas wie: He, Abschaum von Moberly, wie kommt ihr auf die Idee, das Stoppschild gelte nicht für euch? Ihr seid in keiner Hinsicht etwas Besonderes.

Jetzt merkte er, wie ihn der Drang überkam, eine andere

Art von Nachricht an das Stoppschild zu pappen. Er wusste, er würde die gutgekleidete Dame nie persönlich kennenlernen, doch ihm gefiel die Vorstellung, durch die Jalousien seines Fensters zu schauen und zu sehen, wie auf ihrem Gesicht ein Lächeln erschien, und zu wissen, dass er dieses Lächeln verursacht hatte. Sie sollte lächeln, weil sie sich so offensichtlich von all den anderen Menschen in diesem Pisskaff unterschied, was ihn auf die Idee brachte, dass deshalb das Leben schwer für sie war.

Da er aber nicht einmal die knapp fünfzehn Meter zu dem Stoppschild gehen konnte, würde er ausgerechnet die Hilfe seines ehemaligen Stiefsohnes brauchen.

Denn letzten Endes musste Winston seine Lebensmittel nicht aus einem Katalog bestellen. Am Tag nachdem Rachel ihm gesagt hatte, sie werde nicht mehr vorbeikommen, lief sie im Wal-Mart Winstons zweiter Exfrau über den Weg. Als Rachel ihr sagte, sie versorge ihren Vater nicht mehr, erzählte die Exfrau das ihrem Sohn Tyler, bei den meisten unter seinem Spitznamen bekannt, Tug.

Zuerst hatte Tug versucht anzurufen, doch Winstons Telefon war schon längst abgeschaltet worden. Winston hatte sogar seine Türklingel entfernt (kein Geräusch war ihm verhasster als das Bimmeln einer Türklingel), doch als er Tugs Wagen mit den wummernden Bässen vor dem Haus hörte, ließ Winston den jungen Mann herein. Als Tug mit seiner verkehrtherum aufgesetzten Basecap und der Sonnenbrille auf der Türschwelle erschien und sagte, er sei gekommen, um zu helfen, war Winston perplex. Er hatte seinem Stiefsohn nie sehr nahegestanden und ihn seit sechs Jahren nicht ein Mal gesehen. Er wusste, dass Tug Radio-DJ und -moderator geworden war, doch als er das eine Mal dessen Sendung eingeschaltet hatte, waren ihm das testosteronpralle Geplapper und die fade Musik so auf den Geist gegangen, dass er bald wieder ausschaltete.

Als die Wochen vergingen und Winston bei seinem Stiefsohn keinen Hintergedanken für dessen altruistisches Verhalten entdecken konnte, gestattete er sich eine seltene Offenheit gegenüber anderen, die von seiner Entscheidung herrührte, der vorbeiwandernden Frau eine Nachricht zu hinterlassen. Winston brauchte vier Tage, um die Worte zu finden, die er ihr überbringen wollte, und am Ende stand eine Nachricht, die er selbst gern bekommen hätte. Es war ein Satz, den seine Mutter früher immer zu ihm gesagt hatte, wenn er Kummer hatte.

Er schrieb die Nachricht auf ein unliniertes Blatt weißen Schreibmaschinenpapiers. Er faltete es sorgfältig und steckte es in einen weißen Umschlag, auf den er schrieb: »Für die gutgekleidete Dame«. Nachdem Tug spätnachmittags ein paar Grundnahrungsmittel vorbeigebracht hatte, bat Winston ihn, noch ein Weilchen zu bleiben.

»Klar. Stimmt was nicht?«

»Nein. Du musst etwas für mich machen, es muss aber gegen acht Uhr geschehen.«

»In Ordnung.«

Winston hielt den Umschlag hoch. »Ich möchte, dass du den an das Stoppschild da draußen klebst.«

»Was ist das?«

»Es ist zwar albern, aber ich sehe immer gegen acht eine Frau hier vorbeispazieren, und ich möchte ihr diese Nachricht zukommen lassen. Machst du das?«

»Klar. Wie lautet die Nachricht?«

»Das möchte ich lieber nicht sagen.«

»Das musst du auch gar nicht.« Tug zog seine hängenden Jeans hoch. »Mein Boy ist zurück im Spiel! O ja, ja. Holst du etwa dein Herz aus dem vorzeitigen Ruhestand zurück?«

»Also, nein. Bestimmt werde ich sie nie kennenlernen.«

»Aber bittest du sie in der Nachricht um ein Date?«

»Nein.«

»Steht da drin, du willst es ihr besorgen?«

»Nein! Es ist nur eine kleine Notiz, die sie vielleicht froh stimmen könnte. Ich weiß nicht, warum ich das mache. Ich weiß, dass es doof ist. Vergiss es einfach.«

»Chill, Winston. Ich hab schon gesagt, ich mach's. Es ist nicht doofer als der meiste Mist, den Leute jeden Tag durchziehen.«

Als der Abend dämmerte, lief Tug in seinen schicken Nikes über den Rasen und klebte den Umschlag an das Stoppschild. Er sagte, er wäre gern noch geblieben und hätte sich angesehen, was passierte, sei aber mit seiner Freundin verabredet. Winston wollte das ohnehin allein erleben. Er schloss die Jalousien, drehte aber eine Lamelle so, dass er nach draußen spähen konnte. Dann stellte er einen der Seidenbäume seiner ersten Frau vor das Fenster und positionierte sich so, dass er das Stoppschild sehen konnte, ohne selbst gesehen zu werden.

Während er nach draußen sah, rieb Winston ständig die verschwitzten Handflächen an seinem Morgenmantel. Sie war zwar ein wenig später dran als üblich, tauchte aber auf, diesmal in einer grauen langen Hose und einer schwarzen Bluse. Wie immer sahen ihre kastanienbraunen Haare perfekt aus, als wäre jedes einzelne Haar genau an der richtigen Stelle. Winston biss sich auf die Lippe, als sie sich dem Stoppschild näherte.

Sie sah den Umschlag. Sie blieb stehen. Sie schaute sich um, zögerte ein paar Sekunden, nahm dann den Umschlag. Sie öffnete ihn. Und dann folgte einer der seltenen Momente, wo Winston genau das bekam, was er wollte.

Sie lächelte.

Winston lächelte auch. Und während die Frau das Blatt faltete und in ihre Tasche steckte, sah sie genau zu dem Fenster, hinter dem sich Winston versteckte. Auch wenn er glaubte, dass sie ihn unmöglich sehen konnte, wich er zurück und hielt den Atem an. Er wartete eine Minute, und als er seine Stellung hinter dem Seidenbaum wieder einnahm, war sie weitergegangen. Er hoffte inständig, dass sie sich umdrehen und auf sein Haus schauen würde, und als sie genau das tat, fand Winston das befremdlich. Er hatte so lange gelebt, ohne zu wissen, wie sich ein Sieg anfühlte, dass er nichts damit anfangen konnte.

Winston hatte seine erste Frau, die Mutter seiner Kinder, im Finanzamt kennengelernt. Seit er zwanzig geworden war, hatte er Beziehungen mit mehreren Frauen gehabt, doch letztlich fühlte sich das Zusammensein mit ihnen nervig an. Angie war anders. Er verliebte sich in sie, als sie ihm einen Brief schrieb, in dem stand: »Ich bin so gern mit dir zusammen, dass ich, zwei Sekunden nachdem wir uns voneinander verabschiedet haben, schon Sehnsucht nach den Augenblicken empfinde, die wir an demselben Abend gemeinsam verbracht haben.« Winston besaß diesen Brief heute noch, genau wie jeden anderen Brief und jede Karte, die sie ihm je geschrieben hatte. Sie lagen in einem Karton unter seinem Bett neben einem Beutel mit BHs seiner Exfrauen.

Als er siebenundzwanzig war, kam Rachel zur Welt, und Chris wurde drei Jahre später geboren. Winston bewahrte jedes Spielzeug auf, das sie je besessen hatten, jede Barbie-Puppe, jede *Star-Wars*-Figur und jedes Buch, das er ihnen vor dem Schlafengehen je vorgelesen hatte. Angie fand es rührend, dass er so viele Andenken aufbewahrte, und half ihm, sie zu ordnen. Damals war das Leben gar nicht übel gewesen. Die Leute sagten lediglich, er leide an Sammelwut. Öffentliche Orte waren noch nicht so anstrengend, und er mochte es sogar, wenn man ihn abends in den Supermarkt schickte, um für die Kinder Pfefferminzeis mit Schokostückchen zu holen. Damals konnte man die vier durch die Innenstadt schlendern sehen – als J. C. Penney's und andere Kaufhäuser noch im Stadtzentrum waren – und dachte sich: »Was für eine sympathische Familie.«

Doch in den nächsten zehn Jahren begannen Winston und seine Frau, im anderen vermehrt das Negative zu sehen. Das Zusammenleben mit Winston war generell schwierig; Angie wiederum schien nie mit etwas zufrieden zu sein. Es ging so weit, dass sie nie gleichzeitig gut drauf waren. Sobald sich beide in andere Leute verliebt hatten, ließen sie sich scheiden. Angie heiratete bald wieder. Was Winston betraf, so ließ das Interesse der Frau, in die er sich verknallt hatte, rapide nach, sobald er verfügbar war. Sie fand einen anderen, und Winston blieb es überlassen, sich tiefer in seinen eigenen Kopf zu vergraben.

Geschieden zu sein fand Winston merkwürdig, da eine

Person, die über zehn Jahre lang untrennbar mit seinem Alltag verbunden gewesen war, ganz plötzlich daraus verschwand. Die Kinder sah er jetzt nur noch an jedem zweiten Wochenende und mittwochs, was er schrecklich fand. (Laut seinem Anwalt war mehr nicht drin gewesen.) Das Leben als geschiedener Mann bescherte ihm keineswegs das Gefühl von Freiheit, mit dem er gerechnet hatte. Er empfand nur den Verlust. Und in seinem Haus wurde es so chaotisch, dass sich Rachel und Chris, wenn sie da waren, schämten, auch nur ihre engsten Freunde einzuladen.

Seine zweite Frau lernte er vier Jahre später im Krankenhaus kennen, als er ins Schlaflabor ging. Sie war eine der Technikerinnen, und er merkte rasch, dass er in ihrer Gegenwart irgendwie ruhiger wurde. Nach der Heirat zogen sie und ihr elfjähriger Sohn bei Winston ein. Tug hatte seinen eigenen Dad nie kennengelernt. Die zweite Ehe hielt sechs Jahre und zerbrach wegen Winstons immer seltsameren Marotten (stündlich überprüfen, ob die Türen verschlossen waren, sich kategorisch weigern, einen Wal-Mart zu betreten) und wegen der immer häufigeren Besuche seiner Frau auf der Rennbahn. Winston verlangte die Scheidung, als er herausfand, dass sie einige der Erbstücke seiner Mom einem Antiquitätensammler verkauft hatte, um mehr Wetteinsätze machen zu können. Er spürte den Mann auf und kaufte alles zurück.

Was das Schlaflabor betraf, so erfuhr er, dass er einen grenzwertigen Fall von Schlafapnoe hatte, doch er ertrug es nicht, eine Schlafmaske zu tragen, und war eines Nachts so frustriert von dem Ding, dass er das dazugehörige Gerät gegen die Wand warf. Obwohl das Gerät kaputt und nutzlos war, behielt er es. Das war einer der ganz wenigen Gegenstände, den er je versucht hatte wegzuwerfen, doch als er ihn über die Mülltonne hielt, überkam ihn pure Panik, und er brachte es nicht über sich.

Noch etwas anderes versetzte ihn mittlerweile in Panik. Zwei Jahre nach seiner zweiten Scheidung, er war neunundvierzig, hörte Winston auf, Auto zu fahren. Wohin er auch fuhr, er hatte das Gefühl, dass die anderen Autos in seine Fahrbahn ausscherten oder plötzlich vor ihm anfuhren. Diese Paranoia entsprang seinem fehlenden Vertrauen in die Fähigkeiten anderer Fahrer. Er hatte eine Theorie über Menschen. Seiner Ansicht nach zeigte sich der wahre Charakter einer Person darin, wie sie Auto fuhr. Wenn jemand in einen Wagen stieg, dachte Winston, so werde dieses Auto mit seinem Stahl und Glas quasi zum Exoskelett dieses Menschen oder zu einer Ganzkörperpanzerung, womit sogar das schwächste Wesen zwei Tonnen schwerer wurde. Kein Gedanke daran, dass die anderen Fahrer genauso aufgerüstet waren; alle Fahrer ignorierten das. Und mit diesem Gefühl von Unverwundbarkeit spielten sie sich auf der Straße auf, weil ihr wahrer Charakter hinter dem Lenkrad saß, und ihr wahrer Charakter war hauptsächlich eines: leichtsinnig.

Rachel musste ihren Dad zur Arbeit fahren und wieder zurück. Sein Unvermögen zu fahren war ein wichtiger Schritt auf dem Weg, ihn ans Haus zu fesseln, doch eine überraschende Entwicklung an seinem Arbeitsplatz brachte schließlich das Fass zum Überlaufen. Wie schon in der Kindheit schloss Winston auch als Erwachsener nicht leicht Freundschaften. Dennoch kam er mit seinen Kollegen gut zurecht und war wegen seines trockenen Humors und seiner Zuverlässigkeit sehr beliebt, und er wiederum mochte im Allgemeinen seine Kollegen, abgesehen von Brett Rummans. In seinen Augen war Brett Rummans ein Stück Scheiße in Menschengestalt. Ja, Winston konnte den Mann nicht ansehen, ohne dass ihm diese Formulierung, »ein Stück Scheiße in Menschengestalt« in den Sinn kam. Brett war relativ neu im Büro; er hatte dort zu arbeiten begonnen, als Winston schon einundzwanzig Jahre bei der Behörde war. Er hatte so viele negative Eigenschaften – seine eklatante Gemeinheit, seine ständigen Lügen, sein Größenwahn –, dass ihn Winston als Cartoon-Bösewicht betrachtete. Und doch gab es ihn wirklich. Und doch mochte ihn die halbe Belegschaft aus unerfindlichen Gründen.

Der Tropfen, der das Fass zum Überlaufen brachte, war, dass Brett nach sechs Jahren zum Leiter des gesamten Büros befördert wurde. Winston hatte keineswegs Leiter werden wollen, doch viele seiner erfahreneren Kollegen hatten sich beworben. Trotz mehrerer schlimmer Charaktermängel, die in der Behörde wohlbekannt waren, bekam Brett die Stelle. Es war allgemein bekannt, dass Brett regelmäßig seine Kolleginnen belästigte. Beispielsweise fragte er oft, ob er seine Erektion gegen ihre Schreibtischkante drücken könne. (»Bleib locker, war nur 'n Scherz.«) Es war allgemein bekannt, dass Brett Rassist war, mit Latinos konnte er besonders wenig anfangen. Wie jemand in diesem Mann etwas anderes als ein fieses altes Ekel sehen konnte, begriff Winston nicht einmal ansatzweise.

An dem Tag, als Brett eine Angestellte rauswarf, die er schon immer schikaniert hatte, weil sie mit einem Schwarzen verheiratet war, beschloss Winston, in Rente zu gehen. Der Staat Kentucky erlaubte seinen Angestellten, nach siebenundzwanzig Jahren in Ruhestand zu treten, wenn sie bei ihrer Rente einen Abzug von fünfzehn Prozent in Kauf nahmen. Sobald Brett das Sagen hatte, ergriff Winston diese Gelegenheit beim Schopf. An seinem letzten Arbeitstag fälschte er Informationen auf einem Formular, damit eine Frau und ihre heranwachsende Tochter Lebensmittelmarken bekamen. Er wurde nie erwischt und besaß immer noch den Dankesbrief, den die Frau ihm geschickt hatte.

Bretts Aufstieg zur Macht in der Behörde verstärkte Winstons Sehnsucht, sich von der Welt zu verabschieden. Das Schlimmste war, dass die halbe Belegschaft im Büro diesen Mann unterstützte, was bedeutete, dass die halbe Stadt ihn wahrscheinlich mochte. Mit diesen Leuten wollte Winston nichts zu tun haben. Gern wollte er den Rest seines Lebens dieselbe abgestandene Luft in seinem Haus atmen. Und er würde sich gern in ein Alter-Mann-den-man-nie-sieht-Klischeebild verwandeln, an dessen Tür sich die Nachbarskinder an Halloween nicht zu klingeln trauten. Und er wollte nie wieder mit den Leuten im selben Raum sein müssen, die einverstanden waren, dass ein Mann wie Rummans das Sagen hatte. Sofort nachdem er in Rente gegangen war, legte er Lebensmittelvorräte an, und in den folgenden Wochen sahen die ihm nahestehenden Menschen, dass er nicht gescherzt hatte, als er ihnen jahrelang erzählte, was er tun würde, sobald er nicht mehr arbeiten müsse.

»Wenn man sich in der Welt umsieht«, hatte er oft gesagt, »ist das einzig Vernünftige, sie zu meiden.«

Den ganzen Juli ließ Winston Tug zwei- bis dreimal in der Woche einen Umschlag mit Klebeband am Stoppschild befestigen. Seine Nachrichten waren auch weiterhin kurz und aufbauend, und Winston war von sich selbst überrascht, weil positive Empfindungen ihren Weg aus ihm herausfanden. Seine einzige Erklärung lautete, dass er solche Briefchen nur schreiben konnte, weil er die Empfängerin zwar sah, es aber eigentlich so war, als werfe er eine Flaschenpost ins Meer. Er bestand auch weiterhin darauf, dass es mit dieser Person keine Zukunft gab, seine Briefchen keine Konsequenzen haben würden, daher schrieb er die Zeilen, die er selbst gern von jemand anderem erhalten hätte. Die Frau schaute sich zwar nicht mehr um, ob jemand sie beobachtete, doch sie lächelte immer noch.

Als Winston ihm eines Abends einen Umschlag reichte, sagte Tug etwas, das in ihm den Wunsch weckte, keine Zettel mehr zu schreiben. Tug sagte: »Nur dass du's weißt, wenn du sie hier drin haben möchtest oder so was, helfe ich dir, im Haus aufzuräumen. Klar, das schafft man zwar nicht über Nacht, aber –«

»Ich will im Haus nicht aufräumen.«

»Das ist cool.«

»Ich will sie nicht im Haus haben.«

»Das ist cool.«

»Ich mach das nur zum Zeitvertreib, diese Zettel schreiben. Und weißt du was? Das hier ist meine letzte Nachricht an sie.«

»Nein, Mann. Versteh mich nicht falsch. Ich hab nichts dagegen, die Zettel anzubringen. Ich sag nur … Das Angebot steht.«

»Vergiss es. Ich bin fertig mit ihr. Kleb die eine noch an, und das war's.«

»Auch gut. Wenn du es so haben willst. Im Sender muss ich Doppelschichten arbeiten, aber in zwei Tagen komm ich wieder vorbei.«

Winston stieß eine Art Knurren aus. »Hör zu. Das ist *wirklich* nett von dir, deine Hilfe anzubieten. Ich weiß alles, was du für mich getan hast, *sehr* zu schätzen.«

»Kein Problem.«

»Wenn wir schon drüber reden, ich wollte dich etwas fragen.«

»Raus damit.«

»Warum bist du so nett zu mir?«

»Na ja …« Tug rückte seine verkehrtherum sitzende Basecap zurecht und zog die Jeans hoch. »Es hat wohl damals im Winter angefangen, als mein Dad starb.«

»Du meinst, du hast ihn endlich doch noch kennengelernt?«

»Nein. Nein. Ich bin ihm nie begegnet. Aber meine Mom hat mir erzählt, dass er gestorben ist. Und ich habe es keinem verraten, wie mich das belastet hat, und dadurch musste ich an dich denken.« Tug drehte den Schirm seiner Baseballmütze nach vorn und zog ihn so tief ins Gesicht, dass Winston seine Augen nicht sehen konnte. »Ich dachte mir, damals für mich als Jugendlichen kamst du einem Dad am nächsten, und als ich hörte, dass Rachel dich nicht mehr besuchen wollte, hab ich gedacht, tja, das ist meine Gelegenheit einzuspringen. Und ich geb's zu, ich wollte was Nettes tun, weil ich weiß, dass es Leuten da draußen dreckig geht, und normalerweise mach ich 'n Scheiß für sie. Aber außerdem mach ich das, weil du, na ja, ein guter Stiefvater warst. Und auch ein guter Dad, für deine eigenen Kids.«

»Anscheinend nicht. Meine Kinder haben mich aufgegeben.«

Tug drehte seine Mütze wieder herum. »Das ist aber deren Schuld. Sie sollten dich nicht aufgeben. Klar, was hier bei dir abgeht, ist ein Problem, das steht fest.« Tug wies auf die überall verteilten Gegenstände, wodurch es in den Räumen aussah, als wäre das Haus im Griff einer schrecklichen Krankheit. »Aber wenn ich zurückdenke an die Zeit, als *ich* hier wohnte, weißt du, woran ich mich erinnere?«

»Woran?«

»Du warst *da*.«

»Ja. Und?«

»Na ja, Mom war nicht da. Die meisten Dads, die ich kenne, bleiben *nie* zu Hause, um bei ihrer Familie zu sein. In neunzig Prozent der Fälle gehen sie lieber mit ihren Kumpels trinken. Doch du warst immer da.«

»Danke, Tug, aber ich muss dich darauf hinweisen, dass ich schon damals nur ungern das Haus verlassen habe. Ich habe also kein großes Opfer gebracht. Lass dich von mir nicht täuschen. Ich habe nichts getaugt.«

»Und doch warst du da. Der Grund ist mir egal. Es hat was für sich, wenn ein Mann zu Hause bleiben will. Wir konnten uns auf dich verlassen. Und hör auf, dich selber schlechtzumachen, Mann. Ich weiß noch, dass du *immer* zu ihren Schulveranstaltungen gegangen bist. Rachels Chorgeschichten und Chris' Baseballspiele. *Nichts* davon hast du versäumt. Und ich wette, wenn ich außerschulische Sachen gemacht hätte, wärst du da auch hingegangen.«

»Ich hab das alles nicht verdient.« Winston schüttelte den Kopf und drehte sich zum Fenster.

»Hast du doch.«

»Nein, hab ich nicht! Ich bin ein Freak!« Er sprang von seinem Fleck auf dem Sofa hoch. »Sieh dir das an. Sieh dir das doch mal *an*.« Er schaute sich in dem Chaos um, ein Chaos, für dessen Erschaffung er ein Leben lang gebraucht hatte. Er spürte eine Träne im Augenwinkel. Er schniefte.

»Ich möchte dir helfen, Winston. Lass mich eine Ladung davon zur Heilsarmee bringen. Wenigstens einen Durchgang zur Tür freiräumen?«

»Ich will keinen Durchgang zur Tür. Ich *benutze* die Tür nicht, schon vergessen?«

»Vielleicht doch. Eines Tages.«

»Ich kann nicht. Ich kann dir nicht mal sagen, warum. Ich meine, ich *will* es dir sagen, aber ich kann es nicht in Worte fassen, wie ich mich wegen alledem fühle.« Erneut wies er auf die Müllberge. Er setzte sich wieder und spielte nervös mit dem Gürtel seines Morgenmantels herum. Er sah Tug nicht an, drehte sich auch nicht zum Fenster. »Wenn ich auf mein Leben zurückschaue, sehe ich so viel Schmerz und so viel Freude, und meine Mom und meinen Dad und meine Schwester und meine wunderbaren Kinder, und mir fällt jeder Mensch ein, den ich in dieser Stadt je kennengelernt habe – sogar die schlimmen Leute, und ich denke zurück an all die Tage, die ich schon lebe, und es gibt so vieles, woran ich mich nicht erinnern kann, und all die Sachen, die ich aufgehoben habe, helfen mir dabei, mich an alles zu erinnern, und …« Er hielt inne, weil seine Stimme zitterte. »Und alles ist mir so wertvoll. Darum geht's bei dem hier.«

Er wies auf den Inhalt des Zimmers. »Alles ist mir so wertvoll. Sogar die bösen Teile. Und wenn ich etwas verändere, könnte ich es stören. Dann fängt der Ärger an. Darum bleibe ich hier drin, mit allem, was ich habe. Ich weiß, es wirkt verrückt, aber ich finde alle anderen verrückt, wenn sie ihre Sachen wegwerfen.«

»Wenn du's so sagst, ist dein Problem vielleicht, dass du rausgehen und *mehr* Zeug holen solltest.«

Winston lachte. Tug sagte, er meine es ernst, fing aber auch an zu lachen, und damit gab es genug Lockerheit für ihren Standardabschied.

Tug brauchte ein wenig länger als üblich, um zur Haustür hinaus und bis zum Rand des Rasens zu gehen, wo das Stoppschild stand. Wie immer befestigte er den Umschlag mit Klebestreifen. Nachdem er den Umschlag befestigt hatte, drehte er sich wie immer zum Fenster und hielt den Daumen hoch. Auch wie immer tauchte die gutgekleidete Dame bei Sonnenuntergang auf. An diesem Abend trug sie ein hellblaues, kurzärmeliges, knielanges Kleid und jede Menge Armreifen. Sie griff lässig nach dem Umschlag, öffnete ihn und las den Zettel. Doch diesmal passierte etwas anderes.

Sie lächelte nicht.

Stattdessen drehte sie sich zu dem Fenster um. Sie beugte sich vor und kniff die Augen zusammen. Dann betrat sie Winstons Rasen. Er entfernte sich rasch von dem Seidenbaum und drückte den Rücken fest gegen das Sofa. Er hörte seinen eigenen Atem und überlegte, ob er sich aufs Sofa legen sollte, um sich besser zu verstecken. Gerade als er die Zeitschriften, Zeitungen, Gläser und Schüsseln vom Sofa auf den Boden schieben wollte, hörte er ein leises Klopfen am Fenster.

Er erstarrte. Nach ein paar Sekunden sprach sie. »Hallo? Ist da jemand drin?«

Er antwortete nicht. Er bewegte sich nicht. Er wartete einige Sekunden, dann legte er den Kopf schief, damit er durch den einzigen Spalt, den er zwischen den Stäben der Jalousien gelassen hatte, hinausschauen konnte. Als er sah, dass sie selbst versuchte, durch diese Öffnung zu schauen, schoss sein Arm durch die Seidenblätter und zog die Lamelle nach unten.

Sie sprach erneut. »Ich weiß nicht, was hier vor sich geht, aber auf dem Zettel steht: ›Schauen Sie nach rechts. Ich bin am Fenster. Ich will Sie kennenlernen.‹ Wo sind Sie denn? Ich will Sie nämlich auch kennenlernen.«

»Das habe ich nicht geschrieben«, sagte Winston laut genug, dass man es durch das Fenster hörte.

»Sie wollen mich also nicht kennenlernen?«

Winston überlegte. Er sah nach unten auf die zerschlissenen Hausschuhe und war mächtig wütend auf Tug. »Nein. Nein, tut mir leid. Ich will nicht. Gehen Sie bitte weg.«

»Das werde ich. Haben Sie denn all die anderen Zettel geschrieben?«

»Gehen Sie bitte weg, sonst rufe ich die Polizei.«

»In Ordnung. Ich gehe. Meine Güte.«

Sofort wurde ihm klar, dass er die falsche Entscheidung getroffen hatte, und sofort sprang er vom Sofa auf, hechtete über die Kiste, die Tüten, die Möbel, die zusammengerollten Teppiche. Er stolperte über einen Stapel *Here & Now*-Zeitschriften und verletzte sich ein Handgelenk, als er die

Hände ausstreckte, um zu verhindern, dass sein Kopf auf den Boden schlug. Er stand auf, sprang mit seinen langen Beinen zur Hintertür, streckte seine Hand in die dunkle Garage und schlug auf den Knopf des Garagentoröffners.

Licht fiel herein, und das Geräusch war herrlich, und das Tor ging weiter auf. Alles fiel, alles ergoss sich in die Auffahrt, und alles bewegte sich zum ersten Mal seit Jahren. Während das geschah, bewegte sich Winston mit all den Sachen, kletterte und hangelte sich über ein Bügelbrett, ein Bücherregal, eine Hammondorgel, ein aufblasbares Plastik-Planschbecken, den Grill, die Baseballschläger, verletzte sich rechts und links, ein Kratzer an seiner Wade, eine Schnittwunde am Knie, war aber entschlossen – so wild entschlossen! –, ins Freie zu gelangen, weil er sie jetzt sehen konnte, ihre Augen aufgerissen, mit offenem Mund, und sie ging nicht weiter, stand mitten in seiner Auffahrt. Er wuchtete einen Sack Dünger auf eine Seite der Garage und trat eine Igloo-Kühlbox auf die andere, trat dann auf einen alten kaputten Diaprojektor und landete schließlich direkt vor ihr auf dem Beton. Er war im Freien, wo es heiß und schwül war, wie immer im Juli in Kentucky.

»Hey«, sagte er atemlos.

»Hey.«

Das junge Ehepaar von gegenüber sah zu, die beiden wirkten besorgt, aber Winston würdigte sie keines zweiten Blickes und ließ sie in den Hintergrund treten. Er streckte seine Hand der Frau entgegen, die schüchtern lächelte und ihre Hand in die seine legte. Er beugte sich leicht vor, führte ihre Hand an den Mund und gab ihr einen Handkuss, denn so machte man das früher einmal. Als er in die Augen der

Frau sah, kam ihm der Gedanke, dass er sich zu lange abgeschottet hatte, denn während er das getan hatte, während seiner Abwesenheit, war das hier irgendwie das zauberhafteste Städtchen der Welt geworden.

Danksagung

Meinem Sohn und Helden, Joe Goebel.

Nancy Goebel.

Nancy Marie Bruner, CeCe Bruner.

Philipp Keel, Anna von Planta, Susanne Bauknecht.

Jill Brady, John Dillingham, Friedrich Kloß, Kevin Francke, Leslie Newman, Fr. Anthony Shonis, Aaron Tanner, Benedict Wells.

Laura Williams, Scotty Martin, Chad Thompson, Tiffany Sights.

Auf der Suche nach einem Weg durchs Leben und nach dem einen Menschen, der ihn mit uns geht

Benedict Wells fragt, Joey Goebel antwortet

Lieber Joey, nach vier Romanen hast du dein erstes Kurzgeschichtenbuch geschrieben. Was gab den Ausschlag, dich an die kurze Form zu wagen? Für mich fühlte es sich an, als hättest du als Erzähler einen ganz neuen Ton angeschlagen.

Als ich mich mit dem Gedanken trug, Schriftsteller zu werden, war das meine erste Idee für ein Buch. Damals war ich Student und entdeckte ›Winesburg, Ohio‹ von Sherwood Anderson. Ich dachte daran, eine moderne Version dieses Buchs zu schreiben, mit Kurzgeschichten über einsame Seelen, die in einer Kleinstadt in Kentucky leben. Sobald mir Ideen für Romane statt für Geschichten einfielen, verfasste ich Romane. Doch meine ursprüngliche Idee hatte ich immer im Hinterkopf, und mittlerweile bin ich wohl erfahren und reif genug, um dieses Buch endlich zu schreiben.

Es gibt wahre Meister der Kurzgeschichte, für mich etwa Carson McCullers und F. Scott Fitzgerald, aber auch J. D. Salinger und Lucia Berlin. Hattest du neben Sherwood

Anderson schriftstellerische Vorbilder, was Short Storys angeht?

McCullers und Fitzgerald sind zwei meiner absoluten Lieblingsschriftsteller. Aber in Bezug auf meine eigenen Short Storys ließ ich mich vor allem durch die Kurzgeschichten inspirieren, die mir *nicht* gefallen haben. Zahlreiche Short Storys finde ich eher frustrierend – besonders solche mit literarischem Anspruch –, weil einem viele am Ende wie unlösbare Rätsel vorkommen. Das wollte ich vermeiden.

W. Somerset Maugham sagte ja mal dazu über seine Storys: »Ich habe es immer vorgezogen, meine Geschichten mit einem Punkt statt einem Gedankenstrich zu beenden.« War dir das auch wichtig?

Unbedingt! Bei Kurzgeschichten mag ich es endgültig. Ich mag es in sich abgeschlossen. Per definitionem ist eine Kurzgeschichten etwas, das man in einem Rutsch lesen kann – jedenfalls ist das die Definition, die mir immer gefallen hat. Ich wollte also, dass jede einzelne Story den Hunger des Lesers *stillt*, wie eine Mahlzeit. Am Ende jeder dieser Geschichten sollte sich der Leser nicht mehr groß den Kopf zerbrechen müssen. Bei jeder steht fest, ob die Hauptfigur gewinnt oder verliert. Zugegeben, manchmal ist es sowohl ein Sieg als auch eine Niederlage. Aber ja, ich strebte einen richtigen Punkt an, während viele zeitgenössische Storys mit – naja, gelegentlich nicht einmal mit einem Gedankenstrich enden. Sondern mit Auslassungspunkten …

Für mich ist ›Irgendwann wird es gut‹ eher ein Roman, bestehend aus einzelnen Geschichten, die aber alle miteinander zusammenhängen. Wie siehst du das?

Ich würde diesen Sprung liebend gern wagen und das Buch schlicht und einfach Roman nennen. Doch meiner Ansicht nach ist es ein Stückchen davon entfernt. Stimmt, ein verbindendes Thema zieht sich wie ein roter Faden durch sämtliche Storys: Einsamkeit, oder auch die zentrale Vorstellung, dass manche Menschen keinen Kontakt zu anderen Menschen herstellen können, es aber irgendwie großartig ist, dass sie es dennoch immer wieder versuchen. Stimmt, der Schauplatz aller Geschichten ist dieselbe Kleinstadt, und alle ereignen sich binnen eines Jahres Mitte der Neunziger. Und es stimmt auch, dass es jede Menge Überschneidungen zwischen den Geschichten gibt (ein paar »Easter Eggs«, die ich für Leute eingebaut habe, die das Buch mehr als ein Mal lesen). Doch ohne zentrale Hauptfigur kommt das Buch etwas am nächsten, was man einen »Roman in Kurzgeschichtenform« nennen könnte. Ich räume aber ein, dass die Reihenfolge der Geschichten dem Buch einen fast kompletten Erzählbogen verleiht. Darum findet sich in diesen Geschichten generell eine traditionelle Handlungsstruktur, der Sachverhalt wird früh klar, und es gibt einen eindeutigen Schluss, der den Leser zufriedenstellen soll.

Deine Helden wirken alle etwas verloren, wenn sie so melancholisch und nachdenklich durch ihre Stadt streifen oder versuchen, ihr Leben irgendwie in den Griff zu kriegen. Ich habe seit ›Das Herz ist ein einsamer Jäger‹ von Carson

McCullers nicht mehr so etwas Schönes über Einsamkeit und das Ringen um Hoffnung gelesen. Woraus, denkst du, schöpfst du deine Figuren? Laufen sie alle in Henderson, Kentucky, durch die Straßen, oder kommen sie mehr aus deinem Innern?

Die Figuren kommen tatsächlich aus meinem Innern. Außerhalb meiner Phantasie führe ich kein sehr aufregendes Leben. Ich bin nicht abenteuerlustig. Eigentlich bin ich ein eher schüchterner und zurückhaltender Typ, glaube aber, dass die USA zurzeit gerade mehr Zurückhaltung brauchen. Zurückhaltung und Gelassenheit. Jedenfalls schaue ich mangels Außenreizen in mich hinein und glaube, dass meine Figuren von dorther kommen. Wenn ich es recht bedenke, verkörpern diese Figuren entweder Aspekte von mir, die ich gern verbergen möchte, oder Aspekte von mir, die mir im Laufe der Jahre abhandengekommen sind und die ich gern zurückhaben würde.

Ich stieß auf dich durch deinen ersten Roman ›Vincent‹, der für mich bis heute eine der besten und originellsten Ideen hat, die ich je in einem Buch las. Dort geht es unter anderem um die Aussage, dass nur der unglückliche, leidende Künstler ein guter Künstler ist, nicht umsonst heißt der Roman im Original ›Torture the Artist‹. Der amerikanische Regisseur Elia Kazan hat dagegen mal in etwa gesagt: »Künstlerisches Genie ist lediglich der Schorf, der sich auf den Wunden des Lebens gebildet hat.« Ein schönes, wenn auch etwas ekliges Bild: Solange die Wunde noch offen ist und Blut fließt, kann man als Künstler also nicht arbeiten, oft jahrelang nicht.

Doch sobald die Wunde endlich verheilt und geschlossen ist, hat man durch den entstandenen Schorf künstlerisch großes Kapital. Würdest du dem zustimmen?

Ein bemerkenswertes Zitat, übrigens war Kazan mit James Dean befreundet, der in einer meiner Storys eine Rolle spielt. Klar ist da etwas Wahres dran, doch ich sehe das von einer eher praktischen Seite aus. Die von ihm erwähnten Wunden entstehen aufgrund von inneren oder äußeren Konflikten. Und da an der Wurzel jeder Geschichte ein Konflikt steht, fehlt einem – praktisch gesehen – das Material, wenn das Leben nur schöne Seiten für einen bereithält. Und ich stimme deiner Interpretation voll und ganz zu. Wenn man sich *im Inneren* des Schmerzes befindet, wenn er einen umhüllt, kann man sich nicht durch Schreiben daraus befreien. Schreiben kann man erst, wenn man wenigstens halbwegs frei ist.

In Deutschland lesen wir sehr gerne die Kommentare amerikanischer Autoren aus New York oder Los Angeles, die uns die politische Lage unter Donald Trump erklären und wieso die abgehängten Leute im »Fly-Over«-Teil des Landes ihn wohl wählen. Du dagegen lebst nicht am Rande, sondern im Zentrum des Geschehens – in Kentucky. Dort hat Trump haushoch gewonnen. Und in deinem fast schon prophetischen Buch ›Heartland‹ hast du mit Blue Gene eine Romanfigur, die man sich trotz aller Sympathie auch gut als seinen Wähler vorstellen kann. Wie siehst du die Situation im Moment?

Ha! Auch dazu passt meine letzte Antwort. Ich bin noch im Inneren des von Trump zugefügten Schmerzes, der jeden meiner Schritte beeinflusst. Ich kann mich dazu nicht ausführlich äußern oder darüber schreiben, weil ich die Lage so bedrückend finde. Im Rückblick kann ich sie eines Tages vielleicht klarer sehen und einschätzen. Ich möchte aber ergänzen, dass Trumps Amtsantritt den Tod der Satire markiert. Meine Werke haben immer satirische Elemente enthalten – und manchmal sehr viele. Das war einmal. Welchen Sinn hätte Satire, wenn das Leben an sich absurder ist als alles, was ich mir ausdenken könnte? Und das hat meine Entscheidung beeinflusst, diese Storys in einem viel realistischeren Stil zu schreiben als alles in meinen bisherigen Büchern. Diese Geschichten sind geerdet und plausibel, weil das Leben in den USA das nicht mehr ist.

In der wunderbaren ersten Kurzgeschichte ›Unsere Olivia‹ fällt der Satz: »Die Leute hier haben das dumpfe Gefühl, dass sich das Leben anderswo abspielt.« Auch in weiteren Geschichten hadern die Figuren mit ihrer Stadt, trotzdem hast du als Ort genau dieses Moberly gewählt, das in vielem an deine eigene Heimatstadt erinnert. Hattest du selbst mal den Wunsch abzuhauen? Und wenn ja, wohin am liebsten?

O Gott, absolut, klar hatte ich den Wunsch, wegzuziehen oder wegzulaufen. Das ging los, als ich noch ein Jugendlicher war. Kalifornien hat mich schon immer gereizt. Das ist einfach so – es hat für mich diesen Mythos, wie für viele andere ja auch. Doch da meine Bücher ein Publikum in den deutschsprachigen Ländern gefunden haben, habe ich mich schon gefragt, ob ich nicht besser in Deutschland, Österreich oder in der Schweiz wäre. Doch erst mal bleibe ich wie meine Figuren am besten da, wo ich bin, denn auch ich habe jetzt einen Grund zu bleiben: meinen kleinen Sohn Joe, meinen Helden.

Wenn ich deine Bücher lese, fühle ich mich deinen Figuren oft nahe, aber auch der Art deines Erzählens. Das habe ich so bei nur ganz wenigen Autoren. Es schimmert häufig ein starkes Gefühl für exzentrische, einsame, verlorene, aber liebenswerte Charaktere durch, immer fein beobachtet, immer grundiert von einem subtilen Humor – unvergesslich. Was würdest du sagen, ist der rote Faden, der durch all deine Geschichten geht?

Der rote Faden ist eindeutig Einsamkeit – zufällig ja auch eines deiner Lieblingsthemen. Oder anders gesagt, alle Hauptpersonen dieser Storys fühlen sich von anderen Menschen wie abgeschnitten. Diese Isoliertheit ähnelt der Einsamkeit, aber während ich mir einsame Menschen wie in einer Art durchlässiger Blase vorstelle, leben die Figuren in meinen Geschichten wie hinter einer dicken Glasscheibe. Sie können zwar hindurchsehen, aber irgendetwas hindert sie daran, sie zu zerbrechen, mit anderen in Kontakt zu treten und mit ihnen gemeinsam zu leben. In jeder meiner Geschichten hackt der Held oder die Heldin aber dann auf die Glasscheibe ein, trotz aller Rückschläge voller Hoffnung, dass es ihm oder ihr endlich gelingen möge, auf die andere Seite zu gelangen, ein winziges Stück vom Glück zu erkämpfen. Und manchmal, und immer öfter, klappt es sogar.

Joey Goebel im Diogenes Verlag

Vincent

Roman. Aus dem Amerikanischen von Hans M. Herzog und Matthias Jendis

Wussten Sie, dass große Popsongs und Filme von einem unglücklichen, aber genialen Künstler stammen? Und damit einem solchen die Ideen nicht ausgehen, sorgen in diesem Roman ›Beschützer‹ dafür, dass ihm ständig neues Leid widerfährt. Denn das ist der Rohstoff, aus dem wahre Kunst entsteht. Bringt das Genie das Kunststück fertig, trotzdem ein glücklicher Künstler zu werden?
Vincent – ein Chamäleon von einem Roman, der als Satire beginnt, sich in einen bizarren Alptraum verwandelt und am Ende zu Tränen rührt.

»Furios, zupackend, spannend, hart in der Sprache und im Duktus. Und mit Rasanz erzählt.«
Alexander Kudascheff / Deutsche Welle, Berlin

»Joey Goebel ist mit *Vincent* ein großer Wurf gelungen. Schonungslos in seinen Einsichten. Mal erschreckend brutal, mal wahnsinnig komisch.«
Anna Sprockhoff / Hamburger Abendblatt

»In seinem furiosen Debüt zerlegt Joey Goebel unsere Medienwirklichkeit mit ätzender Ironie in ihre unappetitlichsten Bestandteile.« *SonntagsZeitung, Zürich*

Freaks

Roman. Deutsch von Hans M. Herzog

Kann Musik die Welt verbessern? Verhilft ein neuer Sound zu neuem Sinn? Das wohl nicht – höchstens den Musikern. Vor allem wenn es sich um fünf Außenseiter in einer gottverlassenen Kleinstadt handelt, mit denen niemand etwas zu tun haben will. Aber wenn sie Musik machen, setzen sie ihre eigenen Macken unter Strom und verwandeln sie in den Sound ihrer Befreiung. Eine Tragikomödie mit mehr als einem Ende.

»*Freaks* erzählt die Geschichte einer wunderbaren Freundschaft. Joey Goebel ist ein rasanter, grotesker und tieftrauriger Roman gelungen.«
Christine Lötscher / Tages-Anzeiger, Zürich

»Joey Goebel rockt das gleichgeschaltete Amerika.«
Evelyn Finger / Die Zeit, Hamburg

Auch als Diogenes Hörbuch erschienen,
gelesen von Cosma Shiva Hagen, Jan Josef Liefers,
Charlotte Roche, Cordula Trantow
und Feridun Zaimoglu

Heartland

Roman. Deutsch von Hans M. Herzog

John Mapother, Sohn der mächtigsten Familie im Provinznest Bashford, will in den amerikanischen Kongress, er hat nur keine Ahnung von der Welt seiner Wähler. Die aber hat sein jüngerer Bruder Blue Gene, das schwarze Schaf der Familie…
Ein großer amerikanischer Roman, hochintelligent, voller Witz und Melancholie.

»Böse, aber nie herzlos erzählt Goebel von jenen Gestalten, die beim *Pursuit of Happiness* ins Straucheln geraten.« *Stern, Hamburg*

»Ein prächtiger amerikanischer Familienroman. Überschäumend, witzig, böse.«
Verena Lugert / Neon, München

Ich gegen Osborne

Roman. Deutsch von Hans M. Herzog

Er ist ein Unikat in einer Welt, in der sich jeder durch Originalität abheben will. Er ist als Einziger erwachsen in einer Welt mit kindischen Spielregeln. Und der Einzige, der sich noch nach etwas sehnt und auch dafür kämpft: der Schüler James Weinbach. Mit *Ich gegen Osborne* zieht Joey Goebel der amerikanischen Partygesellschaft den Stecker!

»Ein köstliches Werk für alle Altersklassen.«
André Gross / Nordkurier, Neubrandenburg

»*Ich gegen Osborne* ist ein künftiger Klassiker der Adoleszenz-Literatur.«
Florian Felix Weyh / Deutschlandfunk, Köln

Irgendwann wird es gut

Aus dem Amerikanischen
von Hans M. Herzog

Ein junger Mann wartet mit zwei Drinks auf seine Angebetete. Sie kommt pünktlich – im Fernsehen. Ein zwölfjähriges Mädchen will nicht zu schnell erwachsen werden. Und ein Messie findet ins Leben zurück dank einer hübschen Frau, die womöglich noch trauriger ist als er selbst.
Ganz normale Menschen, deren Leben nicht das ist, was sie sich erträumt haben. Die dennoch um ihr winziges Stück vom Glück kämpfen und lieber heute als morgen aus der Kleinstadt in Kentucky wegwollen. Sie holen sich blutige Nasen und geben trotzdem nicht auf. Denn sie wissen: Irgendwann wird es gut.

»Joey Goebel ist einer der besten und lesenswertesten Autoren der Gegenwart. Wie sehr beneide ich alle, die seine Bücher noch nicht kennen und zum ersten Mal lesen dürfen.« *Benedict Wells*

Benedict Wells
im Diogenes Verlag

Benedict Wells, geboren 1984 in München, zog nach dem Abitur nach Berlin und widmete sich dem Schreiben. Seinen Lebensunterhalt bestritt er mit diversen Nebenjobs. Sein vierter Roman *Vom Ende der Einsamkeit* stand mehr als anderthalb Jahre auf der Bestsellerliste. Wells lebt in Berlin und Bayern.

»Sein größtes Meisterstück ist seine unprätentiöse, scheinbar mühelos überraschende Sprache.«
Stuttgarter Nachrichten

»Benedict Wells – ein Ausnahmetalent in der jungen deutschen Literatur!«
Claudio Armbruster / ZDF *heute journal, Mainz*

Becks letzter Sommer
Roman
Auch als Diogenes Hörbuch erschienen,
gelesen von Christian Ulmen

Spinner
Roman

Fast genial
Roman

Vom Ende der Einsamkeit
Roman
Auch als Diogenes Hörbuch erschienen,
gelesen von Robert Stadlober

Die Wahrheit über das Lügen
Zehn Geschichten aus zehn Jahren
Auch als Diogenes Hörbuch erschienen,
gelesen von Robert Stadlober

Anthony McCarten im Diogenes Verlag

»Anthony McCarten hat die unglaubliche Gabe, Geschichten so aufzuschreiben, dass es einem das Herz zerreißt, während man über seine Einfälle, Sprüche und seinen unbesiegbaren Humor lacht.«
Hamburger Abendblatt

»McCarten pflegt den satirischen Ton, ohne waschechte Satiren zu schreiben. Er ist, wie man so sagt, ein geborener Erzähler.« *Die Welt, Berlin*

»Anthony McCarten ist unter den literarischen Exporten aus Neuseeland einer der aufregendsten.«
International Herald Tribune, London

Superhero
Roman. Aus dem Englischen von Manfred Allié und Gabriele Kempf-Allié
Auch als Diogenes E-Hörbuch erschienen, gelesen von Rufus Beck

Englischer Harem
Roman. Deutsch von Manfred Allié und Gabriele Kempf-Allié
Auch als Diogenes E-Hörbuch erschienen, gelesen von Rufus Beck

Hand aufs Herz
Roman. Deutsch von Manfred Allié
Auch als Diogenes Hörbuch erschienen, gelesen von Rufus Beck

Liebe am Ende der Welt
Roman. Deutsch von Manfred Allié

Ganz normale Helden
Roman. Deutsch von Manfred Allié und Gabriele Kempf-Allié
Auch als Diogenes Hörbuch erschienen, gelesen von Rufus Beck und Jo Kern

funny girl
Roman. Deutsch von Manfred Allié und Gabriele Kempf-Allié
Auch als Diogenes Hörbuch erschienen, gelesen von Rufus Beck und Adriana Altaras

Licht
Roman. Deutsch von Manfred Allié und Gabriele Kempf-Allié

Jack
Roman. Deutsch von Manfred Allié und Gabriele Kempf-Allié

Die zwei Päpste
Franziskus und Benedikt und die Entscheidung, die alles veränderte. Deutsch von Stefanie Schäfer